LE NOSTRE
VITE

FRANCESCO CAROFIGLIO

LE NOSTRE VITE

PIEMME

Questo romanzo è un'opera di fantasia. Personaggi e situazioni sono invenzioni dell'autore e hanno lo scopo di conferire veridicità alla narrazione e sono quindi utilizzati in modo fittizio. Qualsiasi analogia con fatti, eventi, luoghi e persone, vive o scomparse, è puramente casuale.

La citazione a pagina 92 è tratta da Virginia Woolf, *The Mark on the Wall, Kew Gardens, Haunted House*, Short Stories, La Biblioteca di Repubblica-L'Espresso, Roma 2016

La citazione alle pagine 141-142 è tratta da Romain Gary, *La promessa dell'alba*, Neri Pozza Editore, Vicenza 2006

La citazione a pagina 209 è tratta da Konrad Lorenz, *L'anello di Re Salomone*, Adelphi, Milano 1989

La citazione alle pagine 211-212 è tratta da Lucio Anneo Seneca, *Lettere a Lucilio*, Garzanti, Milano 1989

Pubblicato per

PIEMME

da Mondadori Libri S.p.A.

ISBN 978-88-566-7775-1

I Edizione settembre 2021

Anno 2021-2022-2023 – Edizione 1 2 3 4 5 6 7 8 9 10

Sono questi, dunque, i fiori che crescono
tra le erbacce dei campi,
morsi, quasi sfigurati, dal vento.

Virginia Woolf

Era di pomeriggio, le nuvole si affollavano all'orizzonte.

Gli sembrò di sentire un rumore metallico, di catene, correre nei muri. Tolse le cuffie.

Scostò la tenda e guardò fuori, l'auto di sua madre era parcheggiata sul viale, accanto a quella di suo padre, una Mercedes 190 metallizzata.

Posò la chitarra sul letto e uscì dalla camera. I suoi, in cucina, stavano scaricando le buste della spesa, e con loro c'era Emma, la tata.

«Ciao ma'.»

«Tesoro...»

«Non vi ho sentiti arrivare.»

«Stavi suonando. Mi aiuti a prendere le cassette di acqua minerale? Tra poco si mette a piovere.»

«Okay.»

Si girò per andare in garage e sentì di nuovo quel rumore. Arrivava da qualche parte, dietro di lui, dentro i muri.

Poi ci fu un silenzio, come una sospensione dei battiti.

Come quando il cuore si ferma.

E il mondo esplose.

L'onda d'urto lo scaraventò contro la porta d'ingresso.

La villa sulla Cassia si disintegrò.

Quella casa a due piani immersa nel verde sparì tra le fiamme, per sempre.

Come i suoi diciannove anni.

Il manifesto sulla parete era la riproduzione di un'opera di Rothko. Due rettangoli blu, uno sull'altro, su uno sfondo ancora più scuro. Quasi nero.

Gli venne in mente l'ultima volta che era stato a Londra, alla Tate Gallery. Era rimasto seduto a lungo, senza riuscire a staccarsi dai colori, dalla moltitudine silenziosa dei presagi. Ogni opera era impregnata di un dolore intenso, definitivo, che pulsava nella geometria elementare dei pigmenti. Rosso, ocra, blu. Quelle campiture di colore parevano le porte di un altro mondo, gli accessi al vuoto misterioso dell'anima.

Si voltò e guardò fuori.

Dietro la parete vetrata le persone camminavano, e sparivano dietro gli angoli. Il mondo pareva ammutolito.

Andò a sedersi su una delle poltrone. Sul tavolino, c'era un pacchetto di sigarette accartocciato. Il segno del rossetto incorniciava il bordo del bicchiere di plastica, gli parve quasi osceno, visto da lì.

Il vento fuori muoveva i riflessi sulle foglie, vibrando appena, e la luce disegnava forme irregolari sulle facciate. In lontananza, su un enorme pannello pubblicitario, un viso di donna, in un pallore esangue, sorrideva.

Accartocciò anche il bicchiere e gettò tutto nel cestino.

Poi bevve un sorso d'acqua, prese una fragola e la mise in bocca. Chiuse gli occhi, come gli aveva insegnato suo nonno, così avrebbe sentito meglio il sapore.

E li riaprì. Le ragazze che si affaccendavano nell'appartamento del palazzo di fronte all'albergo non c'erano più. Lontano, la donna sul manifesto sorrideva ancora.

Bussarono alla porta. Entrarono due uomini, uno dei due era il giornalista che lo avrebbe intervistato, l'ennesimo, dopo l'uscita del suo libro in Italia. Un po' sovrappeso, gli andò incontro per stringergli la mano. L'altro, alto e secco, cominciò ad armeggiare con la strumentazione. Poco dopo si accostò a Stefano per sistemare il radiomicrofono. Lasciò scorrere il cavo sotto la giacca e fissò la clip sul risvolto.

Si accomodarono, la luce del tramonto adesso si diffondeva nella stanza, i tigli sembravano galleggiare. Il giornalista tirò fuori dal taschino un pettine di plastica e sistemò i capelli, poi controllò il taccuino e si schiarì la voce. Stefano accavallò le gambe e puntò i gomiti sui braccioli. Fece rigirare l'anello d'argento che portava al pollice della mano sinistra. Il cameraman avviò anche la seconda telecamera. Il giornalista si aggiustò il cravattino e, dopo un cenno d'intesa, cominciarono.

«Buonasera ai nostri telespettatori, e benvenuto al professor Stefano Sartor, che ringraziamo per essere qui con noi.»

In quel momento avvertì un piccolo salto nel petto, un'aritmia minuta, un'assenza. Ancora una volta quel senso strabico del non esserci, dell'essere altrove. Come se un altro lui si muovesse nel mondo, mentre lui era lì, seduto, in una camera d'albergo. Tra qualche minuto non avrebbe ricordato più nulla, di quell'intervista.

«...questo libro è a metà strada tra un saggio e un'autobiografia, è una riflessione filosofica, intensa, a volte dolorosa, sul modo in cui la nostra mente costruisce e decostruisce le emozioni...»

«...»

«...e attraverso la memoria dà una forma al passato che, magari, è soltanto immaginaria. È corretto?»

«...credo di sì.»

«Ma chi legge ha anche la sensazione di partecipare a una esperienza di guarigione, assiste alla rinascita. Il ritorno alla vita. È questo il messaggio che consegna al lettore? Tutti possono rinascere dalle macerie della propria esistenza?»

Stefano fece ruotare ancora l'anello sul pollice, distogliendo lo sguardo, per qualche istante.

«Non lo so... sono sincero... non credo di avere messaggi da consegnare.»

«È anche la storia della sua vita, però.»

«È la storia immaginata della vita di un altro, che non esiste più.»

Il giornalista lo fissò per pochi istanti, sorrideva, come se avesse davvero capito. Oppure no, non aveva capito nulla. «Grazie professore.»

Restarono fermi, in silenzio, fino a quando il secco fece un cenno. Poi si alzarono.

Il tecnico sfilò i microfoni dalle giacche e cominciò a smontare l'attrezzatura, ripetendo al contrario gli stessi movimenti di prima. Una musica, da qualche parte, tracciò una curva invisibile e svanì. Poco dopo i due uscirono dalla stanza. Tutto finì molto rapidamente. Non li avrebbe mai più incontrati, probabilmente.

In fondo la sua vita era questo, incontri che svanivano nel nulla, persone che attraversavano il campo visivo per poi sparire. Era stato quasi sempre così, da quando ricordava.

Non sapeva se mai ne avesse avuto un altro, ma il suo senso del mondo era come imbavagliato, trasmetteva segnali muti, nell'apocalisse secca delle giornate uguali.

Qualche istante più tardi bussarono di nuovo alla porta. Ed entrò una donna. Alta, snella. Si fece avanti. Gli occhi celesti si strinsero in una fessura, non appena intercettarono la luce obliqua del sole.

«Buonasera, sono Anna Castiglioni.»

«Buonasera...»

Restarono uno di fronte all'altra, immobili, per qualche istante. Lei sorrise, le labbra increspate da piccole screpolature.

«Il suo ufficio stampa mi ha detto che avrei potuto farle degli scatti...»

«Sì... giusto. Avevo dimenticato.»

«Mi hanno detto anche che non abbiamo molto tempo.»

Tolse il soprabito e lo appese su una gruccia, all'ingresso. Si muoveva con eleganza quasi maschile. Portava una T-shirt bianca e un paio di jeans, il viso appena segnato da rughe sottili. I muscoli delle braccia erano solcati da un rivolo di vene azzurrine, attraversavano i bicipiti, sfociando nell'avambraccio, fino ai polsi.

Tirò fuori dalla borsa la macchina fotografica. Mentre cominciava a montare l'obiettivo si accorse della lunga cicatrice sul volto di lui, e della zona di cuoio capelluto consumato accanto all'orecchio destro. Poi distolse lo sguardo.

«Devo confessarle che non ho ancora letto il suo libro.»

«Magari non si è persa granché.»

La donna lo guardò e sorrise, un po' stupita.

Terminò di montare l'obiettivo, i gesti rapidi, essenziali. Stefano rimase in silenzio.

Gli piacevano i movimenti delle mani, come se ci fosse sempre un segreto, dentro i riti della preparazione. Poteva restare dei minuti a fissare un artigiano che intagliava il legno, in una bottega del Marais. Come un voyeur, dietro le vetrine.

«Le piace Romain Gary.»

«Prego?»

La donna si scostò un ciuffo dagli occhi.

«No, mi scusi... avevo notato quel libro accanto alla poltrona. *La vie devant soi.*»

«Ah... certo. Mi piace molto...»

Stefano esitò, poi riprese a parlare.

«Quel romanzo era stato pubblicato con uno pseudonimo. Lo sapeva?»

«No...»

«Émile Ajar. Il romanziere più promettente degli anni Settanta. Vinse il Goncourt con quel romanzo, e con quel nome inventato.»

«Perché ha usato uno pseudonimo?»

«Anche Romain Gary non era il suo vero nome. In realtà si chiamava Roman Kacew, era un ebreo lituano trapiantato a Parigi. Non deve essere stata una vita facile, la sua. Forse cambiare nome, identità, serviva a nascondersi da qualcos'altro.»

«Credo che succeda a tutti, almeno una volta. Voler essere qualcun altro.»

«Credo di sì. Si uccise... un anno dopo la morte di sua moglie.»

«Jean Seberg?»

«Sì...»

«Come era bella...»

«Prima di spararsi un colpo in testa indossò una vestaglia rossa, non voleva che il sangue si notasse troppo.»

La donna ebbe un piccolo fremito. Sfiorò ancora il viso con la mano, portava un anello al mignolo, nessun altro gioiello.

«Scusi, non volevo turbarla...»

«No, non si preoccupi...»

La guardò ancora, mentre puliva con un panno la lente dell'obiettivo. Aveva le unghie corte, senza smalto.

«Ha detto... il suo nome è Anna Castiglioni, giusto?»

«Sì...»

«Dove posso aver visto i suoi lavori?»

Lei lo fissò, sembrava quasi sollevata da quella domanda.

«Londra, Berlino... soprattutto New York, ma in Italia mai.»

«Non vive in Italia, quindi.»

«No, ma ho una casetta in Toscana, a Monteriggioni. Mi piacerebbe venirci, prima o poi.»

«Ho capito...»

«La prossima mostra si inaugura alla fine di maggio, a Parigi.»

«Dove?»

«Alla Maison Européenne de la Photographie, non so se la conosce.»

«Piuttosto bene.»

«Davvero?»

«Abito da quelle parti. A meno di dieci minuti da lì.»

«Ah...»

La donna esitò qualche istante, poi riprese a occuparsi del set. Fissò un faro a led su un piedistallo, lo accese e lo puntò sulla parete. Regolò l'intensità luminosa, quasi al minimo.

«Bene... io sono pronta.»

Chiese a Stefano di accostarsi alla parete, accanto alla finestra. E di guardare fuori. Controllò la luce, l'esposizione, la messa a fuoco. Il viso si moltiplicava nel riflesso dei vetri. Lo guardò e lui rispose allo sguardo. Non dissero nulla.

E cominciò a scattare. Nella piccola suite suonava soltanto il sibilo elettronico della reflex.

«Guardi più in basso, per cortesia, più a destra.»

Stefano guardò in basso.

«Adesso verso di me.»

Gli sembrò che ci fosse qualcosa di impudico, in quello sguardo. Un'intimità simulata, che sarebbe svanita, di lì a poco. La donna indugiò, mentre stringeva il fuoco sul viso, proprio sopra la cicatrice che tagliava la guancia in due parti. Poi riprese a scattare.

«Adesso... faccia come se io fossi... trasparente.»

«Temo di non aver capito.»

«Vede qualcosa dietro di me?»

«...un manifesto, il muro...»

«Ecco, provi ad annullare la mia presenza e guardi dritto quel muro. Si concentri sul manifesto. Faccia finta che io non esista.»

Si concentrò. I due rettangoli blu, sullo sfondo più scuro. Lei mise a fuoco, stringendo ancora l'inquadratura. Lo sguardo dell'uomo adesso era altrove, così come sperava, lontano.

«Bravo...»

Fece un'altra decina di scatti, poi si fermò e diede un'occhiata alle immagini sul display. Seguì un silenzio prolungato, in cui nessuno disse nulla.

«Okay, direi che abbiamo finito.»

«Finito?»

«Sì. Non voglio approfittare della sua disponibilità. Magari la prossima volta avremo più tempo.»

«...»

«Mi faccio dare un indirizzo dal suo ufficio stampa e le invio qualche foto, se ha voglia di vederle.»

«Grazie.»

«E magari le faccio avere un invito per il vernissage, se fosse a Parigi, in quei giorni. Questo è il mio biglietto. C'è anche l'indirizzo del sito, ci trova un po' dei miei lavori.»

Sistemò la macchina nella custodia, e prese il soprabito. Poi si strinsero la mano.

Andò via, agilmente, così come era apparsa.

Stefano poco dopo lasciò l'albergo, entrò in un'auto scura che lo aspettava davanti all'ingresso e si allontanò sui viali.

Anna era ancora lì, sotto la pensilina dell'hotel.

Rimase a guardare, mentre l'auto spariva in fondo alla strada. Poi prese la reflex e fece scorrere nuovamente le fotografie sul display.

Si soffermò su un'immagine. Lui la stava guardando, dritto negli occhi.

Mise la macchina nella borsa e si allontanò.

Diario del sonno.
Giorno 1
Sveglia: 4.48

Ho fatto il solito sogno.

Anche se ogni volta è un po' diverso.

Prima tutto nero, poi alcuni flash. La luce. Una specie di lampo che mi acceca. Poi di nuovo nero.

Cammino al buio e arrivo in una stanza disadorna.

Apro i cassetti di una credenza e prendo delle posate. Le metto sul tavolo, senza tovaglia. Fanno rumore. Aspetto qualcuno. Ma non viene nessuno.

Poi non mi ricordo. Mi ritrovo fuori.

Le strade sono vuote. Le saracinesche sono tutte chiuse, è ancora buio.

Una donna si muove veloce, come dentro un tunnel invisibile. I netturbini fanno il solito giro. Indossano le tute arancioni, fosforescenti. Resto sempre a guardarli.

Il modo in cui impugnano la scopa, la sequenza dei movimenti, gli stivali di gomma. Dal camion arriva l'odore acre dei rifiuti. Le scope di saggina fanno quel rumore di trascinamento. Mi ipnotizza.

Sento puzza di alcol. La persistenza degli odori, per le strade, all'alba, somiglia alla desolazione, all'abbandono. Cammino senza fermarmi.

Un'automobile passa e lascia una scia di suono, un'impronta sull'asfalto umido.

La gente dorme ancora, è come morta. Nel buio della notte vive altrove.

La piazza è chiusa, cammino sotto i portici, nel silenzio innaturale che precede l'aurora. Percorro tutti e quattro i lati, senza incontrare nessuno.

Forse sì, sono tutti morti.

Poi riprendo rue de Bearn e torno verso casa.

Sentì un brivido sulle cosce.

Il sole era tramontato da un pezzo. La spiaggia era deserta.

Da quelle parti non c'erano stabilimenti balneari, e le prime case erano molto distanti.

Aveva lasciato il motorino subito prima delle dune, una volta aveva fatto l'errore di portarlo sulla sabbia e non era più riuscita a riportarlo su.

Sentiva una specie di disagio, sulla pelle. Come se qualcosa stesse per accadere, da un momento all'altro. Aveva messo la minigonna di jeans, una maglietta a fiori di Naj-Oleari e le Superga bianche. Si guardò i piedi. Continuavano a crescere, maledizione, e le scarpe aperte la mettevano in imbarazzo.

Prima di uscire si era guardata allo specchio, in bagno, il viso si era riempito di lentiggini, sulle guance e sul naso. D'estate la pelle si copriva di efelidi e i capelli diventavano ancora più rossi. Scintillavano, alla luce fredda del neon.

Tolse il reggiseno, e rimase qualche secondo a torso nudo con la gonna. Tra nove mesi avrebbe compiuto diciassette anni, non era più una bambina. Poi mise il reggiseno nella cesta e uscì dal bagno. Lanciò un saluto a sua madre e uscì velocemente.

Vide spuntare le sagome sulle dune. I peli, trasparenti, si drizzarono sulle cosce. Scartò una gomma e la mise in bocca, a cena sua madre l'aveva costretta a mangiare quella stupida insalata in cui mettevano i peperoni e le cipolle rosse, che pizzicavano in gola. Adesso le tornava tutto su.

Si stavano avvicinando. Nessuna portava la gonna, nessuno i pantaloni. Avevano tutti il costume, e sopra le magliette. Perché si era vestita così, accidenti? Le risate aumentavano e diminuivano di volume, impastate dal vento. Guardò verso il mare, appena increspato dalla corrente. Era nero.

Aveva trascorso tutto il pomeriggio a pensare a quella sera. Aveva provato tutte le magliette per poi rimettersi la prima. Sarebbe stata una notte bellissima, se l'era immaginata così. Adesso però non ne era più tanto sicura.

Erano lì, a tre metri da lei.

«Ciao Nina...»

«Ciao...»

La ragazza con le treccine si avvicinò e le diede un bacio. Profumava di bagnoschiuma e di altro che non riusciva a capire.

«Sei arrivata da molto?»

«No... un minuto fa...»

«Il costume?»

«Non... non ce l'ho...»

«Ti fai il bagno così?»

«E... non avevo capito... pensavo... pensavo dovessimo fare tipo un falò.»

«Sì ma poi ci tuffiamo... fa un caldo...»

Si avvicinò anche la biondina, doveva essere romana, o qualcosa del genere.

«Ciao, sei carinissima con questa gonna.»

Come si chiamava? Come accidenti si chiamava?

«Ciao...»

Anche lei aveva un odore acre addosso, aveva fumato. Sapeva di cose dolci, strane.

Poi salutò gli altri, quello con i capelli lisci che gli scendevano sulla fronte e il naso spellato, la tipa con le tette grosse che masticava la gomma con la bocca aperta, il ragazzo con la chitarra, la ragazza con la frangia e la carnagione scura. Lei era simpatica, le sorrise.

Lasciarono le borse e cominciarono a preparare. Si sentì improvvisamente fuori posto. Cominciò a cercare nella sua testa una scusa per scappare via. Era la sua specialità.

«Mi dai una mano a sistemare le stuoie?»

La ragazza con la frangia le piazzò due stuoie in braccio e cominciò a srotolarne altre disegnando un cerchio molto ampio sulla sabbia.

«Scusa ma non mi ricordo come ti chiami...»

«Nina...»

«Ah sì...»

«...tu?»

«Gabriella, oppure Gabry, decidi tu. Lui è John, e lei Cinzia.»

«Ciao...»

«Stamattina c'era casino, e io i nomi me li dimentico sempre...»

«Anche io...»

Gli altri si allontanarono, Gabry e Nina continuarono a chiacchierare.

«...tu di dove sei?»

«Di Milano, cioè vivo a Milano... sono in vacanza con

mia madre. Abbiamo preso una casetta a un paio di chilometri dalla spiaggia. Tu?»

«Io sono di Ostuni, ma da qualche anno ci siamo trasferiti a Brindisi. Non è tutto questo viaggio, eh...»

«Vieni sempre in vacanza qui?»

«Sì... con gli altri ci conosciamo da anni, alcuni hanno la villa da queste parti, altri tornano nello stesso albergo. Ma ci vediamo solo d'estate. È la prima volta che vieni?»

«Sì...»

Aveva la pelle scura, si muoveva agile nel quasi buio della spiaggia. Nina la aiutò a sistemare una stuoia.

«E gli altri? Di dove sono?»

«Boh... Toni è romano, Cinzia è di Bari, quello col naso bruciacchiato, credo di Brescia, una cosa del genere, alcuni li ho conosciuti solo stamattina. E non mi ricordo il nome, ovviamente.»

Sorrise, anche Nina sorrise.

«Poi però arrivano gli altri.»

«Chi?»

«Be', è una festa no? Mica facciamo una festa in sette persone... che tristezza. Alla fine saremo almeno una trentina.»

«Ah...»

Ripensò velocemente alla scusa migliore per fuggire. Poteva fingere di sentirsi male, oppure chennesò dire che aveva litigato con sua madre e, niente, le dispiaceva un sacco ma doveva rientrare presto. Tipo alle undici al massimo. Erano quasi le dieci.

Il tipo col naso spellato e l'altra stavano trascinando un bidone di plastica azzurro, segnando un solco nella sabbia umida. Era pieno di ghiaccio. In un altro contenitore, una di quelle bacinelle alte che si usavano per lavare i panni, versarono il vino rosso da una damigiana.

«Ci aiuti con le pesche? Facciamo la sangria.»
«Sì.»
La tipa con le tette grosse le mise un coltello seghettato in mano e si allontanò. Lei rimase da sola, col ragazzo dal naso spellato. Cominciarono a tagliare le pesche a spicchi e a tuffarle nella bacinella. Era timido anche lui, non dissero una parola. Poco dopo li raggiunse John.
«Volete una mano?»
Prese un coltello e si mise al lavoro. Nina aveva la testa vuota, non sapeva cosa dire.
«Sei di Milano, vero?»
«Sì...»
«Quanti anni hai?»
«Diciassette... quasi.»
«...»
«Tu?»
«Diciannove, quasi... sono di Roma.»
«...»
«Cosa studi?»
«Vado al liceo americano.»
«E cos'è?»
«Boh... niente di che... è un istituto privato... tipo liceo scientifico, ma si studia tutto in inglese.»
«Fico. Quindi lo parli benissimo... l'inglese.»
«Sì... più o meno... ma perché sono bilingue. Mia madre è americana.»
«Ah... forte... ti invidio un po'.»
«Tu cosa studi?»
«Io ho finito quest'anno. Ho fatto il classico. L'inglese lo parlo male... sono uno dei pochi che ha studiato francese al ginnasio. Una specie di razza in estinzione.»
Era simpatico, pensò Nina. Anche carino.
«Basta andare un paio di mesi all'estero... magari...»

«Cioè?»
«Dicevo... per imparare l'inglese... magari potresti...»
«Ah okay sì... ci sono stato l'anno scorso. A Cambridge, quei viaggi di studio che poi alla fine non studi niente. Infatti ho studiato poco e mi sono ubriacato molto...»
«...»
«Sarebbe molto fico andare in America. Tua madre di dov'è?»
«New York.»
«Proprio New York?»
«Sì...»
«Forte...»
«...io ci sono stata fino alle elementari.»
«E perché non ci sei rimasta?»
«Perché... mio padre è un diplomatico, non siamo mai stati più di cinque anni di seguito nello stesso posto...»
«E dove altro sei stata?»
«Due anni a Istanbul. Poi Barcellona, Berlino ovest. E Milano.»
«Cavolo... che vita...»
«Tu...»
«Io cosa?»
«No... volevo dire... cosa... cosa fai, cosa farai adesso... voglio dire... dopo la scuola?»
«Non lo so... ho le idee confuse. I miei vorrebbero che studiassi giurisprudenza... mio padre è avvocato, solita storia... lo studio di famiglia e tutto il resto... che palle.»
«E tu cosa vorresti fare?»
«Boh... non riesco a orientarmi... è che proprio non mi ci vedo tutta la vita dentro un ufficio. Vorrei continuare a suonare, questo è sicuro. Abbiamo un gruppo.»
«Ah...»
«Sì... lascio passare l'estate e poi ci penso.»

«Posso farti una domanda?»

«Spara!»

«Ma tu ti chiami davvero John?»

Scoppiò a ridere, aveva un bel sorriso, pensò Nina.

«Non esattamente, però da quando suono sì, come John Frusciante, hai presente? Dei Red Hot Chili Peppers.»

Nel frattempo era partita la musica, i bassi pompavano da un radiolone portatile, l'avevano sistemato su una piccola duna, sopra il cerchio di stuoie. Alcuni stavano accendendo il falò. La biondina si sbracciò verso di loro, mentre i Pet Shop Boys cantavano *Always on my mind*.

«È finita la pace, mi sa, vado a dare un'occhiata. A dopo, Nina.»

«Ciao...»

Si allontanò. Il tipo col naso spellato, che era stato in silenzio tutto il tempo, la guardò e sorrise, anche lui. Aveva gli incisivi sproporzionati, sembrava un grosso topo con i capelli lisci. Ripresero a tagliare spicchi di pesche e a lanciarli nella bacinella.

«Io mi chiamo Walter... faccio l'ultimo anno... cioè devo iniziare l'ultimo anno... vado allo scientifico.»

«Ah...»

«Sono un radioamatore... cioè sto imparando, mio padre è un radioamatore, ha proprio la patente e tutto.»

«Bello...»

«Ti... ti piacerebbe imparare? Non è difficile...»

«Non lo so. Non ci ho mai pensato.»

Cominciavano ad arrivare gli altri. Erano sagome scure in movimento, erano tanti.

Avevano tutti il costume e le ciabatte. E tra loro c'era anche il ragazzo che aveva conosciuto in spiaggia, proprio quella mattina, l'aveva invitata lui al falò. Era alto, con i muscoli lunghi dei nuotatori. I capelli neri, un po' ricci. Era bello.

Era bellissimo. Nina non aveva pensato ad altro, quel pomeriggio.

«Potresti provare, a Milano c'è la sede dell'associazione.»

«Cosa?»

«Dicevo che potresti provare a collegarti, col baracchino, magari scopri che ti piace, no?»

Non lo stava ascoltando. La fiamma del falò cominciava a levarsi verso l'alto, colorando i corpi quasi nudi, in quel mondo tremante di vite insanguinate.

Sentì un fremito improvviso sulla pelle, i capezzoli puntarono la maglietta. Intrecciò le braccia per coprirsi.

«Mi aiuti a prendere un po' di rami lì dietro le dune? Tra poco bisognerà ravvivare la fiamma.»

Gabriella si era materializzata nel buio. Il corpo veloce degli animali notturni, e il sorriso fosforescente.

«Sì... okay.»

Si allontanarono. Walter il topo rimase da solo a sbucciare pesche davanti al secchio della sangria.

«Ti ho salvata, vero?»

«Sì.»

Si guardarono e risero. Poi Gabriella le prese la mano e si addentrarono nel buio.

Nel riquadro del finestrino le facciate si rincorrevano lentamente. Stefano guardava attraverso i vetri oscurati. Non sentiva nulla, soltanto il rumore della frizione dei polpastrelli sulla superficie dell'imbottitura.

Gli era rimasto, dopo l'incidente, una specie di superpotere dei dormienti, dei quasi morti. Una moltiplicazione dell'udito, dei sensi, quasi che l'orecchio riuscisse a selezionare e ordinare in categorie, disporre i piccoli suoni in una bacheca dei segnali elementari.

Quando scese dall'automobile lo investirono le voci. Alcune persone lo stavano attendendo davanti all'ingresso del chiostro dell'edificio conventuale, dove era previsto l'incontro. Il sole era tramontato, lasciava il mondo mobile, di un'oscurità violetta, i lampioni segnavano circonferenze gassose di luce giallastra.

«Signori, mi dispiace ma l'incontro sta per cominciare.» L'hostess che lo precedeva parlava con la voce dritta. «Il dottor Sartor potrà fare le dediche più tardi, al termine della conferenza.»

Stefano era un po' a disagio in quell'assembramento inatteso. Una signora anziana si avvicinò, gli porse cortesemente una penna.

«Io non potrò esserci, mi metterebbe solo una firma sul libro?»

Portava uno spolverino chiaro con dei risvolti di velluto sulle maniche. Il sorriso segnava una curva sul viso, ma non riusciva a dissimulare la malinconia degli occhi.

«A chi devo dedicarlo?»

«Mi chiamo Maria Luisa.»

«Maria Luisa sono due nomi staccati, vero?»

«Sì.»

Stefano prese la penna e cominciò a scrivere, con una grafia netta, comprensibile.

«Il suo libro mi ha molto colpito.»

La voce adesso era appena incrinata dall'emozione.

«La ringrazio.»

«La perdita della memoria è una faccenda che conosco bene.»

«...»

«Mio marito... è malato di Alzheimer.»

«Mi dispiace.»

«Da un anno non mi riconosce più. È più giovane di me, io ho ottantun anni. Lui solo settantasette...»

«...»

«Ho tanta rabbia per questo.»

«Lo capisco, deve essere molto doloroso.»

«Toccherà pensarci nella prossima vita. Lo dico sempre, a lui, che non risponde. Ci rivedremo da qualche parte, nella prossima vita. Ci riconosceremo.»

La donna aveva gli occhi lucidi. Stefano la fissò un istante, e firmò sotto la dedica.

«Mi scusi, non volevo metterla a disagio con le mie tristezze.»

«Non lo ha fatto. Arrivederla Maria Luisa, le auguro ogni bene.»

«Grazie, auguro ogni bene anche a lei. E continui... continui a cercare.»

Quelle parole fecero un giro veloce nella sua testa, confondendolo. Si strinsero la mano, quella di lei era scarna, ossuta. Indugiò, guardandolo ancora. Poi sfilò la mano e si voltò. E sparì, tra la gente.

«Signori vi prego, dopo la conferenza il dottor Sartor vi farà volentieri un autografo, ma adesso siamo in ritardo. Dobbiamo andare.»

Si avviarono nel portico, sul pavimento i tacchi della ragazza fecevano rumore. Stefano si fermò un istante a guardare la geometria delle arcate. Poteva ascoltare i piccoli suoni, seguendo quella sua ossessione dei dettagli, delle piccole cose. L'ingresso della biblioteca era un portale scolpito, che terminava in una cuspide, in cima.

Entrarono e lasciarono il soprabito in guardaroba. Quando si affacciarono la gente cominciò ad applaudire, la sala era gremita, in fondo c'era un grande tavolo con tre microfoni e dietro, proiettate sul muro, l'immagine della copertina del libro e la sua fotografia, contenuta nel risvolto.

Stefano percorse il corridoio, avvertì una leggera pressione sul torace, i suoni entravano in un imbuto, si confondevano, e sembravano abitarlo, in quella precisa regione del corpo. Niente di nuovo, pensò, passerà tra poco.

Gli andò incontro un signore con i capelli bianchi e una lieve zoppia, era il direttore della fondazione che aveva organizzato la conferenza, si strinsero la mano e raggiunsero il tavolo dove li attendeva la relatrice, portava un tailleur rosa da cui sporgeva il seno e una collana di perle.

«Molto felice di conoscerla, sono Tiziana Conti, ci siamo sentiti questa mattina.»

Aveva un profumo dolciastro, forse di muschio. Si sedettero.

Il direttore introdusse, dicendo che erano tutti felici di averlo lì, onorati persino, dalla sua presenza. Poi la donna cominciò a parlare, sviluppando un'esegesi attenta del testo, puntuale, persino sorprendente. Alla fine ci furono le domande, le risposte, le copie da firmare.

Dopo la conferenza andarono a cena dalle parti di Santa Croce. Chiacchierarono, bevvero del vino buono. Poi si salutarono, il direttore andò a dormire, mentre Stefano, che aveva voglia di camminare, accompagnò Tiziana fino a casa.

Abitava lungo i viali, a due passi dal Cimitero degli Inglesi. Quando passarono davanti alla collinetta recintata, immersa nel traffico della città, si fermarono davanti al cancello.

«Lo conosce?»

«Non ci sono mai entrato.»

«È di proprietà della Chiesa Evangelica Riformata Svizzera. Quindi non è propriamente il Cimitero degli Inglesi, a dispetto del nome che compare in tutte le guide ufficiali.»

«E perché si chiama così?»

«Be'... forse per il clima vittoriano, cosmopolita, del luogo, al tempo della sua edificazione. Forse per il fatto che molti inglesi illustri sono sepolti qui. E poi perché allora, per i fiorentini, i protestanti erano tutti inglesi.»

«Chi ci è sepolto?»

«Filosofi, pittori, poeti. Elisabeth Barrett Browning, per esempio. Viesseux, alcuni misteriosi discendenti di Shakespeare, e tanti altri. E poi c'è la leggenda del fantasma di Byron.»

«Cioè?»

«Molti credono che Byron sia seppellito qui, non so dirle come sia nata questa storia. E molti credono che per i sentieri dell'Isola dei Morti si aggiri il suo fantasma.»

«Isola dei Morti?»

«Questa collinetta si chiama anche così. Il nome deriva da un dipinto di Arnold Böcklin, pare ispirato a questo luogo.»

«Ma certo... lo conosco. Lo ricordo perfettamente.»

«Da piccola questo posto mi faceva paura. E mi faceva paura anche il custode, che vedevo di tanto in tanto aggirarsi per i viali, curvo, magrissimo. Eppure ne sono sempre stata attratta.»

«...»

«Una volta ho lavorato a un progetto un po' folle. Insieme ad alcuni colleghi abbiamo fatto delle ricerche sul tema della rappresentazione del confine, tra vita e morte. E abbiamo analizzato diversi esempi di arte funeraria. Alcuni sono molto noti, pensi a Canova per esempio. Ma quello che mi ha colpito di più è stato un artista vissuto a cavallo tra Ottocento e Novecento, Giuseppe Sartoro. Il Michelangelo dei morti, lo chiamavano così.»

«...»

«Sì, è una definizione un po' lugubre. Si è dedicato prevalentemente alle opere cimiteriali. Pensi che faceva vestire i corpi dei defunti e li sistemava in posa per i suoi bozzetti. Come fossero normali modelli.»

«Che allegria eh...»

«Già. Si guadagnò la fama di artista maledetto, ed è morto misteriosamente.»

«Come è morto?»

«È sparito. In uno dei suoi viaggi in Sardegna, dove ha lasciato opere magnifiche. Si è imbarcato sul traghetto a Terranova – Olbia si chiamava così allora – e non è mai arrivato. Il Michelangelo dei morti non ha mai avuto una tomba.»

Rimasero in silenzio per un po'. Tiziana prese dalla borsa un pacchetto di sigarette e ne sfilò una.

«Ne fumo solo un paio la sera. Vuoi?»
«No... grazie.»
«Scusa, sono passata al tu.»
«Figurati...»
Accese la sigaretta e aspirò profondamente. Poi soffiò verso l'alto.
«Posso farti una domanda... personale?»
«Prego...»
«Non c'entra niente col cimitero e con i fantasmi... o forse un po' sì. Puoi non rispondere se non ne hai voglia.»
«Mi devo preoccupare?»
«Ma no... riguarda il tuo libro... mi ha molto colpito, questo è evidente...»
«...»
«Ho notato che, come posso dire... la figura femminile sembra marginale... è una specie di fantasma, ecco. Le donne sembrano non esistere, nella tua vita. Come se le tenessi fuori dal gioco...»
«...»
«È una sensazione sbagliata?»
Stefano guardò ancora tra le inferriate del cancello. Avvertì quella stanchezza che conosceva, la fatica di dover spiegare, non era quasi mai capace di farlo davvero.
«Non è una sensazione sbagliata. Ma la mia storia è un pretesto.»
«Cioè?»
«Raccontare quello che mi è accaduto... è servito soltanto a sviluppare una tesi. Quanto alle donne non sono sicuro di saper rispondere.»
«Non sei sposato, vero?»
«No.»
«Come mai?»
«...»

«Scusami, sono stata indiscreta.»

«No, tranquilla. Non è successo, diciamo così. Non è stata una scelta. Tu sei sposata?»

«Sì. E anche separata. Ho un figlio di dodici anni.»

Continuarono a passeggiare per un po'. Era una notte mite, il mondo sembrava accogliente.

Poi tutto seguì un copione già usato, probabilmente. Lei gli disse che, se aveva voglia di bere ancora qualcosa, potevano andare in un bar lì vicino, era aperto fino a tardi. Oppure salire da lei, suo figlio era dal padre per qualche giorno.

Quando entrarono in casa, Stefano si guardò intorno. Il salone era pieno di mobili, un odore misto di cera d'api e di bergamotto. Sentì una piccola stretta allo stomaco. C'erano troppi oggetti, troppi odori.

Lei gli disse di accomodarsi, di versarsi da bere, c'era un vassoio con i liquori. Tornò poco dopo, si era ritoccata il trucco, e si sedette accanto a lui. Bevvero un bicchiere di grappa, e poi un altro.

Quando si svegliò era notte fonda. Nella penombra indolente di una camera sconosciuta. Tiziana dormiva, riversa su un fianco, la trapunta bianca le lasciava il seno scoperto, il viso era schiacciato sul cuscino in una smorfia, quasi innaturale. Restò a guardarla, sentì l'odore dolciastro sul corpo, la rivide per un istante agitarsi sopra di lui, e le perle fare una danza selvaggia, sul seno. Provò ancora la droga sintetica di quegli attimi. Era bella, era un'estranea.

Poi si sentì solo, terribilmente.

Si alzò senza fare rumore, e si rivestì. Ritrovò la strada per l'uscita, aprì la porta e la richiuse piano.

Passò davanti all'Isola dei Morti e riprese il viale in direzione dell'Arno. Firenze deserta placò, in parte, quel dolore. Il fiume ritagliava le sagome delle case, dei ponti, nel riflesso dorato.

Stava albeggiando. La città cominciò ad animarsi lentamente di altre vite.

Rientrò in albergo, si stese sul letto.

E si addormentò.

Il sonno del mattino è un sogno senza nessuno, un buio pesto, che torna a trovarlo. Non è facile spiegarlo, ma è come se tutto fosse presente, solido, e lui fosse lì, immerso in un'oscurità senza vita. Lui è vivo. In un mondo morto.

Per quanti sforzi faccia, in quel sonno, non riesce a muoversi. È fermo, disteso, affogato nell'inchiostro. Ogni volta che succede, avverte la stessa sensazione, ritorna in quella stanza, senza vederla, lo stesso sonno senza sogni, lo sfregamento sottile del cotone, lo stillicidio invisibile. Il rumore sommesso dei macchinari. Tutto è fermo, ineluttabile.

Nel corso della terapia aveva provato decine di volte a rientrare in quel buio, a farsi strada, per recuperare qualcosa di quello che aveva perduto per sempre. Ma non era mai riuscito a farlo davvero, gli restavano soltanto immagini fugaci, indistinte, dettagli. Mai un volto, mai una voce.

Non c'erano voci, nel suo passato.

Squillò il telefono, lo stavano chiamando dalla reception.

Prese la cornetta e rispose. Avvertiva il disagio, umido, degli abiti appiccicati addosso. Alle tredici c'era una macchina che lo avrebbe portato a Milano, nel pomeriggio era prevista un'altra intervista, per la televisione, poi ancora incontri con i giornalisti. E infine una presentazione in libreria. «L'aspetto giù, faccia con comodo.»

Riattaccò. Ruotò su un fianco, chiuse gli occhi per un

po', li riaprì, e si mise seduto. Provò una leggera vertigine, gli occhi faticarono a mettere a fuoco. Si alzò, si spogliò completamente, ficcò la biancheria in una busta, e andò a farsi una doccia.

Rimase sotto il getto caldo per un paio di minuti, con la testa poggiata sul muro, si insaponò, lavò i capelli e strofinò la spugna sintetica su tutto il corpo. Infine uscì e infilò l'accappatoio, si guardò allo specchio. Aprì e chiuse la bocca, sentiva l'alito acre del risveglio. Si lavò i denti, strofinò lo spazzolino sulla lingua, sciacquò la bocca e sputò.

Con l'indice seguì le linee della cicatrice, dalla guancia fino all'orecchio. Conosceva solo quella faccia, disegnata dalla chirurgia plastica, non quella del ragazzo che era stato. Non aveva neanche una foto di allora. Non esistevano immagini della sua infanzia, della sua adolescenza. Non era mai esistito.

Prese la bustina col rasoio monouso e la schiuma, la scartò e si fece la barba. Infilò la busta della biancheria in valigia e la chiuse. Terminò di vestirsi e scese nella hall.

L'auto correva in silenzio, la campagna scivolava morbida nei colori della primavera.

Chiuse gli occhi. Era un mondo bellissimo.

«Stefano, da quanto tempo ci conosciamo lei e io?»

«Perché me lo chiede?»

«Da quanto tempo, mi dica?»

«Vent'anni, credo. Forse ventuno.»

«Esatto, ventuno. Ci vediamo almeno una volta al mese da ventun anni precisi.»

«E quindi?»

«Possiamo dire che, nei modi che sono concessi da un rapporto di terapia, lei e io siamo diventati amici?»

«Credo di sì.»

«Quindi lei sa che quello che le dico, e quello che le dirò deriva non solo dal mio ruolo di terapeuta, ma anche dalla vicinanza che provo nei suoi confronti.»

«Certo.»

La donna sorrise, appena. E dopo una breve pausa riprese.

«La sua ferita non è solo il prodotto di una rimozione, di una scelta dell'inconscio, mi passi l'espressione. È un problema strutturale. Su questo siamo d'accordo.»

«Sì.»

«Un pezzo della sua memoria, un bel pezzo, è sparito per sempre. Ancora oggi è dura da accettare, lo so, ma bisogna farlo. Ci abbiamo lavorato, per anni, e siamo giunti insieme a questa conclusione. Abbiamo circoscritto il problema. Siamo riusciti, lei e io, a definirlo, quello spazio. A riconoscere la ferita. A mettere dei confini tra lei e quel dolore. Mi sbaglio?»

«No, non si sbaglia.»

«Bene. Allora voglio farle una domanda. Molto diretta.»

«...»

«Perché, oggi, lei vuole riaprire i confini? Perché vuole tornare dentro quel dolore?»

Stefano rimase qualche secondo immobile, staccò gli occhi dal volto della donna, accanto alla finestra dello studio c'era un ficus benjamin, le foglie luccicavano in controluce.

«Perché...»

«...»

«...perché lei e io... potremmo esserci sbagliati.»

«...»

«Quello che mi è successo probabilmente non avrà mai una spiegazione definitiva, abbiamo fatto molti progressi, ma... ma non siamo riusciti... non sono riuscito ad andare fino in fondo.»

«...»

«Ammetto che aver deciso che era impossibile farlo, mi ha dato a lungo una pace transitoria. Poi, non lo so... tutto si è rimesso in gioco. Non so esattamente dirle perché.»

«È inevitabile che sia così. Succederà ancora.»

«Lo so. Ma continuo a farmi domande, e a non avere risposte. E mi chiedo se ho fatto abbastanza. Non voglio che mi fraintenda, però. Ho imparato molte cose in questi anni, e se esiste una possibilità, anche remota, di aprire ancora un varco, credo di non poterlo fare con nessun altro. Posso farlo solo con lei.»

«Quindi?»
«Vorrei ricominciare. Dall'inizio.»

Stefano aprì il portoncino del palazzo di rue de Varenne, e uscì in strada. La via era quasi deserta. Una camionetta della polizia era di guardia agli edifici governativi, e in fondo alla strada si intravedeva il complesso de Les Invalides. Al numero cinquantotto c'era lo studio di Barbara Modigliani, la sua terapeuta. Aveva settantadue anni, alta, elegante, ironica, conservava una lieve cadenza lombarda, un umorismo che rivelava le sue origini. Si era trasferita a Parigi alla fine degli anni Settanta per una borsa di studio, e ci era rimasta, diventando una delle psichiatre più apprezzate della capitale. Anche Stefano viveva stabilmente a Parigi, ormai da vent'anni. Ci si era trasferito alla fine degli anni Novanta, circa dieci dopo l'incidente.

Camminò fino al Museo Rodin, si ripeteva ogni volta che doveva tornarci, ma ogni volta qualcosa glielo impediva. Una fila composta di persone attendeva di poter entrare, dopo una breve esitazione decise di tornare a casa.

Diario del sonno.
Giorno 2
Sveglia: 4.36

Ho sognato Zeno. Eravamo sulla terrazza della masseria. Stava per piovere.

Lui portava una canottiera di lana e un fazzoletto rosso legato sulla testa.

Accanto a lui c'ero io, ma non ero io.

Ero una specie di doppione di me, che parlava. Mentre guardavo.

Zeno diceva che il tempo sta cambiando, che sta arrivando il temporale. E il mio doppione indicava qualcosa in fondo, oltre la collina. Ma non riuscivo a sentire quello che stava dicendo.

Poi prendeva la rincorsa e cominciava a correre, attraversava tutta la terrazza fino al parapetto di pietra. E si tuffava nel vuoto.

E cominciava a volare.

Ma mentre volava il mio doppione ero io, perché vedevo il mondo dall'alto, tutta la distesa degli ulivi, i campi, le vigne. Andavo incontro alle nuvole nere, incontro al temporale.

Mi sono svegliato e ho aperto gli occhi. Sul soffitto c'era la luce fioca che entrava dagli scuri.

Era una specie di cielo geometrico. Ho chiuso gli occhi e provato ad addormentarmi ancora.

Alle cinque mi sono alzato.

Uscì sull'aia e sentì l'aria fredda del mattino penetrare la pelle. Infilò il maglione e rimase in ascolto. I suoni della campagna, gli uccelli, il latrato dei cani, un trattore che attraversava i campi, in lontananza.

I raggi del sole, obliqui, incendiavano le chiome degli alberi proiettando onde lunghissime sul terreno e sul largo spiazzo davanti alla masseria. La terra si estendeva a perdita d'occhio segnando le trame irregolari degli ulivi in una sequenza di colori, il rosso delle zolle, il grigio e il verde dei tronchi e delle foglie minute.

Inspirò profondamente, trattenendo il respiro per alcuni istanti, liberandolo poi in un soffio prolungato. Provava un sentimento fluido, a cui non riusciva a dare un nome.

Gli sembrò di riconoscere le sensazioni, quello stesso stupore dinanzi allo spettacolo della campagna, doveva averlo imparato, da qualche parte, in qualche modo, molto tempo prima.

Zeno lo raggiunse con un vassoio.

«Buongiorno.»

«...buongiorno.»

«Il caffè.»

«Grazie.»

Si misero seduti al tavolo di pietra, dalle tazzine si sollevavano piccole spirali di fumo. Le nuvole bianche accalcate più in alto sembravano addensare quel fumo nel nitore del cielo azzurro.

«Fa freddo?»

«Un po'...»

«Com'è andata? Hai dormito?»

«Sì... abbastanza.»

Faceva fatica ad addormentarsi, da quando si era svegliato, due mesi prima. Aveva paura di essere inghiottito in quel mondo senza luce. Ma la sua prima notte in masseria era andata bene.

Guardò Zeno, stava passando la mano callosa sulla superficie ispida del collo, fino al mento. Inspirò profondamente, ed espirò.

«Oggi pomeriggio ti porto al frantoio. È cominciata la spremitura delle olive, ti voglio far vedere come si fa.»

«E dov'è?»

«Non è lontano. Possiamo prendere il furgone, ci mettiamo cinque minuti. Hai voglia?»

«...»

«Hai voglia, sì o no?»

«Sì, certo. Preferisco andare a piedi, però.»

«Va bene, ci facciamo una camminata.»

«...»

«C'hai fame?»

«Un po'.»

«Me' e assaggia questi. Li fa la zia Rosa.»

Avvicinò un piatto di ceramica colorata, c'erano alcuni biscotti granulosi, dalla forma irregolare.

«Cosa sono?»

«Assaggia, poi ti dico che cosa sono.»

Stefano prese un biscotto e lo addentò, masticò lentamente.

«Allora?»

«Buono.»

«Che ci sta dentro?»

«...non lo so...»

«Prova a dire...»

«Marmellata...»

«Che marmellata?»

«Non lo so, Zeno, non la riconosco.»

«Mele cotogne. E poi?»

«E poi boh... dei pezzetti di... qualcosa.»

«Non sei bravo a riconoscere i dolci, Stefano. Stanno i pezzi di buccia di limone e le mandorle. E a volte trovi pure un'amarena, se sei fortunato.»

«Buoni...»

«Quando la vedi a Zia Rosa diccelo, che quella è contenta.»

Zeno aveva sessantanove anni e ne dimostrava cinquanta. Piccolo, secco, gli occhi chiarissimi sul volto cotto dal sole, e un sorriso obliquo, da seduttore. Portava quasi sempre un paio di pantaloni chiari e, sopra la canottiera, una camicia bianca con le maniche corte. Le vene delle braccia si attorcigliavano sui bicipiti, tondi e gonfi come una pallina da tennis.

«Chi è zia Rosa?»

Zeno era un contadino, un formidabile autodidatta. Dopo il diploma di quinta elementare aveva continuato a studiare, da solo. La storia, la filosofia, la matematica. Aveva ideato un sistema ingegnoso per irrigare i campi, inventato una macchina per separare i noccioli dalla polpa delle olive, brevettato una mezza dozzina di attrezzi agricoli e altro ancora. Da semplice mezzadro era diventato prima un piccolo proprietario terriero, per arrivare poi a dirigere una florida azienda agricola, con masserie e terreni distribuiti in tutta la Valle d'Itria. Ma non aveva mai smesso di svegliarsi ogni mattina alle cinque per lavorare. Rosa era la sorella di Zeno.

Zeno era suo nonno.

«Uno di questi giorni andiamo a trovare pure a lei.»

«...»

«Non è che dobbiamo fare tutto assieme. Non ci abbiamo mica fretta.»

Stefano lo chiamava per nome, perché con quel nome si era presentato a lui, due mesi prima, quando si era svegliato. Non ricordava più nulla del passato, e nel presente non era rimasto nessuno. Tranne quell'uomo con la faccia cotta dal sole, seduto accanto a lui, su una sedia di formica rosa, nella camera dell'ospedale.

Nel pomeriggio si incamminarono sul sentiero che dalla masseria conduceva alla strada provinciale. Stefano portava un giubbotto di jeans e Zeno una giacca chiara, un po' fuori misura, procedevano spediti, senza parlare.

Il percorso, lungo e stretto, seguiva le pendenze dolci dei campi e le linee curve dei muretti a secco si infilavano come giovani serpi tra le distese di ulivi secolari.

Zeno camminava avanti di un metro, con un bastone nodoso che usava da sempre, non per necessità, ma per compagnia. Il ragazzo era dietro. Intorno, soltanto i suoni della campagna.

La mattina in cui Stefano aveva riaperto gli occhi c'era un silenzio diverso, invece, compatto, segnato dal respiro artificiale dei macchinari. La prima cosa che vide allora fu la plafoniera di opale, sul soffitto bianco. Un cielo lattiginoso, senza nuvole, un silenzio sintetico, nell'anestesia blanda del mattino. Notò, una per una, le imperfezioni, i piccoli scherzi di superficie che la luce del mattino, radente, segnava sul soffitto. E si accorse, col passare dei minuti, dei suoni che provenivano da lontano, dalle altre stanze, dai corridoi. Come se il mondo si rianimasse lentamente, insieme con lui.

«Stefano! Mi senti?»

Nell'orizzonte visivo era comparso il volto di quell'uomo, gli occhi sbarrati dallo stupore. Stefano non riusciva a parlare, ad articolare.

«Sono Zeno, Stefano. Tuo nonno. Riesci a sentirmi?»

Non lo conosceva. Non sapeva chi fosse. Lo guardò attentamente.

Aveva gli occhi celesti, le rughe profonde sul viso abbronzato, lo sguardo dritto. Non lo aveva mai visto.

Quella mattina provò ancora a parlare ma non ci riuscì. Poi tutto tornò confuso, il cielo, le facce, i rumori. E di nuovo il buio.

Gli vennero in mente quelle immagini mentre stavano passando nei pressi di una piccola edicola votiva, proprio dove il sentiero si biforcava. Presero la strada a destra. Nell'edicola c'erano due figure di terracotta, una donna e un bambino. Mentre si allontanavano Stefano ebbe la sensazione che lo sguardo attonito della donna continuasse a seguirlo.

«Quelli sono i santi Quirico e Giulitta. Quelle statue stanno lì da chissà quanto, così, in mezzo alla campagna.»

«E chi sono?»

«Due martiri. Madre e figlio. Giulitta era una vedova, di buona famiglia. Viveva in una città della Licaonia, che poi sarebbe la Turchia di oggi, durante la persecuzione di Diocleziano contro i cristiani. Giulitta si convertì al cristianesimo e lasciò la città, per proteggere il figlio. Ma fu catturata e torturata dai soldati del governatore, e poi uccisa, col bambino. Sono i santi patroni di Cisternino.»

«E tu conosci tutte le storie dei santi?»

«Mi piace la storia, e mi piacciono pure le storie. E poi ci vado sempre a Cisternino, quando ci sta la festa patronale.»

Sorrise e continuò a camminare. Stefano stava imparando a conoscere suo nonno. Non aveva nessun altro, non ricordava nulla di suo padre e di sua madre, morti nell'incidente, qualche mese prima. A volte si sforzava di ricordare i loro volti, la voce, un gesto qualsiasi, ma la sua memoria era serrata, chiusa per sempre, dopo il risveglio dal coma. Era diventato orfano di tutto, dei suoi genitori, della sua casa, di ogni dettaglio della sua vita passata.

Dopo una ventina di minuti arrivarono al frantoio. Era un vecchio oleificio, una masseria settecentesca circondata da una fitta cortina di alberi che la nascondeva alla strada.

Un uomo si fece avanti salutandoli con deferenza, si chiamava Cosimo, scambiarono due chiacchiere, poi li accompagnò all'interno dei locali.

«Faccio strada, che qui si scivola.»

Scesero qualche gradino, il locale era saturo dell'odore di olive e di sansa.

«Qui facciamo l'olio come si faceva duecento anni fa. È giusto, Zeno?»

«È giusto.»

«Tieni, assaggiala, quest'anno avremo un olio speciale.»

Passò a Stefano un'oliva, non ancora spremuta, verde e viola. Il ragazzo esitò prima di metterla in bocca.

«Assaggiala, non succede niente. Mica è il veleno.»

«Sì...»

Sentì il gusto acerbo diffondersi sul palato.

«Vabbe', mo' ti sembra amara perché è stata appena raccolta, quella se la metti in salamoia dopo due mesi diventa uno spettacolo. È giusto, Zeno?»

«È giusto.»

«Ti piace?»

«Sì... non lo so.»

Zeno e il contadino scoppiarono a ridere. Poi Cosimo gli raccontò tutte le fasi della preparazione, la molitura, la gramolatura e l'estrazione del succo.

«La molitura sarebbe come la prima separazione, quella grezza, e si fa con le molazze, le macine insomma. Poi si mette la pasta d'olio dentro alla gramola, dove ci sono quelle pale che girano, e quella la pasta diventa più omogenea. E poi si passa all'estrazione, che serve a separare il liquido dalla parte solida.»

«E poi?»

«E poi si fa la centrifuga, che serve a separare l'olio dall'acqua. E alla fine si lascia decantare. Vuoi assaggiare l'olio nuovo?»

Cosimo spezzò una fetta di pane e versò da una bottiglia un goccio di liquido denso sulla mollica. Poi la passò a Stefano. Lui fece per addentarla, ma Zeno lo fermò.

«Chiudi gli occhi.»

«Cosa?»

«Chiudi gli occhi mentre la mangi, vedi come senti meglio il sapore.»

Fu come un flash, il passaggio repentino di qualcosa, una sagoma indistinta, minacciosa. Ogni volta che chiudeva gli occhi provava un'ansia incontrollabile, come se chiudendoli potesse affondare nuovamente nel buio primitivo di quei mesi senza vita. Gli succedeva ogni sera, prima di addormentarsi.

Inspirò ed espirò, chiuse gli occhi, concentrandosi solo

sul gusto. Zeno gli tenne il braccio, con una presa forte. Forse immaginava quello che il ragazzo stava provando, forse non gli aveva dato a caso quel consiglio. Stefano cominciò a masticare. Gli parve che il gusto si espandesse, dolce, poi amaro, piccante, amplificando il sapore sul palato. Finì di masticare e riaprì gli occhi.

«Allora?»

«Mi piace.»

«Per forza ti deve piacere.»

«Eppure... ero convinto che l'olio non mi piacesse...»

«Che vuol dire?»

«Non lo so. Non sono sicuro, ma prima di assaggiarlo avevo questa convinzione.»

«E invece ti piace.»

«Sì. Mi piace molto.»

Sulla strada del ritorno non parlarono. Stefano cominciava a prendere confidenza con i silenzi lunghi della campagna, la luce che cambiava colore. Gli pareva di trovare in quella quiete vigile, nel silenzio un po' rude di suo nonno, qualcosa che gli apparteneva.

Si fermarono per prendere verdura e ortaggi da una contadina e rientrarono a casa.

Zeno viveva solo e la masseria era grande. Stefano si era sistemato in un'ala del primo piano, la camera da letto si apriva su una grande terrazza affacciata sulla valle. Nell'ala opposta dormiva suo nonno. Al primo piano c'era anche la biblioteca, che nessuno avrebbe immaginato poter appartenere a un contadino. Gli scaffali di legno scuro attraversavano una parete intera ed erano pieni zeppi di libri. C'erano i classici latini e greci, testi di filosofia, i poeti dell'Ottocento e del Novecento, e un'intera sezione, molto nutrita, di libri di storia. C'era un odore indecifrabile, che mescolava le essenze della cellulosa ai profumi degli alberi, della terra.

Stefano andò in bagno, si lavò le mani e e si guardò allo specchio. La superficie ossidata nascondeva parte del viso, sulla guancia sinistra e sull'orecchio c'erano le garze con la fitostimolina, fissate coi cerotti, le avrebbe portate ancora per mesi.

Tornò nella sua camera e uscì sulla terrazza. Si sedette su una poltrona di vimini.

L'aria si era fatta più fredda e il sole era definitivamente sparito dietro le colline, da lassù si vedeva il mare. Adesso era una linea nera sull'orizzonte.

Sentì un brivido sulla pelle. Era davanti a un paesaggio bellissimo e sconosciuto.

Da quando si era svegliato trascorreva molto tempo a interrogarsi, provava a capire quello che c'era, dentro di sé. La sua anima era deserta, la memoria un paese inesplorato.

C'era qualcosa di insondabile nella coscienza, come uno iato dell'anima, uno scarto dei sensi. Non riusciva neanche ad avvertire pienamente il dolore. Quasi che la perdita della memoria avesse reciso un nervo e inibito il senso del contatto. Non era felice, ma non soffriva.

Inspirò ancora, ed espirò. Chiudendo gli occhi. Risentì il gusto dell'olio, sulla lingua.

Poi Zeno lo chiamò dalla cucina, la cena era pronta.

«Stefano, posso farle una domanda?»

«Certo.»

«Devo fare una piccola premessa, ma sarò rapida.»

«...»

«Lei è un filosofo, uno studioso di valore, un docente molto amato. Ha una grande capacità di analisi, di ascolto. Sarebbe stato un ottimo terapeuta, gliel'ho sempre detto.»

«Non credo, onestamente, che fare il terapeuta mi avrebbe reso felice.»

«Perché dice questo?»

Sulla parete di fronte c'era una grande libreria. A volte, nel corso delle sedute, Stefano si distraeva, inseguendo la linea dei dorsi colorati. Sullo scaffale più alto c'era una piccola maschera tribale, probabilmente africana. Aveva gli occhi puntati su di lui.

«Dopo il master, ma anche prima, nel corso degli studi universitari ho seguito diversi corsi di psicologia. Ero molto attratto dalla materia e probabilmente, sì, avevo una certa predisposizione per quella disciplina. Ma mi sono accorto presto che qualcosa non avrebbe funzionato.»

«Cosa?»

«Non sarei mai riuscito a mettere la distanza che serve, tra me e un ipotetico paziente. Credo che sia indispensabile, no?»

«Lo è, anche se questa storia della distanza è una semplificazione.»

«Cioè?»

«Nessuno è capace di mettere una vera distanza. Possiamo usare più o meno bene una tecnica, ma non possiamo prevedere totalmente le nostre reazioni.»

«Quindi è successo anche a lei... voglio dire, di sentirsi inadeguata?»

«È accaduto. Sarebbe preoccupante il contrario.»

Aldo, il vecchio golden retriever di Barbara attraversò pigramente la stanza e andò a distendersi davanti alla finestra, sull'ultimo spicchio di sole che bagnava il parquet.

«Ma torniamo alla mia domanda, mi scusi. Mi sono chiesta spesso, in questi anni se lei... avesse davvero fiducia nella terapia.»

«In che senso?»

«Spesso ho pensato che lei mi ascoltasse, quasi per cortesia, con un fare accondiscendente. Per non deludermi, ecco, o per forzarsi a dare un senso a quello che stava facendo.»

«...»

«Mi sbaglio?»

«Qualche volta è successo, lo ammetto.»

«Perché non ha deciso di cambiare terapeuta?»

«Non ho mai pensato di voler cambiare.»

«E a distanza di tutto questo tempo dall'incidente, pensa davvero di trovare oggi, con me, le risposte che cerca?»

«Non lo so, Barbara. So soltanto che non provarci mi fa sentire... in debito. Con me stesso, innanzitutto. Ma anche con chi mi ha aiutato, chi non c'è più.»

«Sta parlando di suo nonno?»

«Non solo di lui.»
«E di chi?»
«Anche dei miei genitori. Credo che non meritino questo silenzio. Questa cesura, questa assenza di emozioni. Mi chiedono pace.»
«Le chiedono pace?»
«Oppure sono io a chiederla a loro. Ma una pace bisogna trovarla.»

Percorse rue du Bac fino a Pont Royal, poi tagliò per il Louvre e girò per rue de Rivoli. Dallo studio di Barbara a casa sua erano quasi cinque chilometri, ma gli piaceva, camminare a lungo, lasciare riposare le immagini nella testa, faceva pulizia.

Lungo la strada incrociò i soliti negozi, il flusso chiassoso dei turisti, il passaggio rapido dei taxi. Era una giornata come le altre.

Quando arrivò a place des Vosges, c'erano ancora diverse persone sedute sui prati, l'aria era fresca, quasi fredda. Si sedette su una panchina, per qualche minuto. C'era quel movimento lento, che solitamente precedeva il tramonto, di uomini e donne che rientravano dal lavoro. Alcuni musicisti smontavano gli strumenti, giovani padri e madri con i figli che tornavano verso casa. Restò a guardarli, come faceva spesso.

I bambini erano eccitati e sciamavano intorno ai genitori, con i monopattini e la bicicletta. Gli smartphone suonavano i tormentoni musicali. Si soffermò su una famiglia, in particolare. La mamma teneva per mano una bimba, aveva forse otto anni, e il padre portava sul collo il piccolo e i due zaini sulla spalla. Si muovevano nella combinazione armonica della consuetudine, delle famiglie felici, normali.

Tutto questo non gli era mai appartenuto. O meglio, lo

aveva perduto per sempre. Non c'era traccia dei giochi dell'infanzia, nella sua memoria, nessun segnale di contatto, le abitudini familiari, le guance, i baci, i sorrisi, non c'erano mani forti a sostenerlo mentre attraversava la strada. Il passato non esisteva più.

Nel corso degli anni aveva imparato ad accettare questa mutilazione, come farebbe chi perde un braccio, una gamba. Ma non era mai riuscito a sanare la percezione dell'assenza, il senso del vuoto. Proprio come succede ai mutilati che continuano ad avvertire l'arto fantasma. C'era un corpo vivo nascosto nel buio, un ragazzino che lo chiamava. Ma non riusciva a vederlo. Non sapeva nulla di lui, di sua madre, di suo padre, di tutta la vita che c'era stata intorno.

Mentre era seduto sulla panchina, si ricordò di un piccolo episodio, accaduto molti anni prima, proprio in quel parco. Si era trasferito a Parigi da qualche mese, dopo il dottorato, e aveva preso in affitto una piccola casa nel Marais, al quinto piano di una palazzina senza ascensore.

La mattina si alzava presto e andava a fare colazione in un caffè, a un paio di isolati dalla piazza. Prendeva un croissant e un noisette, e leggeva un quotidiano, prima di andare alla scuola di specializzazione. Quella mattina era più presto del solito, dopo il caffè fece due passi, faceva freddo, ma gli piaceva.

A un certo punto, attraversando place des Vosges, vide un signore molto anziano, seduto su una panchina. Portava un cappotto chiaro e un cappello, sotto il cappotto una giacca scura e una cravatta. Era lo stesso che aveva visto altre volte, la mattina presto, nel parco. L'uomo tirò fuori da una busta di plastica un pezzo di pane e lo sminuzzò, poi cominciò a lanciare le molliche intorno a sé. In pochi istanti fu circondato da decine di piccioni.

Stefano si sedette, poco lontano, l'uomo sussurrava qualcosa, come spesso fanno i vecchi in situazioni simili. Quando ebbe finito di sminuzzare la mollica, piegò accuratamente la busta e la mise in tasca. Poi rimase senza fare nulla per un po', fissando un punto lontano.

Stefano, poco dopo, rispondendo a un impulso, si avvicinò e gli fece un cenno.

«Buongiorno...»

L'uomo lo guardò. Sembrava stupito.

«...tutto bene? Posso fare qualcosa per lei?»

L'uomo sorrise.

«Buongiorno... sto bene, grazie.»

«Non volevo disturbarla... è che l'ho vista... mi sembrava...»

«Sto bene...»

«Meglio così.»

«Voi non siete francese, vero?»

«No...»

«Siete italiano.»

«Sì...»

«La mia vicina di casa è italiana, ho riconosciuto l'accento.»

«Ah...»

«Grazie per la vostra premura.»

«Di nulla.»

«Posso chiedervi qual è la vostra città?»

Stefano esitò un istante, poi rispose.

«Sono nato a Roma.»

«Roma...»

«Anche lei non è francese...»

«Sono ungherese. Ma vivo qui da tanti anni. Vengo da piccolissima città. Conoscete Csikvánd?»

«No...»

«Sarei sorpreso del contrario. Sono meno di mille anime. Non so neanche se esiste più.»

«Da quanto tempo vive qui?»

«Dal 1956.»

Mise la mano in tasca e tirò fuori un pacchetto morbido di sigarette. Fece il cenno di offrirne una a Stefano che rifiutò. Poi ne sfilò una e la mise in bocca, come seguendo un rituale, la accese con un cerino, facendolo sparire nell'incavo della mano. Aspirò profondamente e soffiò via il fumo.

«Sono scappato con mia famiglia, dopo la Rivoluzione. Siamo stati in Svizzera, a La Chaux-de-Fonds, per un paio di anni, e poi siamo venuti a Parigi.»

«...»

«La mia figlia aveva cinque anni allora. Mi sembra un'altra vita, un altro mondo.»

«Sua figlia vive con lei?»

«No. Margit vive nel ventesimo. È professoressa di matematica, ha due figli anche lei. Il grande ha già finito il liceo.»

«...»

«Avete un bell'orologio.»

«Prego?»

«È uno Zenith JFK. Vostro orologio...»

«Come ha fatto?»

«È un orologio molto famoso, e poi questo è il mio mestiere.»

«Siete un collezionista?»

«Sono un orologiaio. È un regalo?»

«È un regalo, sì.»

«La persona che ve lo ha regalato deve avere molto buon gusto.»

Stefano diede una rapida occhiata al quadrante di acciaio e sorrise. L'uomo aspirò profondamente dalla sigaretta, la pelle tra l'indice e il medio era ingiallita dal catrame.

«Avevo il mio laboratorio qui, a due passi. Ho una piccola casa a rue des Minimes. Conoscete questa strada?»

«Sì, abito da queste parti anche io.»

«...»

«Non sono mai stato a Roma. Deve essere bellissima. Mi sarebbe tanto piaciuto andarci quando ero giovane.»

«Magari succederà...»

«Non credo.»

La voce dell'uomo era nitida, appena venata di malinconia.

«Non vi piace stare a Roma?»

«Non ci vivo più. Mi sono trasferito in Puglia, anni fa. Mio nonno vive lì.»

«È bella la Puglia?»

«È molto bella, sì.»

Aspirò ancora e soffiò un fumo più denso.

«Quanti posti non abbiamo mai visto.»

«Già.»

«Avete sofferto, vero?»

«Cosa?»

«Avete occhi che dicono questo. Dovete aver sofferto.»

Stefano rimase in silenzio. Non sapeva cosa rispondere.

«Tutti in un modo o nell'altro abbiamo sofferto. Non dovete sentirvi a disagio. Resterete a Parigi.»

«Come?»

«Resterete a Parigi. Ormai vi siete innamorato.»

Poi il vecchio guardò l'orologio, e si alzò, con un piccolo sforzo. Fece un piccolo inchino, sollevando appena il cappello.

«Mi ha fatto piacere chiacchierare con voi. Non succe-

de spesso di parlare con le persone. Questa città può essere anche molto crudele.»
«Ha fatto piacere anche a me.»
«Vi auguro una buona giornata.»
Si girò e andò via. Senza dire altro, senza voltarsi.

Il ricordo sfumò. Stefano si guardò le scarpe, allineate sul confine del piccolo fosso scavato sotto la panchina. Non avrebbe mai più incontrato il vecchio orologiaio. Non conosceva neanche il suo nome.
Era quasi buio. Il parco si andava svuotando lentamente.
Si alzò e tornò a casa.

«Guarda lì, sulla torre.»

«Dove?»

Gabriella fece ruotare dolcemente la testa di Nina verso destra e indicò la piccola torre normanna, una sagoma nera ritagliata sullo sfondo del mare.

«Cosa devo guardare?»

«Il gufo.»

«Quale gufo?»

«Quello. È tipo un gufo, oppure un barbagianni.»

«Ma che dici... dove?»

«Segui il mio dito. Lo vedi, in cima alla torre.»

«Ma che stai dicendo, quello è un pezzo... come si chiama... un pinnacolo... si chiama così?»

«È un barbagianni.»

«Ma è immobile... è... tipo un campanile...»

«Scommettiamo? Se perdo ti regalo il braccialetto celeste. Se vinco...»

«Se vinci?»

«Il tuo profumo. Mi regali quello.»

«Il mio... non uso profumo.»

«Posso?»

Gabriella si avvicinò al collo di Nina e annusò, profondamente. Rimase ferma, con il viso affondato tra i capelli. Poi la guardò, erano a pochi centimetri l'una dall'altra.

«E questo cos'è?»

Nina si scostò, arretrando un po'.

«È lo shampoo... quello che usa mia madre.»

«Mi piacc.»

Rimasero qualche istante così, una di fronte all'altra. Gabriella sorrise.

«Allora vuol dire che ruberai lo shampoo di tua madre per me.»

Anche Nina sorrise.

«Se lo scopre mi strozza.»

«Non ti scoprirà.»

«Va bene... tanto quello è un pinnacolo.»

«Okay.»

Gabriella pescò tra la sabbia un sassolino e prese la mira. Poi lo lanciò verso la torre. Il sasso colpì la parete, e sparì nel buio. Non successe nulla.

«Ti tocca darmi il bracciale.»

«Aspetta.»

Prese un altro sasso e lo lanciò. Il ciottolo sfiorò il pinnacolo, che in effetti non era un pinnacolo. Il rapace si levò in volo, l'apertura d'ali era enorme. Fece una lunga virata sul mare poi puntò verso l'interno e sparì nella macchia scura della vegetazione. Rimasero a guardarlo in silenzio.

«Cavolo...»

«Devi fidarti di me, Nina.»

«...»

«Allora... questo shampoo... me lo porti domani?»

Continuava a sorridere, nel buio. Poi le fece cenno di seguirla, superarono le dune e arrivarono in un piccolo spiazzo dove i cespugli erano più alti, pieno di sterpi e di erba secca.

Il vento modulava il silenzio, in lontananza il suono sfumato delle voci e della musica.

«È bello qui, vero?»

«Sì.»

«È incredibile come certi posti cambino dal giorno alla notte, di mattina qui non si può stare: troppo caldo, troppa gente. A quest'ora è un paradiso.»

«È vero. È bellissimo.»

«Dimmi qualcosa di te, ti va?»

«Cosa?»

«Boh, non lo so. Cosa ti piace, cosa no.»

«Non lo so... non so da dove cominciare.»

«Dimmi quello che vuoi.»

«Okay... mi piace correre. Quando mi alleno mi sembra di essere felice.»

«...»

«Non sono molto brava con gli altri, la mia migliore amica mi dice che sono un istrice.»

«Hai un ragazzo?»

«No...»

«Come mai?»

«Non lo so...»

«Sei così bella.»

«Non lo so... non lo so se sono bella.»

«Stai scherzando?»

«Io non mi vedo... cioè al limite carina, qualche volta. Non mi piaccio un granché.»

«Sei matta. Sei bellissima. Sei una stanga. Avessi io il tuo fisico.»

«Cos'hai che non va?»

«Be', sono una nana, intanto. Sono uno e cinquantacinque, e tra un mese faccio diciotto anni. Non crescerò più.»

«A me non sembri... cioè... voglio dire... boh... per me sei carina.»
«E poi vorrei avere meno tette e più gambe, un po' come te.»
Cominciarono a raccogliere dei rami secchi per il falò.
«Come mai non hai una storia, un ragazzo, qualcuno?»
«Boh... non lo so... forse mi faccio troppi problemi.»
«Tipo?»
«Non lo so, magari non sono capace.»
«Che vuol dire che non sei capace?»
Nina rimase in silenzio, prese un paio di rami e li aggiunse alla piccola catasta.
«Tipo che... non mi piace nessuno veramente, o forse sono io che non riesco a capire, quando uno mi piace.»
«Cioè... non sei stata mai con un ragazzo?»
«Sì... oddio stata veramente veramente... no.»
«Sei vergine?»
«Che palle però... cos'è un interrogatorio?»
«Che c'è di male?»
«Uffa, non mi va. Dimmi di te.»
«Io ho cominciato presto coi ragazzi. Ho avuto diverse storie, la prima a quattordici anni, non li avevo neanche compiuti. Poi però ho deciso che non mi divertivo.»
«E quindi?»
«E quindi niente. I ragazzi mi annoiano.»
«...»
«Mi piacciono di più le ragazze.»
«Ah...»
«Ti disturba?»
«No! No...»
«Ehi... non ci sto provando con te, tranquilla.»
«Sono tranquilla.»
«...»

«E ci sei stata.... con...»

«Con una ragazza? Sì, certo. E mi sono divertita molto, se proprio devo dire.»

«...»

«Ti scandalizza?»

«Ma no...»

Finirono di raccogliere i rami accatastati e si avviarono. I piedi affondavano leggermente sulla sabbia umida della battigia. Il mare era una tavola nera. Nina pensò che troppo spesso avrebbe voluto essere altrove, le sembrava di non avere mai le parole giuste. Si sentiva in fuga, sempre.

«Sei simpatica, Nina.»

«Anche tu... sei simpatica.»

Gabriella sorrise e fece una rotazione dell'anca, poi le diede un colpetto col fianco, sulla coscia. Nina era più alta di almeno quindici centimetri.

«Ma neanche mai un bacio?»

«Cosa?»

«Non ha mai neanche baciato un ragazzo?»

«Ancora?»

«Dai...»

«Certo che l'ho baciato.»

«Ah... finalmente.»

«...»

«E come è andata?»

«Boh...»

«Boh? Boh cosa?»

«...sapeva di naftalina.»

«Che?»

«Aveva un sapore strano, di armadio.»

«Ma che dici?»

«Giuro, sapeva di armadio della nonna!»

«Che schifo!»

Scoppiarono a ridere. Nel frattempo erano quasi arrivate. Un paio di ragazzi gli andarono incontro, e le aiutarono a portare i rami secchi fino al falò, tutti gli altri erano intorno al fuoco. Gabriella andò a sedersi accanto a un tipo coi dread e Nina si guardò intorno. Per un attimo ebbe la sensazione che tutti la stessero osservando. Poi intercettò lo sguardo di quel ragazzo, di cui non sapeva neanche il nome, e un brivido corse di nuovo lungo la schiena. Lui sorrise e le fece cenno di avvicinarsi, facendole spazio sulla stuoia.

Sentiva le guance avvampare, ma nessuno ci avrebbe fatto caso. Davanti al fuoco tutti i volti erano arrossati, per il calore, e per l'eccitazione. Si sedette accanto a lui, avvertendo per un attimo il contatto elettrico delle cosce.

«Ciao.»

«Ciao...»

Aveva una voce calda, profonda. La pelle abbronzata, sotto la camicia sbottonata, riluceva nei riflessi intermittenti della fiamma.

«Nina, giusto?»

«Sì...»

«Sono contento che sia venuta. Stamattina mi sembravi un po' perplessa.»

«No... non ero sicura di poter venire.»

«Io sono Lupo, comunque.»

Le tese la mano, sentì la stretta forte. La pelle della mano era scura, accanto alla sua.

«...Lupo?»

«Sì...»

«Ti chiami così?»

«In realtà ho quattro nomi, ma gli altri tre non contano.»

«Esiste davvero?»

«Cosa?»

«No... dicevo... esiste davvero questo nome?»

«Certo che esiste. C'è anche un santo, san Lupo di Troyes. Il mio onomastico è il 29 luglio...»

Le sorrise. Nina si sentì invadere da un caldo potente, dentro lo stomaco.

«Mio nonno si chiamava Lupo e mio padre ha voluto che portassi il suo nome. Era delle parti di Benevento, lì c'è un paese che si chiama proprio così: San Lupo.»

«Non...»

«È minuscolo, tipo settecento abitanti. Non lo puoi conoscere.»

«...»

«Però è figo, pieno di misteri.»

«Che misteri?»

«Ci sono un sacco di leggende, roba di streghe, stregoni, diavoli.»

«Ah...»

«Paura?»

«No.»

«Credi a quella roba lì?»

«No... non ci credo.»

«Neanche io, anche se...»

«Anche se?»

«Boh, a volte succedono cose che non ti spieghi, e quindi magari qualcosa di vero c'è.»

«Tipo cosa?»

«Mia nonna mi raccontava che nelle notti di luna piena una ragazza con i capelli lunghissimi viene fuori dal torrente delle janare e si aggira per i boschi.»

«Cosa sono le janare?»

«Streghe.»

«Ah...»

«Paura?»

«Ma no!»
«Sono le streghe di Benevento. Nonna diceva che in quelle notti, per proteggere le case, bisognava lasciare davanti alla porta una ciotola con il sale. La strega era costretta a contare tutti i chicchi prima di entrare, e nel frattempo si faceva l'alba. E così poteva fuggire.»
«E tu credi a questa storia?»
«No, ma mi piaceva ascoltarla. Mi venivano i brividi, quando ero piccolo, ma mi piaceva.»
«...»
«Tu?»
«Cosa?»
«Non mi racconti niente?»
«Non ho molte cose da raccontare.»
«Dimmene solo tre, allora.»
«Okay... mi chiamo Nina, e questo lo sai già. Studio, corro, faccio atletica, mi aspetta l'ultimo anno del liceo, sono anticipataria, e boh.»
«Quanti anni hai?»
«Ne faccio diciassette a maggio.»
«Hai sedici anni? Sei una pischella... cavolo, avrei detto almeno diciotto.»
Nina sorrise, provando a celare l'imbarazzo.
«Tu quanti ne hai?»
«Diciannove. Stasera festeggiamo anche il mio compleanno.»
«Il tuo compleanno? Non lo sapevo...»
«Tranquilla. Non dovevi mica farmi il regalo. Anzi, il regalo me lo hai già fatto... sono contento che sei venuta.»
«...»
«Vuoi un po' di sangria?»
«Sì... grazie.»
Lupo si alzò e andò a prendere due bicchieri, c'era una

piccola fila in attesa davanti al secchio di plastica, in cui galleggiavano gli spicchi di pesca. Nina si guardò intorno, si sentiva invasa da qualcosa, non sapeva se fosse una sensazione piacevole, oppure no. Dall'altra parte del fuoco, i ragazzi parlavano e ridevano, i corpi quasi nudi, liberi e abbronzati. Avvertì un'inquietudine sulla pelle, pensò che tutto, improvvisamente, potesse cambiare, proprio quella notte.

«Ecco.»

Lupo le offrì un bicchiere, colmo quasi fino all'orlo.

«Grazie.»

Spostò la stuoia di tre quarti, tirandola un po' fuori dal cerchio, e si sedette. Anche Nina spostò la sua.

«Dimmi dell'atletica...»

«Cosa vuoi sapere?»

«Be', tipo cosa fai. Quanto ti alleni, cose così.»

«Allora... la mia specialità sarebbero gli ostacoli. Ma mi alleno anche in altre discipline, velocità, salto in alto, salto in lungo.»

«Sei brava?»

«Abbastanza. A maggio ho vinto i regionali a Milano, categoria allievi, e a fine giugno ho partecipato ai nazionali.»

«Accidenti, allora sei brava vera! E com'è andata?»

«Male. Mi sono infortunata. In finale.»

«Che sfiga!»

«Sì, ho preso una storta, dopo un ostacolo, un dolore assurdo, e mi sono dovuta fermare. Avevo il terzo tempo di qualificazione, che rabbia.»

«In finale però, cavolo. Devi essere una scheggia. Mi piacerebbe vederti correre.»

«L'anno prossimo ci riprovo.»

«L'anno prossimo allora vengo a vederti...»

«...»
«Magari poi vinci, io porto un sacco di fortuna.»
«Sì?»
«Certo...»
Nina bevve un goccio di sangria. Il vino era dolcissimo.
«Tu? Fai sport?»
«Nuoto. E pallanuoto, ma non a 'sti livelli. A me piace suonare.»
«Anche te. Cosa suoni?»
«Pianoforte, chitarra, un po' anche la batteria. Ma soprattutto canto. Abbiamo una band, con John e Toni. Li hai conosciuti?»
«Sì...»
«Siamo un trio, chitarra, basso e batteria.»
«Bello... e come vi chiamate?»
«Vuoi ridere?»
«Sì...»
«Lupo and the Werebrothers.»
«I fratelli mannari?»
«I fratelli mannari, sì.»
«Che nome è?»
«Te l'ho detto che avresti riso. Vabbe', ci chiamiamo così perché il gruppo l'ho creato io, e io sono un Lupo...»
Sorrise, i denti bianchissimi scintillarono nella penombra.
«...poi noi tre stiamo insieme dalle medie, ci hanno sempre detto che sembriamo fratelli, ci piacciono le stesse cose, e non siamo molto raccomandabili. Insomma, da lì è venuto fuori il nome.»
«Non siete raccomandabili?»
«Massì, è un gioco. Giochiamo a fare i duri.»
«E che tipo di musica fate?»
«Un po' di cover sparse, tipo i Police, ma anche dei

classiconi tipo i Clash, gli AC/DC, i Red Hot, e ovviamente Bruce.»

«Bruce mi piace un sacco.»

«Davvero?»

«Sì... in realtà in famiglia quella fuori di testa per il Boss è mia madre. Sono cresciuta con i suoi dischi sparati a palla. Mio padre diventava matto.»

«Che figa tua madre. La mia ascolta tutta roba moscia.»

«L'ho anche conosciuto.»

«Chi?»

«Springsteen.»

Lupo fece una rotazione di novanta gradi sulla sabbia e si mise di fronte a lei.

«Cioè mi stai dicendo che hai conosciuto il Boss?»

«Sì, giuro...»

«E come cazzo hai fatto?»

«Mia madre è americana e prima di conoscere mio padre bazzicava molto il mondo della musica, è una giornalista.»

«E lo conosce?»

«Sì... cioè non sono proprio amici, tipo che si sentono al telefono e cose del genere, ma lo ha conosciuto da ragazza, quando non era ancora famoso, lo ha anche intervistato una volta e poi niente, credo che non si sia persa neanche un concerto.»

«Che figata...»

«Quando è venuto in Italia, mi ha portata a vederlo. Avevo tredici anni.»

«Dai...»

«Sì, mio padre mise in mezzo tipo l'ambasciata americana, o qualcosa del genere, perché mia madre lo martellava. Insomma, alla fine ce l'ha fatta, e prima del concerto lo abbiamo salutato nel backstage.»

«Che figata mondiale... e lui com'è?»
«È proprio come lo vedi. Un figo della madonna.»
«Dai... che cosa incredibile...»
«...»
«...sei una tipa piena di sorprese tu, Nina la pischella.»
Sorrise e la guardò dritta negli occhi. Era bellissimo, anche più bello del Boss.

Nina sentì quel fluido caldo che correva nelle vene diventare benefico, lo sentiva circolare, e tutto il corpo brillava di una felicità improvvisa. Era una tipa piena di sorprese, aveva detto, non quella con il broncio che ogni giorno si guardava allo specchio e non sorrideva.

Adesso erano uno di fronte all'altra. Lei lo sapeva, se lo sentiva, ci aveva pensato tutto il pomeriggio. Quella sarebbe stata la notte più bella della sua vita.

Diario del sonno.
Giorno 3
Sveglia: 5.12

Ho sognato ancora di volare, ma in un modo diverso.

Era notte, e mi aggiravo in un quartiere periferico. Non saprei dire di quale città.

Le strade erano deserte, le immondizie ammassate nel buio. Da qualche parte un uccello fischiava una sola nota.

Sentivo un suono, che non somigliava ad altri. Sembrava avvolgere quel mondo senza nessuno, automobili invisibili passavano in lontananza, potevo sentire il rumore, arrivare e svanire.

Poi un'ombra improvvisa mi passava accanto, una ventata d'aria fredda, un fruscio di ali tese. L'uccello puntava verso un grande edificio, in fondo alla strada. Sembrava un grande magazzino dell'inizio del secolo, era in rovina. La facciata, in parte sventrata, rivelava uno scenario selvatico, come se la natura, all'interno, si fosse presa il posto che prima era stato degli uomini.

Mi avvicinavo, per vedere meglio. C'era un portone di legno, appena socchiuso.

Lo spingevo in avanti, con forza, e si apriva di poco, sembrava che dietro ci fosse qualcosa che faceva resistenza. Allora mi infilavo in quel passaggio stretto, in quella fessura. Ed entravo.

Il soffitto, sterminato, altissimo, era invaso dai rampicanti. L'erba si inghiottiva i mobili, le suppellettili, le pareti. Un unico grande ambiente conquistato dalla ribellione vegetale.

Allora, non so perché, mi toglievo le scarpe infangate, e restavo a guardare. E poi mi sollevavo in volo. Come fanno gli elicotteri, verticalmente, come se avessi dei razzi invisibili e silenziosi, attaccati alle caviglie.

E salivo, dieci, venti, trenta metri da terra. E vedevo quel mondo ribelle, chiuso, dall'alto.

E non vedevo il cielo.

Avrei voluto ricordare di più, ma ormai le immagini sono svanite. Mi sono alzato e ho preparato un caffè con la moka. Questa cucina mi sembra enorme.

Fuori è ancora buio.

Il citofono fece il solito verso stridulo. Al secondo squillo Stefano si alzò e andò a rispondere. C'era un pacco da firmare.

Infilò un maglione e prese le chiavi di casa. Quasi tutti i palazzi da quelle parti non avevano ascensore, e le scale si annodavano come serpenti. Mentre scendeva, con passo rapido, sentiva diffondersi gli odori speziati che arrivavano dalle cucine.

Il postino con la divisa gialla era appoggiato allo stipite del portoncino. Appena lo vide buttò via un mozzicone di sigaretta ancora acceso.

«Buongiorno.»

«Buongiorno. Una firma qui.»

Firmò la ricevuta e prese il pacco, l'uomo fece un cenno e andò via.

Stefano soppesò la scatola, poco più grande di un libro, e cercò di capire chi fosse il mittente. Poi risalì le scale.

Quando entrò in casa la posò sul tavolo e andò a prendere le forbici in cucina. Pris era stesa in tutta la sua lunghezza, inscatolata nel riquadro di luce che il sole disegnava sul pavimento. Lei lo guardò, pigramente, poi riprese a dormire. Era una gatta bianca di tre anni, Stefano l'aveva chiamata Pris per via delle due macchie nere che le incorniciavano gli occhi celesti, gli ricordavano il trucco notturno della replicante di *Blade Runner*.

Cominciò a tagliare il nastro che sigillava il cartone. Aprì la scatola e posò l'oggetto sul tavolo. Sul pacco non c'era nessun nome, nessun indirizzo.

Cominciò a srotolare l'involto, con delicatezza. Dentro l'imbottitura c'era uno strato ulteriore di carta velina rosa. L'oggetto venne fuori. Era una scatola di legno intarsiata. Non riusciva a capire.

Il legno era scuro e gli intarsi di un'essenza appena più chiara, tanto che l'immagine che disegnavano sul coperchio, una rosa, risultava visibile solo inclinando l'oggetto sotto la luce della lampada. Aprì la scatola, dentro c'era un meccanismo che sporgeva da uno dei due scomparti, una rotella dentata, sulla quale erano incisi dei numeri. Nell'altro scomparto un foglietto arrotolato.

Srotolò il foglio, ingiallito dal tempo, e lesse quello che c'era scritto, con una grafia incerta.

«Due, sette, nove, sei, nove...»

Cinque numeri. Non gli dicevano nulla. Poi osservò la rotella dentata e la fece ruotare, un numero alla volta. Due sette nove sei nove. Sentì un piccolo scatto, che azionò un meccanismo. Un cassetto si aprì e una giostrina di latta cominciò a muoversi, accompagnata dalla musica.

«Un carillon...»

Riconobbe la melodia. Una ninna nanna di Mozart, *Ah, vous dirai-je, Maman*. La fischiava, di tanto in tanto, senza che ci fosse un motivo. La giostrina dopo un paio di giri si fermò, e nella stanza tornò il silenzio.

Chi poteva avergli mandato quella scatola, e perché?

Recuperò il cartone, il pacco arrivava dall'Italia. Il timbro postale riportava l'ufficio di partenza: *Martina Franca (TA)*. Non c'era scritto nient'altro, nessun mittente.

Stefano si sedette, caricò il carillon, e lo fece ripartire. La giostra cominciò a girare. I cavallini dipinti incrociarono la luce che arrivava sul tavolo dagli abbaini, e scintillarono piccoli riflessi argentati sul muro. La musica tintinnò per qualche secondo ancora, poi si interruppe, con una nota storta.

Non riusciva a capire. Chi poteva avergli inviato quella scatola?

A Martina Franca non conosceva più nessuno, ormai tornava raramente in Puglia, e da quando Zeno era morto, l'anno precedente, non aveva più avuto nessun contatto.

Posò il carillon e andò in cucina a preparare un caffè. Pris lo guardò ancora, drogata dal tepore primaverile, Stefano si inginocchiò e le accarezzò la pancia e lei rispose modulando le vibrazioni del suo godimento.

«Ti piace la carezza sulla pancia eh, svergognata?»

La gatta riabbassò la testa e continuò a fare le fusa.

Versò il caffè nella tazzina e tornò nel soggiorno. Si sedette sulla poltrona accanto alla finestra, sul davanzale splendevano le viole del pensiero, nei colori cangianti, tra il giallo e il violetto. Quel nome gli era parso sempre bellissimo, forse per quella risonanza segreta, quasi magica. E poi perché gli ricordava Ofelia che offre a Laerte le viole, appunto, insieme al rosmarino, *that's for remembrance; pray you, love, remember*.

Aveva letto l'*Amleto* a vent'anni, in un pomeriggio invernale, senza mai riuscire a staccarsi dal libro, una vecchia edizione rilegata in pelle. Il volume era tra i classici del teatro, nella biblioteca di Zeno, in masseria. Era dicembre.

Nel periodo della convalescenza passava intere giornate a leggere i romanzi russi e francesi dell'Ottocento, il teatro elisabettiano. La forza delle parole sembrava l'unica via di fuga dal suo mondo deserto.

Ecco, guardando la scatola intarsiata, gli venne in mente che l'unico legame tra lui e il carillon poteva essere proprio Zeno. Magari quell'oggetto gli era appartenuto, forse qualcuno voleva fargliene dono per questo motivo. Ma perché non dirlo, perché quel mistero?

Si guardò intorno, la libreria, le stampe alle pareti, la lampada ad arco che pendeva sulla poltrona.

I rumori della strada arrivavano attutiti e dall'interno del palazzo neanche un suono. Chiuse gli occhi.

La prima volta che era entrato in quell'appartamento era una giornata di primavera, la casa era vuota, il parquet luccicava sotto i raggi che arrivavano come spade, dagli abbaini. Parigi lo aveva accolto. In quel rifugio, piccolo e protetto, in una stradina del Marais.

Aveva vissuto quasi vent'anni in quella casa, tornando sempre meno spesso in Italia. Gli sembrava di poter leggere, nella disposizione degli oggetti, dei libri, negli odori di quelle stanze accoglienti, il passaggio delle stagioni.

Ma le cose stavano cambiando, erano cambiate. Negli ultimi tempi avvertiva un'inquietudine che invadeva i pensieri, i silenzi.

Subito dopo la morte di Zeno era rimasto a lungo come narcotizzato. Vedeva suo nonno ogni anno, d'estate, e qualche volta a Natale. Ma lo sentiva quasi ogni giorno per telefono. Zeno era rimasto lucido e vitale, fino all'ultimo. Poi era morto, con la stessa discrezione con cui aveva condotto la sua esistenza. Si era addormentato.

Stefano ricordava il senso di vuoto di quella mattina, quando Maria, la governante, lo aveva chiamato in lacrime, quel silenzio dell'assenza che si fa definitiva. L'aveva rifiutata. Ma adesso avvertiva quella privazione, intensamente, si sentiva vulnerabile. Si sentiva orfano.

Zeno era stato suo nonno, suo padre, suo amico. Lo aveva preso per un braccio, mentre cadeva in un burrone, e lo aveva tirato su. Gli aveva insegnato che una strada esiste, che ci si può salvare.

Lo aveva protetto dal buio dell'infanzia sparita. Lo aveva strappato alle radici morte della pianta maligna e riportato alla vita.

A Stefano capitava sempre più spesso di ripercorrere le tappe della sua guarigione, per risalire al punto zero della memoria, ricostruiva gli attimi, tutti i fotogrammi della rinascita.

Dopo l'incidente, nei mesi lunghi del coma, Zeno gli era sempre stato accanto. Ogni volta che Stefano provava a ricordare quel periodo, gli pareva di rivedere quell'immagine mai vista davvero, una presenza, come un'ombra, oltre le palpebre. Quasi che le sue percezioni di allora, nella narcosi farmacologica, potessero valicare i sensi. In realtà non poteva ricordare, in quei giorni non poteva vedere, la paramnesia ricostruiva la memoria nei circuiti emotivi dell'affetto, della riconoscenza.

Dopo il risveglio era rimasto quasi un mese, in clinica, per la riabilitazione. E allora sì, lo aveva visto davvero, suo nonno, ogni giorno, accanto al letto. Zeno si era organizzato, aveva dato disposizioni precise ai suoi collaboratori, per la conduzione dell'azienda agricola, e aveva preso una camera in un piccolo albergo, nel quartiere Flaminio, a un paio di chilometri dall'istituto.

Ogni giorno, puntualmente, si alzava alle sei, faceva la strada a piedi e si presentava in tempo per le visite del mattino. Parlava coi dottori, col fisioterapista, con gli infermieri. E poi si sedeva accanto al letto, con un libro.

Leggeva ad alta voce per ore, mentre Stefano dormiva, l'*Apologia di Socrate*, *L'Ippia minore*, quasi tutte le opere di Platone.

Forse Stefano, inconsapevolmente, aveva scelto di studiare filosofia proprio in quelle lunghe giornate di dormiveglia, accanto a Zeno.

Spesso si era chiesto cosa sarebbe stata la sua vita senza l'incidente, forse non avrebbe mai conosciuto davvero suo nonno, e il corso dell'esistenza avrebbe preso un'altra direzione.

Zeno non aveva mai avuto ottimi rapporti con suo genero, il padre di Stefano, ma era innamoratissimo di Laura, sua figlia. Lui e sua moglie l'avevano adottata, molto piccola, e avevano riversato tutto il loro amore su quella bambina, arrivata come un regalo della sorte, in un pomeriggio d'inverno. Zeno era rimasto vedovo molto giovane e aveva cresciuto sua figlia da solo, fino a quando Laura era partita dalla Puglia, per andare a studiare nella capitale.

I destini della famiglia avevano incrociato più volte quel percorso di andare e venire, nel verso della fuga, e del ritorno. Era una famiglia di radici recise.

Dopo l'incidente, Zeno tagliò tutti i collegamenti con il passato del nipote. Gli diede il suo cognome. Cancellò ogni traccia di quel mondo perduto nella memoria, per provare a lenire il dolore della perdita.

Ogni volta che Stefano ripensava alla linea accidentata della sua storia familiare avvertiva il disagio di quella scelta, che in fondo gli era stata imposta. Non aveva mai risolto davvero il confronto con quella cesura. I genitori, per i quali provava un sentimento liquido, senza calore, erano due sconosciuti, due volti sorridenti in una fotografia appesa nello studio di suo nonno. Erano due estranei.

Riaprì gli occhi e guardò l'ora, aveva un appuntamento per pranzo, dall'altra parte della città.

Fece una doccia e si vestì, riempì la ciotola di croccantini e la mise accanto alla scodella con l'acqua, poi infilò una borsa a tracolla e uscì di casa.

Arrivò alla stazione di Saint-Paul in pochi minuti, scese le scale e fece passare il tesserino nella fessura, poi si avviò in direzione Defense. Un ragazzo suonava una pianola elettrica e cantava una canzone di John Legend. *Overload*, doveva intitolarsi così. La pianola era quasi un giocattolo, ma la voce del ragazzo era bellissima. Stefano mise due euro nella scatola di cartone e andò al binario.

Il treno arrivò subito dopo, entrò in una delle carrozze in coda, doveva scendere dopo dodici fermate, ci avrebbe impiegato quasi mezz'ora. Tirò fuori dalla borsa un libro e si immerse nella lettura.

Si intitolava *Unquiet*, l'autrice, figlia di Ingmar Bergmann, raccontava la storia di suo padre e di sua madre, l'attrice Liv Ullmann, la musa ispiratrice del maestro svedese. Stefano lo aveva acquistato in una piccola libreria, qualche giorno prima, dopo aver aperto una pagina a caso. In quella pagina si diceva che Proust, nella stesura originaria della *Recherche*, non aveva cominciato il celebre viaggio nella memoria assaporando una madeleine, ma un semplice pezzo di pane tostato. Solo in una lavorazione successiva il pane era stato sostituito dal dolcetto al sapore di limone. A spiegazione di quel curioso aneddoto, la scrittrice aggiungeva che un'opera d'arte è qualcosa di più di una condivisione di ricordi, consiste nel dar loro una forma. Ecco, l'opera d'arte è dare una forma al ricordo. Questa frase lo aveva convinto ad acquistare il libro.

Mentre il treno viaggiava rilesse una frase che aveva sottolineato in rosso: *ho sempre detto che della mia infan-*

zia non ho ricordi particolari, ma quando ho cominciato a scrivere ho ritrovato interi episodi della mia vita. Sollevò la testa dal libro, e rimase a pensare, a quello che lui non riusciva a ritrovare, non episodi, non apparizioni fugaci della memoria, ma il mondo intero. Inghiottito nel buio.

Di fronte a lui, un signore russava profondamente, con la testa appoggiata alla barra di acciaio che saliva dalla poltroncina grigia. Lo osservò con attenzione. Aveva la barba lunga e i capelli un po' in disordine, poteva avere settant'anni. Era vestito in modo modesto ma dignitoso, una giacca di velluto sopra un maglione da cui spuntava una camicia a quadretti. A ogni scossone del treno la testa si muoveva, e l'uomo borbottava qualcosa, ma continuava a dormire.

Chissà chi era, chissà dove stava andando? Se lo chiedeva sempre, inconsapevolmente, quando incontrava qualcuno. Si interrogava sulle vite delle persone incrociate nei metrò, nei grandi magazzini, in aereo. Chi erano, come erano le loro case, che odore c'era nelle cucine.

A Charles de Gaulle la carrozza si svuotò quasi del tutto, ma l'uomo restò immobile, addormentato. Stefano pensò che forse avrebbe dovuto svegliarlo, magari la sua fermata era già passata e di questo passo avrebbe rischiato di svegliarsi al capolinea. Mise il libro nella borsa e si alzò. Si avvicinò e gli scosse la spalla, delicatamente. Poco dopo l'uomo riaprì gli occhi, con lo sguardo ancora immerso in un'immagine notturna.

«Che...»

«Scusi... non volevo svegliarla, ma ho pensato che magari dovesse scendere...»

«Oddio... siamo già ad Argentine?»

«No... ci arriviamo tra poco, però.»

«Ah... accidenti... mi sono assopito.»

«Già...»

Stefano tornò al suo posto, mentre l'uomo si strofinava il viso con entrambe le mani.

«Mi sono proprio addormentato...»

«Evidentemente ne aveva bisogno.»

«Forse sì... grazie signore...»

«Non c'è di che.»

Quando arrivarono alla stazione di Argentine l'uomo uscì. Il suo posto fu preso da una signora di colore con una bambina. Stefano scese a Porte Maillot e risalì le scale, in fondo al viale si vedeva il complesso della Defense. Fece pochi metri e infilò il boulevard, dopo una decina di minuti piegò a sinistra. Alla fine della strada c'era un palazzo ad angolo, con un portoncino sormontato da un piccolo busto di marmo nero. Suonò al citofono, e poco dopo il portoncino si aprì.

Guillaume Caruso era un suo amico, sin dai tempi della scuola di specializzazione, aveva qualche anno più di lui, era alto quasi due metri e pesava centoventi chili. Suo padre era italiano, sua madre bretone. Da ragazzo aveva giocato come terza linea nelle giovanili del Racing Metro, una delle squadre di rugby più forti di Francia. Poi era entrato in polizia e ci era rimasto quasi trent'anni, fino a un incidente che lo aveva costretto al ritiro. Era andato in pensione e aveva aperto un piccolo ristorante, che di fatto era la sua vera passione.

Stefano salì le scale e arrivò al secondo piano, una delle due porte era socchiusa. Bussò ed entrò.

Un cane da pastore gli andò incontro per festeggiarlo, schizzando quantitativi rilevanti di bava, e dietro di lui un pincher, che correva e schiamazzava come un ossesso.

«*Napoleòn! Napoleòn arrête ça!*»

La voce di Guillaume tuonò dalla cucina e pochi istanti

dopo il gigante si affacciò sulla soglia con una padella fumante.

«Allora? *Ça va?*»

«Bill... come stai?»

«Ti eri perduto?»

«No...»

«Sei sempre in ritardo, *mon ami.*»

«Non è stata colpa mia, giuro.»

«Certo, certo. Come no.»

Posò la pentola e gli andò incontro, lo abbracciò, sollevandolo come fosse un bambino. Lo tenne stretto qualche istante, ben saldo sulle gambe. Anzi sulla gamba, visto che l'altra l'aveva persa qualche anno prima, nell'incidente. Poi lo rimise giù.

«Come stai, vecchio mio?»

«Sto bene, adesso che riesco a respirare. E tu?»

«Mai stato meglio in vita mia. Vieni, ti faccio assaggiare una squisitezza.»

La cucina era invasa dalle pentole e dalle stoviglie, satura di fumo e di profumi speziati. Napoleòn, il pincher, e Marcello, il pastore, giravano intorno scodinzolanti, in preda a un'eccitazione incontenibile. Guillaume pescò un cucchiaio di legno dalla pentola e lo mise davanti a Stefano.

«Assaggia.»

Stefano avvicinò prudentemente le labbra e assaggiò il sugo, poi rimase qualche secondo a pensare.

«Be'?»

«...»

«Allora?»

«Uhm...»

«Capolavoro?»

«Capolavoro.»

«Sono o non sono un genio?»

«Sei un genio.»

Guillaume scoppiò in una risata rumorosissima. Mise il coperchio sulla padella e scaricò un vassoio di pasta nella pentola di acqua bollente. Poi andarono insieme nel soggiorno.

Guardandolo camminare, nessuno avrebbe immaginato che la gamba sinistra non c'era più. Procedeva spedito, solo una lievissima zoppia.

Si accomodarono sul divano, che un tempo era stato di pelle chiara e che adesso era una miscela di macchie di unto, sughi, vino e chissà cos'altro. Tutto, nel disordine di quella stanza, sembrava però essere in armonia. Guillame versò due bicchieri di vino rosso e ne offrì uno a Stefano.

«Alla tua, *mon ami.*»

«Alla nostra.»

Tracannò il vino come fosse una limonata e si versò un altro bicchiere.

«Mi devi raccontare un sacco di cose, la tua brutta faccia scorticata mi perseguita da tutti gli autobus di questa città, sui giornali, nelle stazioni del metrò. Non se ne può più.»

«Hai ragione... non se ne può più.»

«Allora, come ti senti?»

«Te l'ho detto, non se ne può più.»

«Cos'è, stai dicendo che ti fa schifo tutta questa popolarità? Vuoi partire con una delle tue solite lamentele.»

«Ma no, nessuna lamentela Guillaume, è che... lo sai, io sono... non sono quel tipo di persona.»

«Quale tipo di persona?»

«Quella che si mette in vetrina, accidenti. Non ci sto a mio agio.»

«Non stai a tuo agio? Okay, Stefano. Se non volevi stare in vetrina, dovevi restare nella tua casetta del Marais a coltivare i gerani. Non dovevi scrivere quel libro, non dovevi pubblicarlo e tutto il resto.»

«Che c'entra?»

«C'entra eccome, *mon ami*. Cos'è? Forse ti auguravi che non lo leggesse nessuno?»

«Ma no, non è questo. Io insegno filosofia, scrivo dei saggi, questo è il mio lavoro. Non ero preparato a tutto questo. Poi non sono fatto per andare in televisione, e mi imbarazza vedere la mia faccia sui manifesti.»

«E che magari qualcuno ti riconosca...»

«Esatto.»

«Ho capito, ho proprio capito...»

«Che hai capito?»

«*Que tu es un lâche italien!*»

«E tu sei un parigino rompicoglioni... Non ho paura... è che vorrei trovare... un compromesso, diciamo così, tra questo chiasso, e la mia vita di sempre. Non mi piace tutto questo casino.»

«Uhm...»

Guillaume riempì nuovamente il bicchiere e versò un goccio in quello di Stefano. Aveva la barba incolta, da sempre. Stefano non ricordava di averlo mai visto sbarbato. Portava una camicia a quadri e un paio di pantaloni cargo, da cui spuntavano due scarpe smisurate. In quella sinistra si ancorava la protesi che più in alto era vincolata al ginocchio. Lo guardò e sorrise, e pensò che gli voleva bene. Napoleòn si acciambellò su un cuscino di velluto stinto, sul divano, e Marcello si accasciò sbuffando ai piedi del padrone.

«Dimmi di te, come va il ristorante?»

«Benissimo, mi diverto un sacco, lo sai. Dicono che non duri... ma per ora mi diverto molto.»

«Cécile?»

«Sta bene. Anche se è un po' incazzata perché rientro tardissimo, il ristorante chiude a mezzanotte. Adesso è via da qualche giorno, è andata a trovare sua madre in Bretagna.»

«Le bambine?»

«Le bambine hanno ventiquattro e ventun anni, Stefano.»

«Giusto... come stanno?»

«Bene, studiano, si fidanzano, mi fanno arrabbiare.»

«Perché?»

«Perché mi somigliano. Fanno quello che vogliono.»

«Per fortuna nell'aspetto hanno preso dalla mamma, però.»

«Vuoi dire che sono brutto?»

«Non l'ho detto. Non l'ho mai pensato. Anzi guarda, sei un fiorellino.»

«Bravo.»

«Ma Cécile è più bella.»

«*Oui*... è vero. Tanto lo so che ci hai provato con lei, quando non eravamo ancora fidanzati.»

«Io?»

«*Mais oui*.»

«Ma neanche per sogno.»

«Ti ho perdonato, tranquillo. D'altro canto lei ha scelto il più bello. È una ragazza di buon gusto.»

«Certo...»

«E tu?»

«Io cosa?»

«A proposito di donne. Quella tipa lì, come si chiama?»

«Quale?»

«Emma... si chiama Emma, no? Come sta?»

«Sta bene, credo.»

«Ah ecco, siamo alle solite.»

«Cioè?»

«Cioè... sembrava perfetta, no? Intelligente, figa, indipendente. Sembra sempre quella giusta per te, e poi tutto finisce.»

«Non è una regola.»

«Sei incorreggibile, *mon ami*. Finisce sempre che finisce, no?»

«Non lo so Guillaume, che ne so.»

«Oddio!»

Si alzò di scatto, i due cani balzarono in piedi e cominciarono di nuovo a correre e ad abbaiare.

«Cosa, che succede?»

«La pasta!»

Poco dopo si misero a tavola. I paccheri erano squisiti, Guillaume aprì la seconda bottiglia di Bordeaux e fece spazio sulla tavola, andò in cucina e tornò con una padella enorme, fumante.

«*Et voilà!*»

«Zuppa di pesce?»

«Bouillabaisse! Non è una semplice zuppa di pesce, *mon ami*. Qui dentro c'è tutto il regno dei mari... è un'orchestra sinfonica, scorfano, rana pescatrice, triglie, gallinella, rombo, frutti di mare. Sono sveglio dalle sei per te.»

«Forse allora, prima di conoscere Cécile, è me che volevi sposare, mi sembra chiaro.»

«Ti sarebbe piaciuto eh...»

Riempì un piatto di ogni ben di Dio e lo passò a Stefano.

«Sai da dove deriva il nome, bouillabaisse?»

«No, credo di no.»

«Sono due parole occitane: *bolhir* e *abaissar*. Bollire e poi abbassare la fiamma, sennò tutto si compatta. Ogni singolo pesce chiede un suo tempo. Bisogna calibrare ogni gesto in cucina.»

«Bollire e abbassare. Quasi un concetto filosofico.»

«Lo è, accidenti.»

Dopo la zuppa ci furono i formaggi, una tarte tatin, e i rosoli che il padrone di casa preparava nel suo laboratorio d'alchimista. Finito di pranzare tornarono a sedersi sul divano e Guillaume tirò fuori una bottiglia di brandy invecchiata ventisette anni e una scatola di sigari, ne offrì uno a Stefano.

«No, grazie.»

«Non sai che ti perdi. Un goccio di brandy?»

«Basta Bill, ho bevuto troppo.»

«Non sai che ti perdi, insisto.»

Il gigante accese il sigaro e sputò un fumo denso e profumato. Poi assaggiò il brandy, tenendo gli occhi chiusi. Stefano sprofondò nel divano.

«Non sono più abituato.»

«Cosa?»

«Non mangiavo così da quando avevo vent'anni, a Pasqua in masseria. Mi sento una botte.»

«Esagerato, sei una stupida acciuga italiana, accidenti a te.»

«Già...»

Stefano guardò l'amico. Quell'uomo era stato sempre capace di godersi la vita. Anche quando la vita aveva rischiato di perderla.

«Allora *mon ami*, adesso dimmi la verità. Come stai?»

«Bene... te l'ho detto. È un periodo frenetico, per fortuna sta finendo.»

«Come stai, davvero. Quella faccia la conosco.»

Stefano rimase qualche istante in silenzio, poi si passò la mano sul viso e riprese.

«Sto bene, dai.»

«Traduzione?»

«Allora, in teoria ci sarebbero tutti i motivi per stare bene, non ho problemi fisici, il libro è un successo, viaggio, vedo gente, città. Insomma tutti direbbero che è una bella vita.»

«E invece?»

«E invece... non sono felice.»

«Già...»

«Già.»

«Hai voglia di parlarne?»

«Quanto tempo abbiamo?»

«Non ho impegni, mi verso un altro goccetto e ti ascolto.»

Barbara Modigliani amava la musica operistica, e in particolar modo il melodramma italiano. Ogni volta che Stefano faceva squillare il campanello del suo studio, le porte si chiudevano, e la musica spariva.

Spesso si era chiesto cosa lo legasse a quella donna. La conosceva ormai da vent'anni, le aveva confessato ogni pensiero, ogni pulsione, ogni desiderio. Eppure non poteva dire che Barbara fosse una sua amica. L'aveva sempre e soltanto incontrata in quell'appartamento di rue de Varenne. Sapeva pochissimo di lei, della sua vita, della sua famiglia.

Adesso era seduta di fronte a lui, portava un abito grigio, lungo fino alle caviglie, un paio di scarpe basse. I capelli, corti e bianchi, incorniciavano il viso affilato, elegante.

«Oggi rileggevo alcuni passi del *Discorso sul metodo*, di Cartesio. A margine delle pagine c'erano alcune frasi appuntate a matita. Ero una ragazzina. Dovevo avere diciotto anni, diciannove.»

«Cosa c'era scritto?»

«Bah, in genere evidenziavano alcuni concetti. Come spesso si usa fare quando si studia, ci si appuntano le parole chiave. Ma quella che mi ha colpito è una frase, credo fosse dello stesso Cartesio, non connessa al senso di quella pagina. Diceva: *che cos'è che io sono? Sono una cosa pensante*. Era sottolineata due volte.»

«È bella, sì.»

«Quest'idea della cosa pensante, mi ha fatto ragionare un po' sul modo in cui pensiamo. E il modo in cui ricordiamo.»

«...»

«Lo sa che gli antichi ritenevano che la sede della memoria fosse il cuore? Lo stesso Cartesio lo pensava, da qualche parte dice che le tracce della memoria passano attraverso le arterie del cuore, e si irradiano in tutto il sangue. Proprio per questo si usa il termine "ricordare".»

«L'etimologia è *re* di nuovo e *cordare* da *cordis*, cuore, appunto.»

«Tornare al cuore, appunto. Solo più tardi il termine è stato associato alla mente.»

«...»

«È una domanda che le ho fatto altre volte, Stefano: se dovesse dire qual è il suo ricordo più remoto, cosa direbbe?»

Stefano scartò una caramella alla menta, pescata tra le altre nel vassoio sul tavolino di fronte a lui.

«Non ho un ricordo remoto, se intende dai vent'anni in giù. Non riesco a ricordare nulla.»

«Anche solo un'immagine confusa.»

Scartò la caramella, e la mise in bocca.

«Non ricordo nulla dell'infanzia, lo sa, non ho nessuna consapevolezza di quello che sono stato. Nessun legame sensibile, nessun volto che mi sembri familiare.»

«Nel corso degli anni però lei ha avuto modo di vedere le immagini dei suoi genitori.»

«Sì, solo due fotografie che conservava mio nonno. Una

è appesa nel suo studio, l'altra nella sua camera da letto. Me le ha mostrate quando era già trascorso il periodo della riabilitazione.»

«Cosa c'è in quelle foto?»

«Nella prima mio padre in motocicletta, e mia madre dietro di lui. Sono in compagnia di altre persone.»

«Chi sono le altre persone?»

«È una festa in campagna, credo, amici.»

«Li ha mai conosciuti?»

«No, non so chi siano.»

«E l'altra fotografia?»

«Mia madre è incinta di me. E mio padre è accanto a lei.»

«Cosa stanno facendo?»

«Nulla, posano per la fotografia.»

«Si ricorda l'espressione dei loro volti?»

«Sì. Mio padre sorride, ha una sigaretta tra le dita. Mia madre sembra stanca, forse è provata per la gravidanza.»

«Quando guarda quelle foto cosa pensa?»

«Non riesco a pensare.»

«Provi a spiegarmi meglio.»

«Non riesco a collegare quelle immagini a una forma qualsiasi di intimità, a nulla che mi appartenga. Non provo nessuna empatia.»

«Lei somiglia ai suoi genitori?»

«Si riferisce all'aspetto?»

«Sì.»

«No, non vedo somiglianze.»

«C'è qualche dettaglio in quelle fotografie che la colpisce?»

Stefano rimase in silenzio. Poi chiuse gli occhi, provando a concentrarsi sul ricordo.

«Non si guardano.»

«...»
«E poi l'assenza. Mi colpisce l'assenza, la mia, guardandoli.»
«Cioè? Mi faccia capire.»
«Non sento nulla.»
«Quindi la colpisce quello che sente dentro di lei, non quello che vede.»
«L'una è conseguenza dell'altra.»
«Questo la fa sentire in colpa?»
«Non è esatto. Non la chiamerei colpa.»
«E come la chiamerebbe?»
«Non sono mai riuscito a definire questo stato d'animo. Direi... direi che è una sorta di... sospensione.»
«Mi spieghi meglio.»
Era un sentimento fluido, anzi gassoso, disse così. Come una nuvola che grava sulle teste delle persone. Ma è una nuvola che non si scioglie mai in pioggia.
«Quindi è qualcosa di minaccioso?»
«Forse sì, non ne sono sicuro. È qualcosa che ha a che fare con... l'immanenza.»
«E cioè?»
«Vuole che sia pedante?»
«Non sarebbe la prima volta. Sono preparata.»
Stefano sorrise e proseguì.
«Blondel diceva che è necessario trovare nell'azione degli uomini la sintesi di naturale e soprannaturale. Il senso di immanenza riguarda qualcosa che sta sopra di noi, che in qualche modo scrive la sorte delle nostre vite. Io avverto un sentimento di immanenza, appunto, guardando quelle immagini. Come se dentro quei volti che non riconosco ci fosse un codice che regola i loro destini. E il mio.»
«Come se tutto fosse già scritto?»
«In qualche modo sì.»

«Quindi lei legge in quei volti un segnale che rimanda alla loro fine. Al lutto?»

«Sì.»

Barbara respirò profondamente, poi sembrò concentrarsi su un piccolo dettaglio sulla parete di fronte a lei. Proprio dove c'era una piccola crepa dell'intonaco.

«Ha mai letto Virginia Woolf?»

«Certo. Perché me lo chiede?»

«Non lo so, mi è venuto di pensare a lei adesso, io amo molto la Woolf. La leggo e la rileggo spesso. Ci ho pensato mentre riflettevo su quello che mi ha appena detto. Ecco... c'è un racconto breve che mi ha sempre molto colpito, si intitola *The Mark on the Wall.*»

«Il segno sul muro.»

«Esatto, lo conosce?»

«No, non lo conosco.»

«Questo racconto si apre con una frase apparentemente di scarsa importanza, in realtà fondamentale. Dice pressappoco: *deve essere stato a metà di gennaio di quest'anno che per la prima volta guardai su e vidi il segno sul muro.*»

«...»

«Attenda un istante, voglio leggergliela.» Si alzò e si avvicinò alla libreria, prese un piccolo volume e lo sfogliò. Poi proseguì. «*Per determinare una data è necessario ricordare ciò che si vide, così ora penso al fuoco, alla luce gialla sul mio libro, ai crisantemi sul vaso di vetro sulla mensola del camino. Doveva essere inverno, sì, e avevamo preso il tè, perché ricordo che stavo fumando una sigaretta quando guardai su e vidi per la prima volta il segno sul muro*».

«...»

«Quello che vediamo, quello che immaginiamo, si intrecciano nel meccanismo complesso della percezione, della memoria. Il dato sensibile si collega all'immaginazione.»

Fece una piccola pausa, ancora un respiro profondo. Poi tornò a sedersi e lo guardò negli occhi.

«Lei cosa vede quando si guarda allo specchio?»

Stefano rimase un po' interdetto, sorpreso da quella domanda. E forse anche dallo sguardo di lei. Dopo aver riflettuto rispose.

«Almeno due persone.»

«Chi sono?»

«Una è quella che nell'immagine riflessa compare a sinistra, è quella presente. L'altra è quella segnata dalle cicatrici, quella di destra.»

«E quella non è presente?»

«No. Quella mi ricorda che esiste un passato. C'è una parte di me che non esiste più.»

Ancora una volta si fermò a riflettere. Istintivamente si accarezzò la cicatrice sotto l'orecchio.

«Io ho quasi cinquant'anni, ma la mia vita è cominciata trent'anni fa. Sono un uomo senza infanzia, senza adolescenza. Quando mi sono svegliato dal coma non avevo ancora vent'anni, ma il concetto stesso di tempo, di età, nei primi mesi del risveglio è stato difficile da realizzare. Non c'era niente dietro di me.»

«E intorno a lei? Cosa c'era?»

«Prima soltanto una camera di ospedale, le infermiere, i medici. E mio nonno.»

«E poi?»

«E poi il viaggio verso la Puglia, guardare il mondo dai finestrini, la masseria, gli ulivi. Tutta quella bellezza inaspettata.»

«La sua nuova vita.»

«La mia unica vita, nei miei ricordi.»

«Avrebbe voglia di parlarmi ancora di suo nonno?»

La luce cominciava a calare, il ficus accanto alla finestra stava perdendo la sua lucentezza. Il tintinnio discreto dell'orologio a scatola, posato sulla scrivania, segnava il silenzio.

«Va bene.»

«...»

«Mio nonno si chiamava Zeno Sartor. Era figlio di un contadino di Negrar, in provincia di Verona. Suo padre si trasferì in Puglia dopo la Prima guerra mondiale, si era innamorato di una ragazza di Martina Franca.»

Aprì il portone e uscì per strada, c'era ancora luce.

Ripensò ai discorsi, ai racconti, a Zeno. Avvertì una fiacchezza nelle gambe, sulle braccia, come dopo un periodo trascorso a letto, dopo un'influenza. Si guardò intorno, la strada era deserta.

In quella scena di abitata desolazione gli parve di sentire un richiamo. Poi più nulla. Le gambe ripresero forza e si avviò alla stazione del metrò.

Passò davanti al museo Rodin. Non c'era la solita coda davanti all'ingresso, era l'orario di chiusura. Si affacciò al cancello, il palazzo rococò disegnava la sagoma elegante sul cielo indaco, nella geometria elegante del giardino. Il prato riluceva di una luminosità inattesa, quasi fosforescente.

Ci sono forze sconosciute in natura, che i nostri occhi non vedono, che la nostra intelligenza nemmeno sospetta. Aveva letto quella frase di Rodin, da qualche parte, non ricordava dove.

Il custode del museo gli fece un cenno, era l'ora di chiusura.

Tutto sembrava sospeso, in quel momento. Tutto sembrava in attesa.

Oltre al vino rosso, le pesche e lo zucchero, qualcuno aveva aggiunto nella sangria un paio di bottiglie di Batida alla fragola e un altro liquore dal nome impronunciabile. Era dolcissima. Ma tutto il resto era perfetto. La musica, la gente che ballava, il profumo del mirto, che il vento trascinava dalla vegetazione a ridosso delle dune. I corpi dei ragazzi e delle ragazze si muovevano alla luce del falò, come anime lampeggianti.

Bere le dava un po' alla testa, ma non era male, quello sbandamento, quel giramento leggero del mondo. Non le era mai successo di ubriacarsi davvero, tranne quella volta in terza media quando insieme con Greta si era scolata una bottiglia di Sambuca e aveva vomitato tutta la notte. Viveva a Barcellona allora, suo padre lavorava all'ambasciata, e Greta era la sua compagna di banco. Una sera erano rimaste sole in casa e avevano bevuto di tutto, si erano divertite come pazze, ed erano state malissimo.

Ma adesso si sentiva a suo agio. Era cresciuta, da allora. Non era più una bambina.

Lupo si era allontanato con altri due amici che lo reclamavano e Gabriella si avvicinò e si sedette accanto. Sentì il profumo dolciastro sulla pelle sudata, misto a quell'odore di certe sigarette aromatiche.

«Allora? Come sta andando?»

«Bene... figo... mi piace.»

«Sì...»

Nina bevve un altro sorso e leccò lo zucchero che si era depositato sul labbro superiore.

«Era una vita che non mi rilassavo così. Questa vacanza cominciava a diventare una palla.»

«Perché?»

«Boh, perché sono qui con mia madre. Da sole. Non conosciamo nessuno. O meglio, io non conosco nessuno, lei ha un'amica che ha una villa da queste parti. Io invece, proprio nessuno.»

«E cosa fai tutto il tempo?»

«Boh... niente. Tipo mi sveglio tardi e vado al mare. Nel pomeriggio quasi sempre sto in casa a leggere, poi torniamo in spiaggia e andiamo a cena. In casa non c'è neanche la tele.»

«Come mai sola con tua madre?»

Nina esitò un attimo, prima di rispondere.

«I miei si stanno separando.»

«Ah, mi dispiace.»

«A me no. Non ne potevo più di sentirli litigare.»

«Anche i miei litigano sempre. Ma non si separeranno mai.»

«Perché?»

«Figurati, mia madre ha quarantasette anni. Non se la prende più nessuno.»

«Che stronza che sei...»

«Ma no... dico quello che dice lei. Si sente vecchia, sfiorita, dice che i figli le hanno rubato la vita.»

«E tuo padre?»
«Mio padre è uno stronzo. Lui sì.»
«Perché?»
«Con la scusa del lavoro è sempre fuori, e scopa in giro con chiunque.»
«E tu che ne sai?»
«Lo sanno tutti. E tutti fanno finta di non sapere.»
«Hai fratelli?»
«Un fratello e una sorella, sono la più piccola. Hanno dieci e otto anni più di me. Tu?»
«No, nessuno. Figlia unica.»
«Che culo.»
«Perché?»
«Perché non devi rendere conto a nessuno. Se un giorno mia madre non rompe le scatole, quel giorno le rompe mia sorella. Non vedo l'ora di andarmene.»
«Dove te ne vai?»
Gabriella sorrise, poi riaccese quello che restava della canna e aspirò profondamente.
«Mi piacerebbe andarmene tipo in Argentina.»
«Argentina?»
«Sì. Ci sono dei parenti di mio padre, un paio di cugini simpatici. E poi Buenos Aires è bellissima. Soprattutto voglio andarmene lontano da qui. Tu?»
«Non lo so. Credo che mi piacerebbe tornare a New York. Mia madre è di lì.»
«Fico...»
«Dopo il diploma, comunque me ne vado da Milano.»
«Non ti piace?»
«Non conosco quasi nessuno, a quel punto meglio andarsene.»
«Già...»
Gabriella aspirò ancora dal mozzicone.

«Vuoi fare l'ultimo tiro?»
«No... grazie.»
«Non fumi?»
«No...»
«Okay»
«...vabbe', dai, solo un tiro.»
Aspirò, sentì in bocca quel sapore acidulo. Poi cominciò a tossire.
«Sei troppo una ragazza a modo. Non ti fai le canne, non scopi.»
«Cazzo dici Gabry...»
Prese il mozzicone e lo spense sul fondo del bicchiere. Gabriella scoppiò a ridere.
«Dai, ti prendo in giro... anzi devo dire che stai bruciando le tappe.»
«Cioè?»
«Dai, è tutta la sera che stai facendo la splendida. Prima John, ah, mi sa che gli hai spezzato il cuore. Poi Lupo.»
«Ma che dici?»
«Se sono ore che fai carte col più fico della compagnia. Dai...»
«Io?»
«Ti ho vista prima. Come lo guardavi. E ho visto come ti guardava lui.»
«Come mi guardava?»
«Be', è ovvio che gli piaci un casino.»
«...»
«E comunque occhio, sono tutte innamorate di Lupo.»
«E allora...»
«Voglio dire, è uno che ci sa fare. In effetti non è male, è anche simpatico.»
«Lo conosci bene?»
«No... cioè, lo conosco come conosco tutti gli altri. Ti-

po che ci vediamo d'estate, e poi ciao. Per il resto so poco o niente.»

«...»

«Ti sei innamorata anche tu?»

«Ma che dici!»

Versò un mestolo di sangria nel suo bicchiere, bevve un sorso e lo passò a Nina, sorridendo.

«Ringo dice che è uno sciupafemmine.»

«Chi è Ringo?»

«Quello con cui stavo parlando prima. Quello coi dread.»

«E lui che ne sa?»

«Boh, si conoscono da tempo, pure lui è di Roma. Dice che ne cambia una al mese.»

«...»

«Vabbe', che ti frega, mica te lo devi sposare, no?»

Aveva le gote arrossate, gli occhi lucidi. Cominciò a ridere.

«Perché ridi?»

«No... niente.»

«Dai... dimmelo.»

«Niente, giuro. Il fumo mi fa sempre questo effetto... rido, quasi senza motivo.»

«...e comunque non mi devo sposare nessuno io, tranquilla.»

«Massì dai Nina, sto scherzando.»

«Sto bene così.»

«Non ti sposerai mai?»

«Ma che ne so, ho sedici anni.»

«Voglio dire, quando ne avrai trenta, tipo, ti sposerai?»

«Che ne so. Non ci ho mai pensato.»

«Io invece da bambina sognavo che da grande mi sarei sposata. Avrei avuto una famiglia, tipo i figli e tutto il resto.»

«E adesso?»

«Adesso boh... e comunque se proprio dovessi sposarmi sposerei una donna. Ma mi sa che non si può.»

«Già, la vedo difficile.»

«Però un figlio io lo vorrei.»

«Io no.»

«No?»

«Ci sono un sacco di cose da fare, prima di avere un figlio. Viaggiare, girare il mondo, conoscere un sacco di gente, vorrei studiare quello che mi piace. Vorrei divertirmi.»

«Già...»

«...»

«Okay... intanto però ti tocca risolvere un problema.»

«Che problema?»

«Il bagno.»

«Cioè?»

«Ti conviene spogliarti.»

«Che?»

«Ti butteranno in acqua tutta vestita.»

«Cosa?»

«Quindi spogliati.»

«Non ho il costume!»

«Fallo in mutande e reggiseno.»

«Non ho il reggiseno.»

Intorno si stavano preparando. Lupo si era tolto la camicia, i pettorali guizzavano alla luce della fiamma. La guardò un istante e lei si ritrasse, improvvisamente a disagio.

«Fallo nuda, allora.»

«Che?»

«Fatti il bagno nuda, che ti frega. Preferisci inzupparti i vestiti e rimanere zuppa tutta la notte?»

Alcuni cominciarono a correre e si tuffarono. Altre ragazze esitarono, ma l'acqua era calda e si convinsero rapidamente.

«Sicura di non volerti spogliare?»
«Sicura.»
«Be', fa un po' come ti pare. Io vado.»
«Okay...»
«Non dire però che non te lo avevo detto.»

Prima che Nina potesse rispondere tre ragazzi la presero alle spalle e la sollevarono di peso. Lei provò a divincolarsi, cominciò prima a ridere, poi a strillare, li implorò di lasciarla, non poteva bagnarsi quella gonna, assolutamente, e la maglietta, sua madre si sarebbe incazzata e tutto il resto.

Ma quelli non si fermarono, arrivarono sulla battigia e cominciarono a farla dondolare, stavano per lanciarla quando una voce li fermò.

«Cazzo. Lasciatela stare, no?»
«Ouh, che vuoi, Lupo, che ti prende?»
«Se non vuole fare il bagno ci sarà un motivo. Lasciatela.»
«Cazzo vuoi, stiamo scherzando. Mica è la prima volta che le ragazze strillano per non essere buttate in acqua.»
«Okay, ma adesso la lasciate stare, va bene?»
«Ehi, non starai facendo sul serio, amico.»

Il tipo, alto quanto lui, ma grosso il doppio, restò qualche istante cogli occhi piantati in quelli di Lupo, masticando una gomma. Poi, mollò la presa e le caviglie di Nina affondarono sulla sabbia bagnata, gli altri due le lasciarono le braccia e lei si rimise in piedi.

«Non mi sei piaciuto, Lupo. Per questa volta lasciamo perdere. La prossima non finisce così.»
«Okay...»

Il ciccione scrollò le spalle. Poi si girò, insieme con gli altri due, entrarono in acqua e raggiunsero gli altri più al largo. Gabriella passò accanto a Nina, le strizzò un occhio, e si tuffò anche lei.

Poi restarono soli.
«Tutto bene?»
«Sì...»
«Ti hanno fatto male?»
«No... no, sono io che...»
«Cosa?»
«...a volte non mi controllo. Che figura di merda.»
«Ma no... che dici... sono loro che esagerano, lo fanno sempre.»
«Comunque grazie... cioè voglio dire... mi sarei tuffata anche io ma sono vestita... come una stupida.»
«Tranquilla.»
«Dovevo portare il costume, non ci ho pensato. Che cretina.»
«Sei molto carina vestita così, invece.»
Nina sorrise. Anche Lupo sorrise. Lei si scrollò di dosso la sabbia, e lui la aiutò. Erano vicini, molto vicini. Si guardarono negli occhi. Poi lei fece un passo indietro.
«E tu...»
«Cosa?»
«...non... non ti fai il bagno?»
Lupo si passò la mano tra i capelli, con quel sorriso obliquo che doveva far innamorare tutte quante. Aveva ragione Gabriella.
«Sì... ora vado anche io.»
«...okay.»
«Tu tutto a posto allora, sicuro?»
«Sì... tutto a posto.»
«Va bene. Allora vado.»
«Va bene.»
«Ti ritrovo, quando torno?»
«Sì... certo.»
Si girò, e in pochi istanti sparì nell'acqua. Riemerse una

decina di metri più lontano e raggiunse gli altri con poche bracciate. Nina rimase da sola.

Inspirò ed espirò profondamente, sentì una morsa alla bocca dello stomaco. Il cuore le batteva forte.

Il vento per qualche istante azzerò i rumori, le sagome dei ragazzi, nel riflesso tremulo, sembravano muoversi al rallentatore.

Nina avvertì improvvisamente quella sensazione che ogni tanto la sorprendeva, come se il mondo sparisse e lei restasse davvero sola al mondo, senza nessuno. Le capitava da sempre, quando studiava nella sua camera, quando andava a scuola, quando viaggiava, da una città all'altra. Senza che nessuna di quelle città fosse la sua. Un brivido le attraversò tutto il corpo.

«Sono una stupida.»

Non le piaceva, essere così. Non voleva essere così.

Non voleva più essere così.

Guardò verso il mare, il cielo stellato e quello spicchio di luna.

Lentamente si tolse la gonna, poi la maglietta. Le lasciò scivolare sulla sabbia.

L'aria fresca le accarezzò i fianchi, il seno, sentì i capezzoli farsi turgidi, e un'energia sconosciuta circolare nelle vene, come un torrente in piena.

Il vento cambiò direzione e tornarono i rumori, le voci, le risate. Quelle sagome nere ridiventarono i ragazzi e le ragazze che giocavano, schizzavano, si divertivano.

Voleva essere come loro.

Era una di loro.

Cominciò a correre.

E si tuffò.

Diario del sonno.
Giorno 4
Sveglia: 4.25

Ho sognato mio padre.

O meglio non era lui, ma io avevo la sensazione che lo fosse.

Provavo qualcosa che somiglia al sentirsi figlio, anche se non era lui, quello della fotografia. Anche se era un estraneo.

Dovevamo visitare un appartamento da acquistare. Qualcosa del genere.

Ricordo che lui era vestito di tutto punto, giacca, cravatta, un impermeabile chiaro. Doveva essere inverno, perché tutto mi sembrava freddo, invernale appunto. L'appartamento si trovava in un palazzo del centro, doveva essere Roma. Anzi, era Roma sicuramente, perché in automobile, prima di arrivare, ricordo di aver visto il Museo di Villa Giulia. Chissà perché proprio lì.

La verità è che quel museo mi piace molto, però mi mette addosso una forte inquietudine. Sembra davvero che, una volta entrati, il mondo fuori sparisca. C'è un'armonia, nei cortili, nelle architetture, che pare quasi irreale.

Ci passavo davanti, in automobile, sì. E poco dopo scendevamo e andavamo a vedere l'appartamento. Doveva essere un palazzo degli anni Trenta. Mi ricordo l'ascensore di legno, con un sedile imbottito di velluto rosso. Mio padre non parlava. E non parlavo neanche io.

Arrivati al piano l'ascensore faceva una frenata brusca, un rumore di ferraglia. Uscivamo sul pianerottolo e bussavamo alla porta.

Ci apriva una donna, sorrideva. Ci faceva entrare. Era un attico, pieno di luce.

Ma la luce era fredda, di una stagione senza speranza, e anche il sorriso della donna era freddo. Nessuno parlava, nessuno diceva niente. Guardavamo la casa e basta.

E poi andavamo via.

Forse quella donna era mia madre.

Vorrei non svegliarmi sempre al buio.

Aprile passò rapidamente. Parigi in primavera splendeva di una bellezza che a volte sembrava quasi insopportabile. Lo invadeva il languore di quelle giornate, così letterario, la malinconia dei tramonti sul fiume.

Quella sera si era fermato a fare due chiacchiere con un amico, tornando dall'università. Ganesh aveva una piccola bottega di oreficeria in rue de Fourcy. Ogni volta che andava a salutarlo, gli mostrava alcune delle sue creazioni e prendevano un tè.

In quella stanza microscopica sembrava esserci tutto, in pochissimi metri quadrati.

«Un biscotto?»

«Grazie.»

Tirò fuori un barattolo di latta e lo aprì sul tavolo da lavoro. Prese alcuni dolcetti e li sistemò su un piattino dalla cornice dorata. Poi tornò alla preparazione del chai. Fece scaldare in un pentolino alcune spezie, anice stellato, cardamomo, chiodi di garofano, cannella, poi aggiunse l'acqua e lasciò bollire.

«Il segreto è la tostatura, l'acqua si aggiunge dopo.»

Era piccolo e secco, la pelle scura e gli occhi grandi, due biglie nere. Stefano lo aveva conosciuto per caso, diversi anni prima, in una delle feste organizzate per le celebrazioni del Dio Elefante a La Chapelle, e avevano scoperto di essere vicini di casa. Ganesh era nato a Chandigarh, nel Punjab, una delle città più giovani e ricche dell'intero continente indiano. Era vedovo e aveva una figlia che studiava violino al conservatorio. Aveva molto talento per il disegno, era un uomo metodico, vestiva sempre con abiti essenziali, in un rigore quasi monacale.

«Ma quella fotografia?»

«La tenevo in casa... ho deciso di incorniciarla e di portarla qui, in studio. In fondo passo molto più tempo qui che nel mio appartamento. Vedi quel tipo a destra seduto in cima alla scala? Quello è mio padre.»

Nella foto, scattata nei pressi di una cava, c'erano una ventina di uomini seminudi, con un turbante e un telo sui fianchi. Solo due erano vestiti, uno era il padre di Ganesh.

«E quello accanto a lui è Le Corbusier.»

«L'architetto?»

Ganesh aggiunse due cucchiai di tè nero e lasciò il pentolino in infusione. Sorrise.

«Mi pareva di avertelo raccontato. Mio padre era diplomato alla scuola d'arte e capocantiere. Ha lavorato con lui per alcuni anni, posso dire che erano amici, anche se Le Corbusier non era un uomo particolarmente affabile. Mezza Chandigarh è stata progettata da lui. Quell'altra foto che vedi in alto è *La Main Ouverte*. Quella è anche un po' opera di mio padre.»

Spense il fuoco, poi versò il latte e lo zucchero di canna nel pentolino.

«Oggi ho aggiunto anche lo zenzero e un po' di pepe. Ti piacerà.»

Filtrò il tè e lo versò nelle tazze. Sotto la luce della lampada il fumo faceva piccole evoluzioni sinuose.

«È un monumento possente, la foto non rende. Quella mano di acciaio, sopra la base di calcestruzzo è alta ventisei metri.»

«Cosa?»

«Giuro.»

Ganesh bevve un sorso di chai, nella stanza stava lentamente scendendo l'oscurità. La vetrina che dava all'esterno era molto piccola. Riprese a parlare.

«È un Abhaya Mudra.»

«Sarebbe a dire?»

«Il sigillo che le divinità compiono per simboleggiare le loro abilità protettive. Abhaya significa coraggio. La mano destra alzata all'altezza della spalla, con le dita unite in posizione verticale, rappresenta la protezione, la benevolenza e la vittoria sulla paura. Abhaya Mudra è il gesto della pace. È comune a molte religioni, compresa quella cristiana. Dietro quel monumento però c'è anche una storia privata, come ti accennavo.»

«...»

«Ora che ci penso questa cosa non l'ho mai raccontata a nessuno. Che strano. Insomma mio padre un giorno accompagnò Le Corbusier a incontrare Krishnamurti. Io ero molto piccolo.»

«Krishnamurti... il filosofo?»

«Sì, certo. È stato uno dei più grandi pensatori indiani. Ma anche un uomo semplice, diretto. Un maestro di vita, davvero. Mio padre lo aveva conosciuto tanti anni prima e su richiesta di Le Corbusier riuscì a combinare un incontro. Quei due rimasero un giorno intero insieme, passeggiando, conversando e meditando. Nessuno sa cosa si siano detti. *La Main Ouverte* è nata dopo il loro incontro.»

Stefano lo guardò e sorrise.

«Ti si illuminano gli occhi quando parli di tuo padre.»

«Gli volevo molto bene. Gliene voglio. Era un uomo intelligente. Anche molto simpatico. Quando eravamo piccoli, io e le mie sorelle, ci faceva morire dal ridere.»

«E tu lo hai conosciuto, Krishnamurti?»

«No, ma mio padre mi ha raccontato molto di lui. Gli è rimasto devoto, fino alla sua morte.»

«...»

«Mi ripeteva spesso una frase del maestro: "*Per fare un viaggio alla scoperta degli angoli più segreti della tua mente devi viaggiare con poco bagaglio, non portare con te tutto quello che pensi di te, non portare con te il giudizio*". Quando mia moglie è morta questa frase mi è stata molto utile, dentro il dolore ho imparato ad alleggerirmi dal dolore. Ad accettare.»

«...»

«Ho smesso di giudicarmi da molti anni, ormai.»

Stefano rimase in silenzio, continuò a sorseggiare il suo tè. Parlarono ancora dell'India, Stefano non ci era mai andato, Ganesh contava di tornarci quell'estate, dopo alcuni anni. Da giugno a settembre pioveva sempre, ma doveva approfittare dell'unico periodo libero a disposizione.

«Le tue sorelle stanno bene?»

«Sì. Vivono sempre a Chandigarh. La più grande è appena diventata nonna. Non le vedo da cinque anni.»

«Tua madre?»

«Mia madre sta bene. Sta per compiere novant'anni. Ma va ancora in bicicletta.»

Continuarono a chiacchierare, Ganesh gli mostrò alcuni medaglioni che stava decorando, e un paio di orecchini che doveva consegnare il giorno dopo a una signora poco cordiale, disse. Non voleva avere discussioni, purtroppo doveva rimettersi al lavoro.

«Martedì prossimo mia figlia suona a St. Ephrem, se

vuoi possiamo andarci insieme e poi magari stiamo a cena da qualche parte.»

«Sì, con piacere.»

Si salutarono e Stefano uscì.

Il sole stava tramontando, e la strada era deserta. Si incamminò verso casa. Dopo qualche metro una voce lo fermò.

«Stefano!»

Qualcosa risuonò, nella sua testa. Come l'eco improvvisa, in una stanza vuota. Si girò. Una donna gli fece un cenno dall'isolato di fronte, poi attraversò la strada e si avvicinò.

«Buonasera Stefano.»

«Buonasera...»

«Si ricorda di me? Sono Anna... Anna Castiglioni. Ci siamo visti a Firenze, ricorda?»

«Anna... certo, come sta?»

«Benissimo grazie. Che sorpresa incontrarla qui.»

«Che sorpresa sì...»

«Sono a Parigi per la mia mostra. Le ho spedito un invito qualche tempo fa...»

«Ha ragione... Com'è andata la mostra?»

«Non è ancora andata... si inaugura domani. Proprio qui, alla Maison Européenne de la Photographie.»

Stefano alzò gli occhi e si accorse del grande stendardo che pendeva sul muro dell'edificio di fronte. In verticale il nome della fotografa e il titolo: *Détails négligés.*

«Ce l'avevo davanti agli occhi... non mi sono accorto...»

«Non si preoccupi.»

Nessuno dei due sembrava del tutto a proprio agio. Stefano mosse goffamente le mani, sorrise. Lei si arricciò una ciocca di capelli sull'orecchio.

«Come sta, Anna?»

«Un po' a pezzi, ma bene. Ho appena finito di montare le fotografie e sono uno straccio. Avrò un aspetto orribile...»

«Ma no...»

«Ho come la sensazione che lei non sia molto bravo a mentire.»

«Non mento. Ha il viso stanco, ma non ha affatto un aspetto orribile. Anzi.»

«Va bene, grazie... lei abita da queste parti, giusto?»

«A qualche isolato da qui, stavo appunto rientrando a casa.»

«Okay...»

«Quindi... quindi è domani sera...»

«Già... non ha più scuse, le toccherà venire.»

Sorrise anche lei, le labbra si incresparono appena. Era bella.

«Verrò.»

«Alle diciotto. Ci sarà un po' di gente...»

«È emozionata?»

«Un po'. Questo progetto mi è costato tanto, quindi sì, lo ammetto: sono emozionata.»

«*Détails négligés*... Immagino che domani scoprirò il motivo di questo titolo.»

«Credo di sì...»

Restarono fermi qualche istante, uno di fronte all'altra. Poi lei infilò la giacca e gli tese la mano.

«Adesso vado, il mio albergo è dall'altra parte. Devo fare una doccia e andare a dormire, sono in piedi dalle cinque. È stata una giornata davvero faticosa. Sono felice di averla incontrata.»

«Anche io... allora a domani.»

«A domani. La aspetto.»

Si girò e andò via. Stefano restò a guardarla, le falcate ampie, il passo rapido, il corpo snello e agile. Provò ancora quella sensazione, indecifrabile. Qualcosa che somigliava all'attrazione e al pericolo, contemporaneamente. Poi si voltò e si avviò verso casa.

Passò la notte in bianco. Niente incubi, niente sogni.

Era da un po' che gli succedeva. Quando aveva scritto il libro si era convinto che raccontare la sua storia sarebbe stato utile, un modo per dare un senso definitivo alle domande senza risposta. Non era successo. Anzi, a volte gli era parso, nei mesi che erano seguiti alla pubblicazione, che qualcosa cominciasse a muoversi, pericolosamente, la costruzione paziente del suo equilibrio, durata molti anni, stava cedendo.

Si alzò, non erano ancora le cinque. Fece il caffè, Pris dormiva profondamente, appollaiata sul cuscino del divano. La stanza era quasi buia, appena rischiarata dalle luci della strada. Si guardò intorno. I luoghi familiari perdono familiarità nelle prime ore del mattino, ci muoviamo attoniti, in un mondo sospeso, inanimato. Sono le ore delle partenze, degli aeroporti deserti, delle strade lucide che rimandano le intermittenze dei semafori.

Le ore dei cani randagi, degli infermieri, delle solitudini definitive.

Si alzò, mise la tazzina nel lavabo e lasciò scorrere l'acqua. Restò fermo, davanti alla finestra, per qualche istante. Poi tornò nel soggiorno, infilò una tuta e le scarpe da ginnastica. E uscì.

Era ancora buio, cominciò a correre, prima con passi brevi, poi aumentando la cadenza. Non lo faceva da tempo. Il corpo rispondeva a uno stimolo innato, il passo, il ritmo, persino l'armonia del gesto, arrivavano da una memoria muscolare lontana. Inesplorabile. Aveva sempre corso, anche prima dell'incidente. Ne era sicuro.

Le strade erano vuote, le saracinesche chiuse. In giro c'erano solo i mezzi della nettezza urbana che ripulivano l'asfalto e i marciapiedi con le spazzatrici meccaniche. Facevano quel rumore costante, di spruzzi e di cremagliera.

Tagliò per Bastille e poi si diresse verso Pont d'Austerlitz. Attraversato il ponte si ritrovò davanti all'ingresso della Ménagerie du Jardin des Plantes. Il cancello era socchiuso. Probabilmente gli addetti alla manutenzione avevano dimenticato di chiuderlo, entrando. Diede un'occhiata intorno e poi scivolò all'interno.

La Ménagerie era uno dei più antichi giardini zoologici del mondo, Stefano ci era andato soltanto una volta, molti anni prima, detestava l'idea delle bestie in cattività. Ma il parco era molto bello, conservava il fascino delle grandi esposizioni ottocentesche.

Superò il giardino botanico e si diresse verso l'area destinata agli animali. A quell'ora dormivano tutti, e il silenzio pareva più denso, segnato da suoni impercettibili. Avvertì una piccola febbre sulla pelle, la stessa eccitazione che provano i bambini quando violano un luogo proibito. L'odore acre che proveniva dalle gabbie si mescolava a quello, più dolce, delle piante, nei sentieri dove la vegetazione era più fitta.

Passò davanti al recinto delle antilopi, poi a quello dello yak. Intravide la sagoma del bue tibetano con le corna ricurve, accovacciato su un giaciglio. Poi arrivò davanti all'ingresso della Casa delle Scimmie. Si chiamava proprio così. Una sottile grata metallica saliva fino a sei metri di altezza e rigirava a chiudere lo spazio, simulando un orizzonte libero, verso il cielo. Dentro c'erano due alberi dalle foglie larghe, travi di legno inclinate, assi di equilibrio che componevano un circuito di agilità e reti di corda che pendevano fino al terreno.

Rimase a guardare, sperando di vedere qualche esemplare muoversi nella penombra. Ma non vide nessuno. Mentre costeggiava la gabbia sentì un fruscio di foglie, un rumore di rami smossi, e si fermò. Sentì un brivido sulla schiena. Dietro la grata, a pochi centimetri dal suo viso c'era il muso enorme di un orango. Lo stava fissando.

Stefano non si mosse, anche la scimmia non si mosse. Doveva essere un maschio, era seduto su dei ceppi accatastati e gli occhi, piccoli e ravvicinati, arrivavano esattamente all'altezza dei suoi. Rimasero qualche istante immobili, studiandosi. Poi l'orango cominciò piano ad arricciare le labbra, chiudendole a imbuto. E a emettere piccoli suoni, sommessi, gutturali. Non era aggressivo. Ripeté il verso, due o tre volte.

Sembrava che volesse dire qualcosa, provare a comunicare, proprio con lui. O forse era solo abituato a farlo, nel corso delle visite. Stefano attese ancora qualche istante, poi, sottovoce, provò a imitarlo. Arricciò le labbra ed emise un verso secco, con un piccolo colpo di diaframma. Gli occhi dell'orango non si staccarono dai suoi. E rispose, a sua volta. Continuarono per un po', a dirsi cose invisibili, nella penombra.

Poi la scimmia avvicinò la mano alla grata e fece passare tra le maglie l'indice nodoso. Stefano sentì il cuore battere più forte, un calore invadergli il corpo. Dopo una piccola esitazione, allungò anche lui la mano verso la gabbia.

I due indici si toccarono, la superficie ruvida dei polpastrelli dell'orango su quella liscia e rosea dell'uomo. Le piccole contrazioni sul muso del primate incurvarono le labbra in una specie di sorriso.

Rimasero a guardarsi ancora, Stefano sentì quel calore

mutare in una tenerezza indicibile, e la tenerezza salire sul viso. E, senza riuscire a dominarsi, iniziò a piangere. Cominciò a singhiozzare come un bambino. Si aggrappò alla grata, e pianse ancora, senza potersi fermare.

L'orango fece scorrere le sue mani pelose sulle maglie della gabbia, accarezzandogli le dita. Accennò ancora i suoi versi, come per tranquillizzarlo. In quell'istante Stefano ebbe la sensazione di aver già vissuto quel momento. Fu un attimo, come una luce di fari nel buio.

Poi un richiamo che proveniva dalla casetta di legno distrasse l'orango, che si voltò e sparì tra gli alberi. Stefano rimase ancora fermo. Si asciugò il viso sulla felpa e fece alcuni respiri profondi.

Poi si avviò all'uscita.

Non incontrò nessuno. Prima di richiudere il cancello guardò ancora una volta verso il giardino, le chiome degli alberi si stagliavano nel chiarore del crepuscolo. Chiuse il cancello e riprese a correre.

Fece scorrere la cravatta dentro il colletto e la annodò, davanti allo specchio. La mattina era stato dal barbiere, aveva accorciato i capelli e si era sbarbato.

Si guardò il viso. Le cicatrici erano ancora visibili. Aveva subito tre operazioni nell'ultimo anno, ma adesso la pelle gli tirava di meno, dietro le orecchie. Gli era anche sparito quel formicolio sulla guancia, dopo anni. Il suo volto era cambiato.

Zeno gli aveva dato appuntamento per le quindici, dovevano essere a Bari entro le sedici e trenta. La cerimonia era prevista per le diciassette.

Il tempo e l'immagine, Bergson e la poetica di Tarkovskij. Era il titolo della sua tesi di laurea. Stefano l'aveva scritta in soli tre mesi, sviluppando alcune argomentazioni del filosofo francese in un modo che era parso molto originale al suo relatore. La consapevolezza del mondo, la memoria di sé, avvengono in funzione delle immagini che proiettiamo, che ne rappresentano la relazione.

Stefano non poteva sapere che il seme, presente in quelle pagine, sarebbe germogliato in un rampicante vorace. Avrebbe invaso le pareti della coscienza, la sua, in tutta l'esistenza futura.

Infilò la giacca e scese di sotto. Nell'aia c'era Zeno che

lo aspettava, col motore acceso. Era al volante di una Citroën DS bicolore, rossa e bianca. Fiammante.

Stefano si avvicinò al finestrino e lo guardò.

«E questa? Da dove esce?»

«Forza, monta... che facciamo tardi.»

Poco dopo sfrecciavano sulla litoranea verso Bari. La DS Pallas del '69 era il nuovo pezzo della collezione del nonno. Sette automobili d'epoca. Le custodiva in un capannone in campagna, e ogni domenica ne portava una in giro per le contrade. E, una alla settimana, le lavava e le lustrava personalmente.

«Centotrentanove cavalli, fari orientabili, motore a iniezione, centonovanta chilometri all'ora.»

«Ci stiamo quasi andando, a centonovanta all'ora...»

«Tranquillo ragazzo, questo è uno squalo!»

La chiamavano proprio così, disse. Lo squalo. Stefano si divertiva molto a vedere suo nonno entusiasta come un ragazzino.

Affondò nel sedile, e accese la radio. Cercò la sintonia e lasciò su un canale dove trasmettevano musica rock. Si girò verso Zeno e lo vide concentrato alla guida, con il pollice che batteva il tempo sul coprivolante in similpelle. Somigliava ad Anthony Hopkins, glielo dicevano tutti, soprattutto adesso, con la giacca e la cravatta.

Arrivarono a Bari alle sedici e venti, lasciarono l'auto in un garage custodito a poche centinaia di metri dall'ateneo. Era giugno inoltrato, faceva caldo, a quell'ora del pomeriggio loro due erano gli unici in giro vestiti di tutto punto. Entrarono nell'edificio e salirono al primo piano, nei corridoi un via vai frenetico di studenti, laureandi, famiglie intere in attesa della cerimonia. Stefano guardò Zeno, e lui fece un cenno di assenso, come per dire "è tutto tranquillo, tutto sotto controllo".

«Ciao Stè.»

Una ragazza alta e mora si avvicinò. Era bella. Portava un abito chiaro, elegante, che conteneva a fatica un seno imponente.

«Ciao Simona...»

«Allora?»

«Allora niente... a quanto pare ci siamo.»

«Io me la sto facendo sotto.»

«Ah... lui è mio nonno...»

«Buongiorno, piacere. Scusi non mi sono presentata... sono Simona Zonno, mi laureo anche io oggi...»

«Piacere...»

«Sono un po' agitata...»

«Andrà bene. Tranquilli. Be', io vi lascio. Vado a prendere posto.»

«Okay...»

Si allontanò ed entrò in aula magna.

«Fico tuo nonno...»

«Sì...»

«Assomiglia a quell'attore...»

«Lo so.»

«Comunque è ufficiale. Io me la faccio sotto. Com'è che tu sei sempre calmo, imperturbabile... che cazzo!»

Stefano rise. In realtà non era affatto tranquillo. Non lo era quasi mai. Lei si sistemò l'abito, tirò su la scollatura, che era scesa un po' troppo, e lui non potè fare a meno di notarlo.

«I miei sono già dentro, c'è pure mia sorella col fidanzato tedesco, tra l'altro un cesso, e tutta la sfilza dei cugini, cuginetti, nonne e nonni. Mi mettono una pressione addosso. Ma chi gliel'ha detto che dovevano venire...»

«Tranquilla, dai. Andrà tutto bene.»

«Certo Sartor che la fai sempre facile tu. Hai la lode in

tasca, parli come un libro stampato. Il prof ti ama. Io se mi va bene strappo un centoquattro, ma se mi va proprio di culo, eh. E già me lo vedo mio padre: "Se avessi studiato di più in questi anni oggi avresti raccolto i frutti, tua madre e io ci siamo laureati col massimo dei voti. Tua sorella ha finito ingegneria in soli cinque anni e adesso lavora già". Guarda, non vedo l'ora di andarmene, non li reggo più.»

Profumava di muschio bianco, i capelli appena ondulati per la messa in piega luccicavano di lacca.

Il bidello si affacciò sul corridoio e disse che era l'ora di entrare. Simona si avvinghiò al braccio di Stefano, e gli disse qualcosa che lui non capì, inghiottita nello sciame delle voci intorno. Poi andarono a prendere posto con gli altri, nella prima fila di sedie davanti alla cattedra.

Dopo qualche istante entrò la commissione.

Stefano avrebbe conservato soltanto tre cose, di quella giornata.

La prima: il presidente lesse la motivazione della lode e gli conferì ufficialmente la dignità di stampa, tutti applaudirono. Ma lui non provò nessuna emozione, gli succedeva. Fu la voce del presidente, però, a colpirlo. L'anziano professore biascicava le parole, ondeggiando un po', nella sua proverbiale e imitatissima cadenza dialettale. Era ubriaco. Poteva sentire il suo fiato caricato a Fernet Branca a un metro e mezzo di distanza.

La seconda: Zeno si commosse. Lo vide piangere per la prima volta. Lui provò a mascherare la cosa, ma non ci riuscì. Aveva gli occhi lucidi e si soffiava il naso in continuazione. In quel momento Stefano provò, sì, una tenerezza struggente. Quell'uomo invincibile, cocciuto come un mulo, che non gli era parso mai anziano, improvvisamente diventò un settantenne fragile, persino indifeso.

La terza cosa furono le tette di Simona. Senza l'abito chiaro, e senza il reggiseno.

Qualche ora più tardi, mentre si rotolavano sopra un materasso senza lenzuola della casa al mare dei suoi genitori, pensò che quello era un giorno memorabile.

Simona prese centodieci e contro ogni previsione, l'avvocato Zonno, suo padre, manifestò una grande soddisfazione.

«Pa', festeggiamo con gli altri, poi dormo da Giulia, al mare.»

«Va bene...»

«Mi presti la macchina? Non mi fido a usare la Panda, non regge il minimo.»

«È proprio necessario?»

«Pa'...»

«Va bene, ma mi raccomando. Mi raccomando...»

Lei stampò un bacio sulla guancia del padre, prese le chiavi e trascinò Stefano con sé.

Lui aveva detto a Zeno quella mattina che avrebbero festeggiato tutti insieme a casa di amici. Poi avrebbe trovato un passaggio. Questo, in effetti, era il programma originario.

Ma andò diversamente. Simona comprò due bottiglie di Berlucchi e un semifreddo al cioccolato. Poi diede le chiavi della Rover a Stefano e gli disse che era meglio se guidava lui. Quando entrò in macchina si tolse i tacchi e infilò un cd nel lettore. Lorenzo cominciò a cantare, *serenatarep serenatametropolitana mettiti con me non sarò un figlio di puttana*, alzò il volume e fece partire il tetto della decappottabile. Poi stappò una bottiglia, e il tappo schizzò nel cielo.

«Passiamo da Torre a Mare.»

«Perché?»
«Dai, voglio farti vedere una cosa.»
«Cosa?»
«È una sorpresa.»
La villa era in un piccolo complesso a un paio di chilometri dal centro abitato, si vedeva il mare. Simona fece scattare la fotocellula e il cancello si aprì. Entrarono in casa, con le luci spente. E uscirono dall'altra parte, in giardino.
«Allora Sartor, sei pronto per la sorpresa?»
«Non lo so... mi devo preoccupare?»
«Secondo me un po' sì. Chiudi gli occhi.»
«Chiudo gli occhi?»
«Avanti, chiudili.»
Simona gli prese la mano, fecero qualche metro, e poi fece scattare l'interruttore che accendeva le luci in piscina. Muovevano tutto intorno i riflessi azzurrini. Condusse Stefano fino sul bordo.
«Mi raccomando, non aprirli, finché non te lo dico io.»
«Okay...»
Gli lasciò la mano. Rimase qualche secondo in silenzio, e bevve un altro goccio di spumante. Poi si tolse il vestito e si avvicinò.
«Okay, adesso puoi aprirli.»
Profumava di muschio, sorrideva. Era molto più bella così, senza vestito. E sorrise anche lui. Uno di quei sorrisi idioti che fanno i ragazzi quando non sanno da dove cominciare.
Infatti fu lei a farlo. Fu lei a cominciare.
«Questa era la sorpresa numero uno.»
«Sì...»
«E questa è la numero due.»
Sfilò il reggiseno e le mutandine e li lasciò cadere sul prato.

«Vuoi la sorpresa numero tre?»

«Sì...»

Si avvicinò ancora, gli sbottonò la camicia. E dopo averlo guardato negli occhi, gli sfilò i pantaloni, e i boxer. Restarono qualche istante, nudi, a guardarsi. A sfiorarsi appena.

Poi lo baciò. E lui sentì l'universo che saliva nello stomaco, il sapore dolce e alcolico della lingua, la saliva, le labbra morbide. E il contatto del seno sul suo petto, la pelle sulla sua, i lampi di luce nella testa, e il suono di una musica lontanissima. La mandavano chissà dove, da qualche parte, mentre lui e la donna più bella del mondo cominciarono a volare, avvinghiati, al rallentatore. In piscina.

Quello che seguì continuò per anni ad animare le sue fantasie, così in credito col mondo degli ormoni e dell'adolescenza. Stefano non sapeva nulla dei suoi primi vent'anni, ma sapeva che le mani, le labbra, le tette di Simona le avrebbe ricordate per sempre.

Quella notte lei gli confessò che erano anni che ci pensava, che aveva voglia di farlo. Che lui le piaceva da paura, disse. Forse perché non se l'era mai filata, lei, così bella, sfrontata, desiderata.

Gli disse anche che sì, lo sapeva, probabilmente loro due non erano giusti, l'uno per l'altra.

«Ma cazzo, chi se ne frega no? Non dobbiamo mica firmare un contratto, stare insieme per tutta la vita. Dobbiamo festeggiare. Solo festeggiare. Giusto, Sartor?»

«Giusto.»

Erano lì, nel buio, la felicità improvvisa dei corpi. Quella bellezza a cui tutti hanno diritto, lo avrebbe detto più tardi a qualcuno, Stefano, in un posto molto lontano da lì, sorridendo per le parole rubate di una canzone.

La mattina del giorno seguente tornò alla masseria dopo aver preso un treno per Cisternino e un passaggio in moto. Quando entrò in casa, Zeno stava riordinando i conti, aveva il tavolo pieno di carte e faldoni. Lo guardò di sottecchi.

«È andata bene la festa?»

«Sì... tutto okay.»

«Andiamo a pranzo da zia Rosa. Ti vogliono festeggiare.»

«Va bene, ma che ora è?»

«È quasi l'una. Hai il tempo di fare una doccia.»

Mentre saliva le scale, Stefano ebbe la sensazione che Zeno lo stesse osservando.

Fece la doccia, si rasò e si guardò allo specchio. Non era male, in fondo, quel mondo.

Quando tornò di sotto, Zeno lo stava aspettando in piedi, sulla porta. Si girò e gli mise in mano una chiave con un portachiavi rosso.

«Vedi di trattarla bene.»

La mitica Citroën DS era il regalo per la sua laurea. L'avrebbe trattata bene, giurò.

Fece scorrere la cravatta nel nodo e lo strinse. Si guardò allo specchio, le rughe sottili disegnavano una piccola mappa sul viso, gli sembrava di poter ricordare la prima volta che erano apparse. Intorno agli occhi, sulla fronte.

Si era sbarbato, i capelli corti erano sfumati sui lati della testa e sulla nuca. Sopra l'orecchio e sulla guancia il segno delle cicatrici, un serpente che univa due parti del volto rendendo la sua espressione duplice. Era due persone, nella stessa faccia.

Andò in cucina e riempì la ciotola di Pris, lei si strusciò tra le gambe, poi si distese, pancia all'aria, per farsi accarezzare. Fece le fusa, rumorosamente. E andò via, come fanno i gatti.

Stefano tornò in bagno e mise sui polsi due gocce di profumo, un'essenza di spezie, tabacco e fiori di ligustro che comprava in una bottega artigianale nel Marais. Infilò una giacca e uscì di casa.

Per le scale i soliti suoni, le vite nascoste dietro le pareti.

Aprì il portoncino, per strada il sole allagava i marciapiedi. Erano passate da poco le diciotto e trenta. Arrivò alla Maison Européenne de la Photographie qualche minuto più tardi. La mostra era nell'ala moderna dell'edificio, quella destinata alle esposizioni temporanee.

All'ingresso della sala principale c'era folla che si accalcava accanto a un buffet. La gente sembrava muoversi, come un tutt'uno, nel brusio indistinto delle voci. La vide. Era insieme ad altre due persone, una ragazza giapponese e quello che poteva essere il suo compagno, le teneva una mano sul fianco. Anche lei lo vide. Sorrise e gli fece cenno di avvicinarsi.

In quell'attraversamento Stefano pensò che avrebbe dovuto seguire il suo istinto. Non andare al vernissage. Evitava da sempre le occasioni mondane, gli obblighi vischiosi della socialità.

Ma quella donna lo incuriosiva, gli piaceva.

«Ciao!»

«Ciao...»

«Sono contenta che tu sia venuto.»

Portava un abito nero lungo e dei sandali, i capelli sciolti, nessun gioiello. Gli occhi luccicavano.

Gli presentò Saori e Carlos. Lui era il suo agente in Europa, lei una gallerista, vivevano entrambi a Parigi. Entrambi avevano letto il suo libro, dissero, e questo lo fece sentire un po' a disagio.

«Ho adorato la scena di lui nella camera di ospedale che riapre gli occhi e guarda il soffitto. Mi ha fatto pensare a *Persona*, di Bergman.»

Anna spiegò a Carlos che *lui* era proprio lui, Stefano. Non era una scena immaginata.

«Hai visto, ho fatto i compiti, ho letto il tuo libro.»

«Ho visto...»

Scambiarono ancora due chiacchiere poi Stefano disse ad Anna che voleva dare un'occhiata alle foto.

«Certo. Ti raggiungo tra poco...»

Era bella. Il corpo snello, i muscoli tonici sulle braccia nude. C'era qualcosa di strano e familiare nel suo sguardo. Quella familiarità che gli davano gli incontri in cui, inconsapevolmente, proiettava un'esistenza possibile.

Fece un giro. Nelle due grandi sale dedicate alla mostra c'erano una trentina di fotografie, di dimensioni diverse. Erano tutti scatti in bianco e nero, le cornici sottili, di legno scuro. I passe-partout sembravano isolare dettagli di una composizione più grande, nascosta all'occhio dei visitatori. Pezzi di città, di strade, di case, di persone. *Détails négligés*, ripensò al titolo della mostra.

Lo colpì in particolare una fotografia orizzontale, stretta e lunga, molto grande, in cui si vedevano alcune coppie che danzavano nella penombra, in una balera. Nessuno sorrideva. Ma quello che lo incuriosì fu il dettaglio in primo piano, nell'estremità destra della foto. Una donna, di spalle, mostrava una cicatrice enorme sulla schiena scoperta. Una cucitura che segnava le linee del dorso come un fiume che attraversa un continente intero, su una cartina geografica.

«Si chiama Maria Encarnaciòn.»

Anna era apparsa all'improvviso dietro di lui.

«È una ballerina argentina. Piuttosto famosa a New York. È tornata a danzare dopo un incidente automobilistico. L'avevano data per spacciata.»

«Ah...»

«Scusami... ora che ci penso... non volevo essere indelicata.»

«Ma no, tranquilla.»

«Ho letto il tuo libro, accidenti, avrei dovuto pensarci.»

«Non c'è nessun problema, davvero.»

«E mi sono accorta di essere passata al tu. Sono un po' brilla. Mi bastano un paio di calici.»

«Hai fatto bene.»

«A ubriacarmi?»
«Hai fatto bene a darmi del del tu. Magari anche a ubriacarti, chissà.»
Anna lo guardò, allargando appena le nari, intensamente.
«Cosa pensi, allora?»
«Cosa penso?»
«Dimmi cosa pensi, senza pensarci. Della mostra, intendo.»
«Certo... mi piace. Mi piace molto. Ma voglio tornarci con calma, senza tutta questa gente.»
«Certo...»
«Non mi lascia tranquillo.»
«La mostra?»
«Sì. Quasi tutte le cose che mi piacciono non mi lasciano tranquillo.»
Lei lo guardò ancora e sorrise. E arrivò, quell'inquietudine leggera, e il desiderio crescente di fuga.
«Stiamo insieme a cena? Ti va?»
«Stasera...»
«Stasera, sì. Tra due giorni riparto. Saremo in quattro, se ci sei anche tu. Saori e Carlos sono molto simpatici, vedrai. Lui è sempre un po' tra le nuvole, ma è divertentissimo.»
«Sì... con piacere...»
«Sono contenta. Adesso ti lascio guardare ancora un po' le foto, e io torno a fare pubbliche relazioni, mi tocca. Se ci perdiamo di vista, l'appuntamento è da Baffo, alle ventuno. Sai dov'è?»
«Sì.»
«A dopo.»
Prima di allontanarsi gli sfiorò la mano, con gentilezza. E lui sentì una piccola scossa. Come se quel contatto avesse attivato un circuito lungo la colonna vertebrale. Rimase per un po', come intorpidito, in mezzo alla folla.

Si avvicinò al buffet, bevve un calice di champagne, fece ancora un giro e poi uscì.

Dal cortile si vedeva il palazzo di fronte. La vetrina della bottega di Ganesh era accesa, una piccola luce sul tavolo di lavoro. Non riusciva a vederlo, ma lo immaginava, armeggiare con i suoi strumenti. Aveva sempre invidiato quella pazienza, da quando lo conosceva. La quiete in cui trascorreva le sue giornate uguali.

Decise di fare due passi. Ripensò a quello che era appena successo, e a quel senso di familiarità. Quando gli piaceva una donna, disegnava lo scenario di un futuro possibile, arredava uno spazio domestico, sentiva gli odori, il caldo delle case invernali, le vacanze al mare, le visite ai musei, passava in rassegna i vecchi film da vedere insieme, seduti sul divano.

Era un mondo caldo, di gente che ride. Gente felice.

L'ultima sequenza di quel film era sempre un *flash forward*, in cui lui era solo. Quando tutto era già finito. Niente vacanze al mare, niente case accoglienti, sorrisi e felicità. C'era lui e basta.

Chissà come sarebbe stata la sua vita, se avesse seguito il corso normale di una vita qualsiasi. Magari sarebbe stato capace di costruirlo, quel mondo.

Alle nove in punto arrivò davanti alla vetrina di Baffo, in rue Pecquay. Ci era già stato qualche volta, il proprietario era toscano e si mangiava bene.

Entrò nel locale, le piccole luci, soffuse, pendevano sui tavoli lunghi di legno grezzo. C'era profumo di vino, di funghi, di tartufi. Vide Anna, seduta a un tavolino in fondo alla sala, dietro di lei gli scaffali dei vini. Parlava al telefono. Era sola.

Quando la raggiunse lei riattaccò e gli andò incontro.

Gli diede un bacio sulla guancia. Profumava di fresco, come se avesse fatto da poco la doccia. E di vino.

«Non ho buone notizie per te.»

«Che succede?»

«Saori non si è sentita bene e Carlos la sta accompagnando a casa. Forse ci raggiunge più tardi.»

«Mi dispiace.»

«Niente di grave.»

«Okay...»

«Giuro... non volevo farti... sì, insomma non è un tranello.»

«Che tranello?»

«Sì, insomma, non ho organizzato tutto per stare da sola con te.»

«Non lo pensavo.»

«Giuro...»

Sorrisero. Si misero a sedere. Lei sulla panca addossata alla parete, lui sulla sedia alla sua sinistra.

«Io mi sono già fatta portare un calice di rosso.»

«Che rosso?»

«Brunello.»

«Brunello anche per me allora. Prendiamo una bottiglia?»

«Aggiudicato.»

Il cameriere prese le ordinazioni. Stefano scelse un risotto ai funghi e un tiramisù. Anna tagliatelle al tartufo e un semifreddo al cioccolato fondente. Il locale era piccolo, accogliente, mandavano una buona musica in sottofondo.

«Conoscevi già questo posto?»

«Sì... anche se non vado quasi mai nei ristoranti italiani... fuori dall'Italia, intendo.»

«In verità anch'io. È stata Saori a insistere. È innamorata di questo ristorante.»

«Cosa le è successo?»
«Niente di inaspettato.»
«...»
«È incinta.»
«Ah... scusa... non me ne ero accorto.»
«Quinto mese. Ma nessuno se ne accorge. È incredibile.»
«Lui è il suo... voglio dire...»
«Carlos?»
«Sì.»
Anna sorrise appena. Bevve un goccio di vino.
«Carlos è il suo migliore amico. È gay.»
«Ah, okay.»
«Ma è anche il padre del bambino.»
«...»
«Fecondazione assistita, una storia un po' complicata. Saori gli ha chiesto di donare il seme. Saori non ha un uomo.»
«Capito...»
«Nel senso che non ha uomini. E in questo momento neanche una compagna. L'ultima con cui è stata, di cui era innamoratissima, non voleva figli.»
«Effettivamente, una storia po' complicata.»
«Ha appena compiuto trentasette anni e non ha voluto attendere ancora. Quindi il figlio lo fa da sola.»
«Chiaro...»
«Ti imbarazza?»
«Perché dovrebbe?»
«Ti vedo... un po' a disagio.»
«No... affatto, non sono a disagio per questo...»
«E perché?»
Arrivò il cameriere con una bottiglia di Brunello del 2015, ne versò un goccio in un calice ampio e lo fece rotea-

re tenendo l'impugnatura obliqua. Poi lo porse a Stefano che assaggiò e fece cenno di sì. Allora il cameriere riempì i due calici e portò via gli altri due.

«Allora?»

«Non sono neanche a disagio, in realtà.»

«Quindi no?»

«O forse un po' sì.»

«Prendiamo una decisione?»

«Insomma sono, come posso dire, un po' arrugginito. Socialmente, intendo. Non esco quasi mai.»

«Davvero?»

«Sì. Questa specie di popolarità non mi fa benissimo, lo confesso. Sono diventato ancora più solitario.»

«Perché?»

«Boh... non lo so dire esattamente. Ma ho la sensazione di aver fatto... un errore di valutazione.»

«...»

«Raccontare la mia storia, pensavo che potesse servire. Non è solo un caso oggetto di approfondimenti scientifici, anche filosofici. Ma è un muro. Mentre scrivevo pensavo che parlandone pubblicamente quel muro sarebbe crollato.»

«E non è andata così...»

«No. Anzi, quel muro mi sembra ancora più alto. Quelle poche certezze che avevo, dopo un lavoro lungo, paziente, su me stesso... insomma, è come se non ci fossero più. Sbriciolate.»

«Lo capisco. È per questo che esci poco?»

«In realtà esco, cammino moltissimo. Lavoro. Ma lo spazio della socialità, dell'intimità, direi, si è quasi annullato.»

«Mi dispiace.»

«Niente di grave... alla fine non sto male... sono passaggi. Passerà anche questo. "Il vento delle occasioni mi agita secondo la sua direzione."»

«Cosa?»

«Lo diceva Montaigne. Siamo unità molteplici, soggetti istantanei in un organismo provvisorio.»

«Forse ti sto perdendo.»

«Hai ragione. Divento pedante.»

«Ma no, mi piace. Però devi spiegarmi.»

«Okay... Montaigne era un filosofo francese della fine del Cinquecento, in anticipo di alcuni secoli sulle ricerche della moderna psicologia, diceva che le personalità sono aggregati provvisori, per questo affascinanti e spesso incomprensibili.»

«Aggregati provvisori?»

«Sì. Il mio io di oggi non è lo stesso io di ieri. Sono due unità differenti. Variamo a seconda delle contingenze, del mondo che ci circonda.»

«E diceva tutto questo, nel Cinquecento?»

«Sì, pressappoco.»

«Pazzesco...»

«Già... Ma oggi è la tua festa, parliamo di te. Non so niente, in effetti. Di quella di oggi, niente di quella di ieri.»

Anna sorrise, le labbra scoprirono i denti piccoli e bianchi. Poi tornarono appena a incresparsi.

«Anche la mia non è stata tutta una passeggiata. Ma non mi lamento, dai. Ho una vita piena di cose, viaggio, vedo il mondo.»

«Sei sposata?»

«Ah... così, *d'emblée*?»

«È una domanda indiscreta?»

«No... è che quella è la parte di vita che non è stata una passeggiata. Ma okay... non sono sposata. Non più. Lo sono stata per cinque anni.»

«...»

«Vuoi che parliamo di questo?»

«No, se non ne hai voglia.»
«Va bene... non sono uno schianto con gli uomini. Ma quando ho sposato Bernard mi sono sentita felice, sì. Lui apparve all'improvviso, dopo un'altra storia, molto dura. Quello con cui ero stata prima era un uomo violento.»
«...»
«Tu sai sicuramente cos'è l'enantiodromia.»
«Eraclito? L'interdipendenza degli opposti.»
«Esattamente. Tanto era rozzo, volgare, violento il primo, tanto amorevole, attento, delicato il secondo.»
«E poi?»
«E poi le cose sono cambiate. Tutto si è fatto più stretto, più cupo. Molto.»
«...»
«Insomma, è come se si fosse riavvolto un nastro e quel nastro rimandava una musica storta. Mi sono ritrovata in una situazione, per molti aspetti, simile alla precedente.»
«Era violento anche lui?»
«In qualche modo, sì. Lo è diventato.»
«Mi dispiace...»
«Il problema è che non dipendeva solo da lui, da loro...»
«Cioè?»
«Loro erano due stronzi, oggi posso dirlo. Ma è probabile che anche io cercassi quel tipo di incontri. Inconsapevolmente. Per punirmi di qualcosa. Ero io a chiudermi in una gabbia.»
«...»
«Ci è voluto del tempo, per capirlo.»
«Mi dispiace...»
«Ma adesso sto bene, ho lavorato molto su me stessa. Ho capito tante cose. Sto bene.»
«...»
«Cambiamo argomento?»

«Sì.»

Il cameriere entrò nel cono di luce della lampada. Risotto per Stefano, tagliatelle per Anna.

«*Bon appétit*.»

Sparì, come era apparso. Restarono qualche istante in silenzio. Stefano avvertiva una sensazione inattesa, paradossale forse, dopo quel breve racconto. Si sentiva tranquillizzato.

«Assaggiamo?»

«Assaggiamo.»

Il riso era buono, le tagliatelle ottime. Parlarono di Parigi. Delle fotografie di Vivian Maier, delle poesie della Szymborska, dei gatti, delle stradine di Monteriggioni, dei formaggi col verme, di Rostropovič, della Valle d'Itria, dei Rolling Stones, delle feste di beneficienza nei grattacieli di New York. Di Zeno.

«Certo che conosci un sacco di gente tu.»

«Non sempre è un'esperienza indimenticabile.»

«Cioè?»

«Boh... non lo so. Specie quando conosci gente famosa, diciamo così. Non sempre va come ti immagini.»

«Esempio?»

«Te ne potrei fare tanti. Trascuro i comportamenti grossolani, quelli che ci provano per esempio, pensando di essere irresistibili. Vediamo... okay... ti racconto questa... riguarda una di quelle feste di beneficienza di cui ti ho parlato. Qualche anno fa ero stata invitata in un rooftop di Hell's Kitchen. È un hotel piuttosto figo, l'Ink48. C'erano tutti.»

«Tipo?»

«Non lo so... da Johnny Depp a Nicki Minaj, Tom Ford, Scarlett Johansson... ma la più figa di tutti era senza nessun dubbio Lauren Bacall.»

«Lauren Bacall? È ancora viva?»

«È morta qualche anno fa. Allora doveva avere quasi novant'anni, era ancora bellissima. Algida, magnetica. Non mi pareva vero di averla di fronte a me. E insomma a un certo punto non ce l'ho fatta a resistere e sono andata a presentarmi. Le dissi che lei è sempre stata il mio mito.»

«...»

«Le chiesi se avesse due minuti per me. Lei gentilissima, mi guarda e dice: "Ma certo tesoro, accomodati qui accanto a me, Cam falle spazio". Cam era Cameron Diaz, per dirti. Insomma, abbiamo chiacchierato un po'. Ero emozionata come una bambina. Intorno a noi c'era una corte in adorazione. E alla fine, prima di allontanarmi...»

«...»

«Sì, insomma, le ho chiesto se poteva farmi un regalo.»

«Che regalo?»

«Volevo fare un selfie. Ho preso il cellulare.»

«E lei?»

«Mi ha sorriso. E mi ha sussurrato in un orecchio, scandendo le parole: "Toglitelo dalla testa, stronzetta". Gli occhi di ghiaccio. Ero ammutolita. Sono sparita, prima ancora di andarmene. Lei non mi vedeva più.»

Stefano sorrise, bevve un goccio di vino. Il cameriere portò il dessert e svanì nel buio. Billie Holiday intanto cantava *Body and Soul*. Stava succedendo qualcosa, pensò. Una piccola rivoluzione. Si sentiva a suo agio, era attratto dai racconti, dalla voce, dagli occhi di quella donna. Si sentiva bene.

«Perché sorridi?»

«Non lo so... perché mi piace ascoltarti.»

Lei gli sfiorò di nuovo la mano. Gliela prese. Non disse nient'altro.

E lo baciò.

Barbara Modigliani mise un cd nel lettore e spinse il tasto PLAY. Una sinfonia di archi cominciò a diffondersi nello studio. Non disse nulla e andò a sedersi sulla poltrona, di fronte a Stefano.

Lui la guardava, incuriosito. Era la prima volta, in tanti anni, che ascoltavano della musica, nel corso della seduta.

«Conosce questa ouverture?»

«No... credo di no.»

«Sono *I Vespri Siciliani*, di Giuseppe Verdi.»

Restò ancora un po' in silenzio. Chiuse gli occhi, poi li riaprì e sorrise.

«Non abbiamo mai parlato di quello che ascolta, o di quello che ascolto io. Ci pensavo questa mattina. Il mio legame con la musica operistica, e con Verdi in particolare, è molto forte.»

«...»

«Sa perché?»

Attese ancora qualche istante, sembrava pescare qualcosa nella memoria.

«Mio padre era un medico. Ma avrebbe voluto fare il musicista. Di fatto lo era. Suonava magnificamente il violino. Prima di laurearsi si era diplomato al Conservatorio di Milano. Ho studiato anche io da bambina, ma non avevo il suo talento, per cui ho lasciato perdere, dopo qualche anno.»

«...»

«Mi portava a vedere l'opera, alla Scala. Sin da quando ero molto piccola. *I Vespri Siciliani* è stata la prima, era il 1951. Avevo cinque anni. E da lì in poi mi ci ha portato sempre.»

«...»

«Non ricordo quasi nulla, di quella prima volta. Soltanto dettagli. Cantava la Callas, ma io ancora non sapevo chi fosse. Mi ricordo l'odore.»

«Che odore?»

«Un odore misto, il profumo del dopobarba di mio padre, le sigarette, allora si poteva fumare a teatro. E quello che ho sempre identificato come l'odore del palcoscenico, non saprei dargli un nome. Doveva essere polvere, colla, cipria, vernice. Doveva essere tutto questo.»

«...»

«Dopo un po' mi addormentavo, e mio padre mi teneva la mano. È forse la sensazione più bella della mia vita. La più bella che ricordo.»

«Si sentiva protetta.»

«Non solo. Mi sentivo parte di quel mondo. Mi sentivo parte, sì. Ho continuato ad ascoltare musica operistica, per tutta la vita. Non credo che il melodramma italiano ne sia l'espressione più alta, ma... non so come dire... è un suono di famiglia.»

Versò un bicchiere d'acqua e ne bevve un sorso. I suoi gesti erano sempre misurati, eleganti.

«Quando mio padre è morto, avevo venticinque anni. Ricordo ogni istante di quella giornata. E in particolare quando, con le mie sorelle, lo abbiamo vestito. Il suo corpo esile, le braccia magre, e il numero tatuato sul braccio.»

«...»

«Nove otto due otto nove. La matricola di Auschwitz. Non so quasi nulla di quello che ha vissuto, nel campo di concentramento. Mio padre ha sempre voluto proteggerci da quel dolore. Ma quel dolore, senza nome, senza voce, per noi è stato ancora più grande.»

«Non sapevo nulla, mi dispiace.»

«Ma non era di questo che volevo parlarle.»

Bevve ancora un sorso d'acqua. Cacciando via quel pensiero di morte. Poi si schiarì la voce e riprese a parlare.

«Lei Stefano, conosce molto bene il funzionamento dei processi mnemonici. Non le racconto nulla che lei non sappia già. Ma accanto alle teorie ufficiali, alla dottrina scientifica, ogni terapeuta sviluppa convinzioni autonome, idee che rinvengono dalla pratica quotidiana. La nostra è una disciplina in movimento.»

«...»

«L'idea che mi sono fatta io sulla memoria è che sia uno strumento creativo, spugnoso. Non è un forziere chiuso, pieno di ricordi veritieri. Voglio dire, ma questo lei lo sa, che i ricordi non sono stabili. Sono come cavallucci marini che nuotano inquieti tra le alghe, mi passi questa espressione. La memoria genera storie.»

«...»

«Io sono certa che i processi mnemonici siano una creazione attiva. E altrettanto certa che sia quasi impossibile attribuire un carattere del tutto veritiero ai ricordi. Per esempio, io non ho nessun riscontro oggettivo, che mi assicuri che quella sera di dicembre del 1951 io ci sia andata davvero a teatro, con mio padre.»

«Intende dire che lo ha sognato?»

«Voglio dire che potrei aver *creato*, quel ricordo. È probabilmente quello che voglio ricordare. Cerchiamo sempre nella nostra infanzia un punto di svolta, qualcosa che dia un senso a una qualsiasi evoluzione successiva, i segni premonitori di ciò che saremmo diventati da adulti. Cerchiamo l'impronta. Ma forse non funziona esattamente così.»

«Cioè?»

«Per usare una facile metafora, direi che la nostra memoria funziona come un teatro nel quale l'opera viene messa in scena in allestimenti sempre diversi. Sottoponiamo i ricordi, veri o presunti, a un processo di ricostruzione culturale, colmiamo le lacune, attingiamo delle forme standard nel nostro archivio preimpostato. Siamo noi i creatori del copione. Il biocopione. Forse è quello che dovremmo provare a fare, lei e io.»

«Mi sta dicendo che dovrei inventarmi il passato che non ricordo?»

«Non esattamente. Sto dicendo che forse bisognerebbe aggirare l'ostacolo. Mi pento di non averci pensato, in tutti questi anni. Forse bisognerebbe innescarlo, il ricordo, non pescare dentro di sé.»

«Cosa significa?»

«La sua memoria è sparita in seguito a un trauma. Bisogna andare alla ricerca del trauma.»

Rimasero entrambi in silenzio.

Stefano camminava rapidamente. Sentiva l'inquietudine invadere il corpo, i tessuti muscolari. Il freddo nelle ossa. Un senso improvviso di inadeguatezza, un'angoscia piccola e subdola, si impossessava dei pensieri.

Per tutta la vita si era protetto dal dolore, questa è la verità. Lo aveva protetto Zeno, sradicandolo da un mondo e costruendone un altro solo per lui, consegnandogli un'identità nuova che non somigliasse in nulla a quella precedente. E si era difeso da solo. Aveva costruito una zona di conforto fatta di case, città, parole, studio, percorsi, persone. Come tutti, forse. Più di tutti, pensò in quell'istante. Troppo di più.

Quando arrivò a casa salì le scale velocemente. Aprì la porta e lasciò le chiavi nella ciotola di terracotta. Poi andò in cucina a bere un bicchier d'acqua. Sentiva il cuore battere in gola. Andò a sedersi sul divano e rimase fermo per un po', senza far nulla.

La ricerca del trauma. Barbara nel corso della seduta gli aveva spiegato meglio, e man mano che lei parlava lui aveva sentito crescere l'inquietudine. Adesso gli sembrava di ricordare confusamente quello che gli aveva detto, il modo in cui intrecciare la memoria semantica, quello che lui si era raccontato per tutta l'esistenza di quel lungo e profondo buio, e quella episodica che invece era completamente assente. Non c'erano episodi da ricordare, nessuna reminiscenza che potesse riprodurre le sensazioni fisiche del ricordo.

«Lei non ha un biocopione della sua vita precedente. Allora inventiamolo.»

Che voleva dire, inventiamolo? Gli disse che era un processo inverso a quello sul quale avevano lavorato insieme, cercando nei meandri più profondi della coscienza. Doveva pensare all'elefante, aveva detto così.

«Abbiamo provato, in tutto questo tempo, a scavare quello che c'è sotto, a scavalcare il trauma. Abbiamo sbagliato. Ho sbagliato. È come dire: "Non pensare all'elefante". Più lo eviti, più si presenta davanti a te. Arriva un giorno in cui si diventa l'elefante. Diventiamo il nostro trauma. Quindi adesso, se lei è d'accordo, proviamo a guardarlo l'elefante e, se non riusciamo a vederlo, allora sì, inventiamolo.»

Avevano fatto un piano. Una strategia nuova, per uscire da quello stallo infinito. Se l'elaborazione di un trauma consiste quasi sempre nel ridurre l'intensità del ricordo, per interrompere il circolo vizioso, forse in questo caso, al contrario, dovevano innescarlo, il circolo vizioso.

«Io non sono certa che possa funzionare, ma... mi sembra una strada nuova. Potremmo provarci. Che ne pensa?»

Decisero insieme che sarebbe partito per l'Italia. Stefano doveva andare in Puglia per delle questioni legate all'eredità del nonno. Avrebbe approfittato di quel viaggio per passare da Roma.

Doveva ridisegnare la mappa del suo mondo perduto. Sarebbe tornato nei luoghi che frequentava da ragazzo, avrebbe rivisto la sua scuola, rifatto i percorsi quotidiani.

Sarebbe tornato a casa.

Anche se quella casa non esisteva più.

Si alzò dal divano e prese dal mobile la scatola con il carillon. Fece partire la musica, fino a quando la musica si fermò, e i cavallini di latta rimasero immobili e un po' sghembi nella cornice della giostra. Ripose la scatola, poi scelse un volume dalla libreria e tornò a sedersi.

Era un altro romanzo di Romain Gary, *La promessa dell'alba*, che aveva letto parecchi anni prima. Lo sfogliò e si fermò su una pagina, dove aveva sottolineato un breve periodo. Lo lesse ad alta voce: «*Per molto tempo attraverso le mie peregrinazioni, mi sono sempre portato dietro una scarpa di gomma da ragazzo intaccata dal coltello. Avevo venticinque anni, poi trenta, poi quaranta, ma la scarpa era sempre là, a portata di mano. Ero sempre pronto a metter-*

mici a banchettare, a dare, una volta di più, il meglio di me stesso. Che non è stato ancora trovato. Alla fine ho lasciato la scarpa in qualche posto, alle mie spalle. Non si vive due volte».

Chiuse il libro, inspirò profondamente. E chiuse gli occhi.

L'acqua era attraversata da piccole correnti gelide.

Ma la superficie era piatta, oleosa, inconsapevole della profondità. I ragazzi strillavano, più avanti, eccitati da quel senso di misteriosa euforia che invade i corpi, nei bagni notturni.

Li raggiunse a nuoto. Le femmine salivano a cavalcioni sulle spalle dei maschi e si faceva a gara a chi restava in piedi. Nina salì in groppa a John, l'unico ragazzo rimasto libero. Per un attimo, nel buio, lo aveva scambiato per Lupo, era proprio vero, i Werebrothers si somigliavano tutti. John la caricò sulle spalle, e lei emerse dall'acqua tra gli spruzzi, a torso nudo. E cominciò la lotta.

Se le diedero di santa ragione, e i corpi si mischiarono, nei riflessi lucenti della luce lunare. I corpi nudi avvinghiati.

Quando tornarono a riva, Nina tremava dal freddo.

Gabriella le andò incontro con un telo.

«Tieni, copriti. Vieni a riscaldarti.»

«Grazie...»

Nina si avvolse nel telo e le parve di essere finalmente viva, felice di esserci, con i muscoli indolenziti e il cuore che pulsava forte.

«Ehi, te lo devo dire... sei stata forte un casino...»

«...»

«Cazzo... a parte che sei proprio figa senza reggiseno, vabbe' ma questa è una cosa mia... ma poi gli hai dato una lezione a tutti, cavoli. Pensavano che fossi una tipa, chennesò al limite un po' stronza, tipo una ragazzina sulle sue... con la tua gonnellina Naj-Oleari...»

«Sono ridicola con quella gonna?»

«Ma no, scherzo. Potessi metterla io... regalami le tue cosce!»

Nina sorrise. Sentiva ancora freddo, ma cominciava a riscaldarsi.

«E poi sei cazzuta.»

«Sono cazzuta?»

«Cavolo, hai dei muscoli che io me li sogno. Sembravi un maschio per come lottavi. Le hai fatte fuori tutte.»

«Vabbe', ho avuto un po' di fortuna.»

«No, no. Sei cazzuta forte, lasciatelo dire.»

Uno dei ragazzi abbassò il volume dello stereo e chiese a tutti di fare un attimo di silenzio.

«Okay raga... è arrivato il momento.»

Altri due tirarono fuori da un contenitore di polistirolo una torta alla panna, e accesero le candeline. La portarono al centro, dove avevano sistemato un pianale di legno.

«Tra un minuto è il compleanno di qualcuno, giusto? Siete pronti per il countdown?»

Cominciarono a contare, e Lupo si avvicinò alla torta. Mentre era lì, pronto a soffiare, lanciò uno sguardo verso Nina. Poi spense le candeline e tutti applaudirono. La musica ripartì e stapparono lo spumante.

Poco dopo la raggiunse, con due piattini e due bicchieri.

«Buon compleanno a me!»

«Buon compleanno...»

«Che faccio, mi posso sedere o vuoi menare anche me?»
Si mise accanto a lei. Mentre gli altri ballavano.
Nina non lo sapeva, se è così che ci si innamora, ma era sicura di non aver mai sentito quel groviglio nello stomaco, quel calore che le invadeva il petto. Lupo era gentile. La faceva ridere. Era bello. Se non era così che ci si innamora, allora cos'era, quella felicità improvvisa, quella febbre, quel desiderio di toccare, di baciare, di vivere? Cos'era?
«Non ti piace la torta?»
«No... cioè sì, mi piace... è una fetta enorme...»
«Ma l'hai appena assaggiata...»
«È buona, giuro... non sono abituata...»
«Ti scoccia se la mangio io?»
«No, scherzi... tieni...»
Gli Aerosmith cantavano *Angel*, la musica cominciò a muovere i gesti delle persone, le azioni di ognuno. Come la colonna sonora di un film. Due coppie si appartarono, altri continuarono a chiacchierare, in piccoli gruppi, altri ancora si fecero una canna.
«Cosa farai quando finisci la scuola?»
«Cosa?»
«Ehi, Nina, ci sei?»
«Scusa... ero un po' imbambolata... cosa mi hai chiesto?»
«Ti chiedevo cosa farai, l'anno prossimo, quando finisci la scuola.»
«Ah okay... non lo so...»
«Non lo sai?»
«No, non lo so ancora. Credo che la mia vita si incasinerà parecchio.»
«Perché?»
«I miei si stanno separando.»

«Ah... cazzo, mi dispiace.»

«Boh, forse è meglio così... non mi ricordo neanche l'ultima volta che li ho visti tranquilli.»

«...»

«Cioè, sono anni che cambio città, case, scuole, amiche e tutto il resto, ma loro restano una certezza. Litigano sempre. Cioè non sono normali, hai capito? Quindi meglio che ognuno se ne vada per i fatti suoi. Sono stanca di vederli così.»

«E quando loro si separano che farai? Tipo che starai con tua madre, oppure cosa?»

«Non ci ho pensato... non è vero, ci ho pensato un sacco, ho detto una cazzata. È che non lo so. Non so neanche se resterò in Italia...»

«Dove andrai?»

«Mi piacerebbe tornare a New York...»

«...»

«...c'è ancora casa di mia madre e credo che... non lo so, credo che mi piacerebbe. Fermarmi. Poi New York è bellissima.»

«Un po' ti invidio.»

«...»

«Cioè non ti invidio per la faccenda dei tuoi, ovvio. Voglio dire... sì, insomma, cazzo, New York. Chissà come può cambiarti la vita...»

«...»

«Magari poi mi inviti, no?»

«A New York?»

«Mi inviteresti?»

«Sì. Certo...»

Erano vicini. Le sorrise.

Non disse nient'altro. E la baciò.

E lei sentì un turbine salire. Un movimento di terra sotto i piedi. Un'esplosione minuscola nel cuore. Lui staccò le labbra, piano, e la guardò. E Nina abbassò gli occhi.

«Ehi... tutto okay?»

«Non so...»

«Che c'è?»

«Niente...»

«Ti ha dato fastidio? Ho fatto qualcosa... di male...»

«No. No... giuro.»

«...»

«Uffa scusa... è che... non lo so... non me l'aspettavo...»

«Scusa tu... non volevo...»

«Ma no, giuro, giuro... tu non hai fatto niente di sbagliato. Sono io che...»

«Che...»

«Boh, sono tutta strana. Coi ragazzi non... non mi lascio mai coinvolgere... non mi piace nessuno.»

«Ah...»

«Ma no! Volevo dire che non mi piace mai nessuno. In generale, capito? Solo che stasera...»

«Stasera?»

«Stasera... sì, insomma. Tu mi piaci e non me l'aspettavo.»

Forse è così che succede, quando ti innamori. A un certo punto tutto intorno il mondo diventa un posto liscio, senza asperità. Senza rimorsi, paure, sensi di colpa. Un mondo liscio di ragazze e di ragazzi. Un mondo perfetto.

«Ti va di fare due passi?»

«Sì... okay... dammi solo un attimo...»

Nina andò a recuperare la T-shirt e la gonna. Le aveva lasciate sulla spiaggia prima di tuffarsi. Lupo la raggiunse, rimasero fermi per un po', senza dirsi niente. Poi le prese la mano. La sua era sudata, le succedeva sempre quando era emozionata.

Camminarono sulla battigia, i piedi affondavano appena sulla sabbia umida. Proseguirono fino alla torre normanna. Superarono le dune e arrivarono nello spiazzo dove i cespugli erano più alti. La musica, da lì, si sentiva appena. Le accarezzò il viso, delicatamente.

«Tutto okay?»

«Sì... sì.»

La baciò ancora. E lei si lasciò baciare.

Non le era mai successo di sentirsi così. Continuarono a baciarsi a lungo. In bocca il sapore dolciastro dell'alcol, della frutta. Le labbra, la lingua.

Poi Lupo si tolse la camicia e, delicatamente, le sfilò la maglietta. Si baciarono ancora, mentre i corpi si incollavano l'uno all'altro, sempre di più.

Nina sentiva piccole scosse sulla pelle, come milioni di spilli, il cuore accelerare, e vampate che arrivavano dallo stomaco e impazzivano, su tutto il corpo. Era così che succedeva, quando una si innamorava. Adesso lo sapeva.

Si ritrovarono in ginocchio, sulla sabbia, senza staccarsi. Poi distesi. Uno sull'altra. Le labbra di Lupo sulle sue, sul collo, sul seno. I denti mordevano i capezzoli, delicatamente, e un caldo potente nel ventre. La pressione sempre più intensa, insistente, ritmata dai respiri in affanno.

«Mi piaci un sacco.»

Anche a lei piaceva, ma non riusciva a dire nulla. Era tutto il mondo. Non disse nulla, mentre Lupo le sfilava la gonna. E poi le mutandine, ancora umide per il bagno. Lui tolse i boxer e rimasero appiccicati, l'uno all'altra, per qualche istante.

«Mi piaci da impazzire.»

Non l'aveva mai fatto, pensò Nina. In mezzo al turbine

di pensieri, cose, alberi, mondi che si rincorrevano. Non aveva mai fatto l'amore. Ma Lupo era bellissimo, dolce, delicato. Era arrivato il momento, pensò. Questo pensò, in mezzo al turbine vorticoso.

«Ti voglio Nina... ti voglio adesso.»

Lei provò a dire ancora qualcosa. Ma non riusciva a parlare. Sentì come uno scatto improvviso, dentro. E i pensieri si aggrovigliarono, il cuore cominciò a battere più velocemente. Tutte quelle immagini nella sua testa, quei lampi di luce nella sua testa.

«Aspetta...»

Era troppo. Sentì improvvisamente mancare l'aria, tutto il mondo sopra di lei. Era troppo. Lupo era troppo. Lupo non la stava ascoltando. Quando entrò dentro di lei, sentì un dolore acuto. Una spina, un coltello. Era troppo.

«Lupo, ti prego... aspetta.»

Lupo non la stava ascoltando. Cominciò a muoversi, tenendola stretta. Tenendola ferma. Lei non riusciva a parlare, a muovere le gambe. Non respirava più

«Lupo! Fermati! Ti prego, fermati...»

Lupo andava avanti e indietro. Non si fermò. Andava avanti e indietro, sopra di lei. Tutto il mondo sopra di lei. Non era questo, Gesù. Non era questo che voleva. Non era questo. Tutto il mondo sopra di lei. Ti prego, fermati. Disse «ti prego», lo disse ancora. Lo disse piano. Non lo disse più.

Non aveva le forze. Non aveva più forze.

Era tutto buio. Non sentiva più niente.

Quando tornarono lui le teneva la mano. Le sorrideva. Le diede un bacio. Sulle labbra, dolcemente. Ma lei non c'era più. Non esisteva.

Non esisteva più la spiaggia, il falò, i ragazzi, il mare, le risate, le voci. Non c'era più niente.

Solo un ronzio nelle orecchie.

Solo un ronzio nelle orecchie.

Diario del sonno.
Giorno 5
Sveglia: 4.48

Ho sognato di morire, forse.

Ero in quella stanza, sono sicuro che fosse la mia camera. Mentre ero steso sul letto guardavo il soffitto e il lampadario giallo.

Ascoltavo una musica che arrivava da fuori.

A un certo punto ho sentito qualcosa, strisciava sulla mano che penzolava dal letto. Ho visto il cane. Non era il mio cane, era selvatico, e mi annusava.

Però non mi sono spaventato, l'ho lasciato annusare, fino a quando si è accucciato ai bordi del letto. Si è addormentato accanto a me.

Poi ho sentito le voci. Qualcuno stava entrando in casa, ma non sapevo chi fosse. Avrei voluto alzarmi per andare a vedere, ma non ci riuscivo. Ero incollato al letto.

Sono entrati nella stanza, ma non riuscivo a vederli. Erano in due, credo. Ma non mi vedevano. Come se io non esistessi.

La donna si è seduta sul bordo del letto e ha accarezzato il cane, lui si è lasciato accarezzare.

Poi sono andati via tutti.
E sono rimasto solo. Steso sul letto.
Ero morto.

Mi sono svegliato perché il braccio non funzionava più. L'ho tenuto in una posizione strana, probabilmente, per chissà quanto tempo. Non sentivo più la mano, mi sono spaventato.

Poi il sangue ha ripreso a circolare, ho sentito un formicolio intenso e la sensibilità è tornata.

Sono andato a preparare il caffè. E ho pensato che voglio andarmene, da qui.

«Sto bene.»
Gli accarezzò il viso, accogliendolo nelle mani.
Rimasero stesi, senza parlare, nella camera buia. Il cielo di Parigi ritagliava sul pavimento una finestra di luce.
Avevano passeggiato a lungo, dopo cena. Lei gli aveva preso la mano. E lui aveva sentito la pressione calda sul palmo. Una sospensione, una levitazione impercettibile.
Il vento muoveva le chiome degli alberi. A Place du Marché Sainte-Catherine c'era ancora qualcuno nei bistrot, ai tavolini dei caffè all'aperto. Si sedettero su una panchina, al centro di quel mondo piccolo, quasi domestico.
E Stefano provò un desiderio improvviso, senza nome. Un improvviso e insensato bisogno di futuro, di tempo da spendere, di minuti.
Poi salirono a casa di lui.

Adesso erano stesi, nella penombra. Lei disegnava dei piccoli cerchi con l'indice, sul petto di lui. Un benessere lento, una quiete. Forse mai provata.
Sua madre non stava bene, disse Anna, era sola. Dopodomani, all'alba, doveva partire e, una volta a New York, avrebbe preparato il trasloco.
«La porto in Toscana. Ho comprato una casa più pic-

cola, vicina alla mia, a Monteriggioni. La sto facendo ristrutturare.»

«Non ci sono mai stato.»

«È una meraviglia. Anni fa avevo acquistato una piccola torre, tutta diroccata. Me ne sono innamorata, appena l'ho vista. Un po' alla volta l'ho rimessa a posto. È il mio rifugio. Mi mette pace.»

«Un bel salto, però. Da Manhattan a Monteriggioni.»

«Lo so. Amo New York, ma l'ho anche odiata, mia madre è americana, ma è da sempre innamorata dell'Italia. Insomma, sento che è finito il tempo, di starci. È finito un tempo.»

«Lo capisco.»

«Perché non vieni con me?»

«In Toscana?»

«A New York. Domani.»

Sorrise, al buio. Gli sarebbe piaciuto, ma non poteva. Toccava anche a lui partire, sistemare delle cose che non potevano più attendere. Le disse che un imprenditore era intenzionato ad acquistare le proprietà del nonno, in Valle d'Itria, per farci un albergo diffuso. E Stefano aveva deciso di accettare, anche se si sentiva in colpa, suo nonno aveva costruito e difeso quel mondo, per tutta la vita.

«Allora non vendere.»

«Io vivo qui.»

«E allora?»

«Non saprei da dove cominciare. L'azienda va curata.»

«Trova dei soci.»

«Non è il mio mestiere, Anna, non ne sarei capace.»

«Quando è morto tuo nonno?»

«All'inizio dello scorso anno.»

«Da quanto tempo non ci vai, in Valle d'Itria?»

«Non ci torno da allora.»

«...»
«Non posso più rimandare.»
Fece un respiro profondo e chiuse gli occhi. Lei posò il viso sul suo petto. Le raccontò degli anni trascorsi con Zeno. Della masseria, della terrazza che dominava la collina, della Citroën Pallas, delle distese di ulivi, che degradavano dolcemente verso il mare.
«È un edificio del Seicento, una specie di piccolo castello. Ho passato gli anni a studiare, oppure a leggere, sulla terrazza di quella masseria. In qualche modo quella è stata la mia seconda infanzia.»
«Intendi dire...»
«Proprio quello a cui stai pensando. L'altra è sparita, quella vera. Ma questo lo sai.»
«Sì... mi dispiace...»
«Non devi dispiacerti. È come la coda di una lucertola.»
«Cioè?»
«Io sono una lucertola, a cui hanno tagliato la coda. Ma la coda ricresce.»
Anna rimase in silenzio, per un po'. Poi riprese, con la guancia affondata sul petto di lui.
«Sono stata in Puglia, una volta soltanto. Molti anni fa.»
«Dove?»
«In vacanza, dalle parti di Brindisi, credo. Non c'era quasi nessuno.»
«...»
«Posso farti una domanda?»
«Certo.»
«Non rispondermi se non vuoi.»
«Tranquilla.»
«La coda... hai detto che la coda ricresce... giusto?»
«Sì.»

«A te è successo? Voglio dire, adesso sei in pace con te stesso? Hai fatto pace con il ragazzo che eri prima?»

Stefano restò zitto. Ci pensò, a lungo. Ma non aveva una risposta.

«Non lo conosco, non so niente di lui. È difficile fare pace con un fantasma.»

Anna gli diede un bacio sul collo, dolcemente. In quel momento Pris fece un balzo e si mise a sedere sul bordo del letto. Rimase immobile, a fissarla. Anna sollevò la testa, poi gli allungò un braccio, provò ad avvicinarsi, ma la gatta fece un altro salto e sparì.

«Mi sa che non le piaccio.»

«È una gatta, e tu sei una femmina.»

«E allora?»

«Lo capisce perfettamente, lo avverte.»

«Quindi è gelosa...»

«Forse un po'... ma se non le piacessi non sarebbe salita sul letto.»

«Mi sarebbe saltata addosso?»

«Ti avrebbe ignorata. Esiste tutto un rituale di avvicinamento, i gatti non sono cani, hanno bisogno di tempo.»

«...»

Anna rimase in silenzio.

«E noi?»

«Noi?»

«Cosa siamo, cani, gatti?»

«Intendi tu e io?»

«Sì. Cosa sta succedendo?»

«Non lo so...»

«...»

Era bella. Con il trucco un po' sbavato e i capelli in disordine. La schiena si incurvava in una linea armonica, fino ai glutei. Aveva il corpo di una ragazza. Cos'erano, loro due?

«Dimmi solo se c'è qualcuno?»
«Qualcuno?»
«Voglio dire... c'è una donna nella tua vita?»
Le accarezzò il viso.
«Non c'è nessuno.»
«...»
«Tranne Pris.»
«Okay...»
Poi forse si addormentarono. Abbracciati. E Stefano sprofondò in un sonno perfetto, come non gli succedeva da anni, ed entrò in uno di quei sogni luminosi delle persone felici. Nessun demone da scacciare, nessun'ombra nascosta nell'ombra delle stanze vuote. Sognò il mare, gli ulivi, la spiaggia. Sognò di tenerla per mano, forse.

Quando si svegliò era mattina. Anna non c'era.
La gatta era accanto al letto, muoveva la coda, con un'espressione di leggero rimprovero. Stefano si mise a sedere, distese le braccia e ruotò il collo da una parte e dall'altra, facendo schioccare una vertebra cervicale. In casa c'era silenzio. Era andata via.
Si alzò e andò a farsi un caffè, poi riempì la ciotola di croccantini. Pris si lanciò sul cibo come un predatore della savana. Lui sorseggiò il caffè, in piedi, davanti alla finestra.
Non sapeva se essere sorpreso, deluso, o perfino sollevato. Ogni volta che qualcuno stava per entrare nella sua vita, una parte di lui faceva di tutto perché ne uscisse velocemente.
Poi si voltò, e Anna era lì. Con l'accappatoio e un asciugamano sui capelli. Completamente struccata era ancora più bella. Sorrideva.
«Ciao...»

«Ciao... pensavo fossi fuggita.»
«Ne ho avuto la tentazione, fortissima. Lo ammetto.»
«E perché non lo hai fatto?»
«Non lo so. Abbiamo una giornata intera per scoprirlo.»

Sapeva dire le cose, al momento giusto. Non molte parole, quelle che servivano. Stefano pensò che questo gli piaceva molto, forse gli piaceva tutto di Anna, e quella parte di lui che avrebbe provato a scacciarla, questa volta avrebbe dovuto faticare parecchio.

Anna passò a cambiarsi in albergo. Stefano fece una doccia, si rasò e si vestì. Poi andò a sedersi nello studiolo. Prese dal cassetto l'orologio di Zeno e lo mise al polso. Era una stanza minuscola, uno scrittoio, due pile di libri disposti in verticale, e una finestra. Piccola e bassa, subito sotto il solaio che seguiva l'inclinazione del tetto spiovente.

Qualcuno, prima di lui, aveva rivestito le pareti con una carta fiorata, che Stefano non aveva mai voluto rimuovere. Fiorellini celesti e il gambo che disegnava curve ogni volta diverse. Doveva essere lì dagli anni Sessanta, o forse ancora da prima. Un po' stinta, lì dove i raggi del sole riuscivano a penetrare, a una certa ora del pomeriggio, d'estate.

Si chiese perché non avesse mai deciso di cambiarla. Posò una mano sulla superficie. Era ruvida, appena accidentata dai piccoli rilievi dell'umidità. Si chiese ancora una volta chi avesse usato quella stanza, quelle pareti, molti anni prima. Provò a immaginarsi il viso di una donna, di un uomo, magari un bambino. E riusciva a vederli, muoversi, entrare e uscire, in quella luce. Gli parve persino di sentire le voci che arrivavano dalla cucina, in un giorno qualunque. Poi l'immagine svanì, e tornò il silenzio.

Prese dal cassetto dello scrittoio anche la mappa di Parigi e la mise in tasca. Infilò un giubbotto e uscì.

Anna aveva chiesto a Stefano di portarla fuori, per tutta la giornata. Avrebbero spento il cellulare, e sarebbero andati in giro seguendo soltanto l'istinto, senza nessun aiuto. Questo era il patto.

Si incontrarono verso le dodici, davanti all'Hôtel de Ville. Lei gli andò incontro e sorrise. Stefano si sentì improvvisamente impacciato. Avvertì il disagio della confidenza, quella resistenza all'abbandono che lo aveva sempre protetto, negli anni. Che lo aveva imprigionato. Anna era rilassata, invece, aveva indossato un abito leggero e un paio di anfibi, sembrava una ragazzina. Gli prese la mano.

Sentirono entrambi la vertigine che a volte unisce i destini delle persone, nel silenzio delle giornate, nel rumore incessante delle giornate. Liberi, per qualche istante, dalla paura. Dalla sofferenza latente, corrosiva, che asciugava il desiderio di offrirsi al mondo. Sembrò sparire, nell'incantesimo di quel momento. Anna e Stefano in quelle ore si regalarono tutto, come non avevano, forse, mai fatto.

«Dove mi porti?»

«Conosci il Village Saint-Paul?»

«No...»

«Allora andiamo.»

«Cos'è?»

«Ti fidi?»

«Non lo so...»

«...»

«Sì, certo, sto scherzando.»

Fecero un tratto di rue de Rivoli, poi piegarono per un vicolo stretto ed entrarono nel Village.

Dopo pochi minuti Anna si fermò, come farebbe una bambina, davanti a una rivelazione improvvisa. Si guardò intorno. Tutto era immerso in un'altra epoca, le strade, le insegne, i palazzi. I vicoli si infilavano tra le case come i rami di un rampicante selvatico, per poi aprirsi in una radura, piccole piazze senza tempo. Bistrot, gallerie d'arte, negozi di antiquariato, microscopici atelier cui era possibile accedere attraverso veri e propri passaggi segreti.

«Ma che meraviglia è questa...»

Stefano le raccontò che, pur essendo al centro del Marais, quel quartiere era quasi invisibile. Potevi entrarci soltanto attraverso i vicoli, che non facevano intendere l'imprevedibile successione di spazi al suo interno. La prima volta era rimasto sbalordito anche lui.

Entrarono in una bottega, *Au petit bonheur la Chance,* dove tutto era disposto in un ordine casuale, appunto. Barattoli di latta e di porcellana, di ogni forma possibile, tazze, nastri, tessuti variopinti, giocattoli in legno, stampe e libri d'epoca. Visitarono un paio di atelier, quello di una giovane artista che realizzava vassoi e scodelle mettendo insieme cocci di vetro e di porcellana, e un altro dove una coppia di ragazze lavorava la rafia in vere e proprie sculture di corda.

«Voglio comprarmi tutto.»

«Non adesso però, ci ripassiamo.»

Vagarono ancora tra i vicoli, muovendosi a casaccio, senza una regola, senza controllo. Prima di lasciare il Village Saint-Paul, si fermarono a prendere un caffè, in un bar all'aperto. Anna respirava, entusiasta di quella giornata. Stefano la guardava.

Dal locale mandavano una selezione di musica anni Ottanta, Depeche Mode, Duran Duran, Simply Red. Proprio mentre Vanessa Paradis cantava *Joe Le Taxi,* qualcosa si mosse, intorno a lui, come uno piccolo spostamento del baricentro. Il mondo gli girò intorno e per qualche istante ebbe la sensazione di perdere l'equilibrio, ma si riprese velocemente.

«Che c'è?»
«Niente... niente di importante.»
«Sicuro?»
«Sicuro.»
«Ti sto annoiando?»
«Ma no, che dici.»
Lui sorseggiò ancora il caffè americano e lei sorrise. Poi si sporse in avanti, sul tavolino, e lo baciò. Restarono incollati, per qualche secondo, come due ragazzi, incuranti del mondo.
«Ti immaginavo diverso.»
«Cioè?»
«Nudo.»
«Nudo? Stai per dirmi qualcosa di terribile?»
«Ma no, stupido...»
«Allora?»
«Sei bello. Volevo dire questo. Sei bello, nudo.»
«Perché me lo dici adesso?»
«Vestito ti nascondi. Non sono sicura che quello che ti metti addosso ti somigli davvero.»
«Spiegami meglio.»
Gli disse che aveva la sensazione che lui non sapesse scegliere gli abiti giusti.
«Cioè mi vesto male.»
«No, anzi. Sei sempre molto elegante. Forse troppo, ecco.»
«Vuoi dire che sono formale, una cosa del genere?»
«Non lo so, forse. Ti nascondi. Oggi per esempio...»
«Oggi cosa?»
«Hai una bellissima camicia.»
«Quindi?»
«Non ti viene mai voglia di metterti una T-shirt, magari un po' sdrucita?»

«Quando vado a correre... cosa c'è che non va in questa camicia?»

«Niente, davvero. Bel taglio, bel colore. Te le fai fare su misura, giusto?»

«Sì...»

«Ecco, appunto.»

«Comincio ad avere paura.»

Anna scoppiò a ridere. Il viso si illuminò, aveva vent'anni. Si baciarono ancora, poi Stefano si sbottonò il secondo bottone della camicia e arrotolò le maniche sui polsi.

«Meglio così?»

«Meglio. Non devi nasconderti troppo.»

«Okay, da domani vado in giro a torso nudo.»

«Perché no?»

«Dimmi un po' meglio quella roba di me...»

«Di te?»

«Di me, appunto... quella roba di me nudo.»

«Cosa vuoi sapere?»

«Non lo so, racconta.»

«Niente. Sei bello. Sembra che il tempo non sia passato.»

«Che vuol dire?»

«Hai il fisico di un ragazzo, quasi un adolescente, anche le tue mani, vedi, sono quelle di un ragazzo.»

Gli prese la mano e la tenne tra le sue. In quel momento, solo per un istante, la sua espressione mutò. Gli occhi si velarono, appena, sembrò risucchiata altrove. Ma durò pochi secondi soltanto.

«Sei un'anima bella e tormentata, un uomo con dei pensieri bellissimi, ma anche un ragazzino. Solo che non lo sai.»

«Non lo so... infatti.»

Il cameriere portò ad Anna un altro caffè, dopo la sbornia della sera prima, doveva recuperare.

«E tu? Chi sei invece?»
«Dimmelo tu.»
«Vediamo... mi ricordo bene la prima volta che ci siamo incontrati, a Firenze.»
«Non è passato poi tutto questo tempo, eh.»
«Scema, voglio dire che mi ricordo i dettagli. Il modo in cui muovevi le mani, le gambe.»
«Cos'hanno le mie gambe?»
«Proprio nulla. Sono bellissime. Se proprio devo dirla tutta, anche il tuo culo è bellissimo.»
«Ecco...»
«Ma tu mi hai mentito su una cosa.»
Anna smise di sorridere, sembrò irrigidirsi. Guardò Stefano come per cercare nel suo viso un segnale qualsiasi. Stefano sorrideva, invece. Era tranquillo.
«Mi hai mentito sulla tua età. Confessa. Ne hai venticinque.»
Riprese a sorridere, quasi sollevata.
«Ne ho appena fatti quarantacinque, tesoro, altro che ragazzina.»
«Tanto non ci credo.»
«Giuro.»
«E allora devo stare attento con te, hai fatto un patto con il diavolo.»
«Può darsi.»

Erano di nuovo per strada. Camminavano, con le falcate lunghe, di chi è abituato ad andare. Avevano deciso di saltare il pranzo, Anna voleva vedere il Cimitero di Père-Lachaise, non molto distante da lì. Chissà perché, le persone sono attratte dai cimiteri, pensò Stefano, in particolare da quelli dove sono sepolte delle celebrità. Da cosa dipende questa curiosità mortuaria, vedere i luoghi che accolgono le salme, i monumenti funerari, le lapidi? Mentre procedevano spediti lo chiese ad Anna.

«Non lo so se esiste una spiegazione. Perlomeno non una spiegazione che valga per tutti.»

«Dimmi perché vuoi andarci tu?»

«Credo che... non lo so... ho la sensazione in generale, che un luogo in cui sono custodite le vite finite di tanta gente, anche persone famose, mi dia un senso di pace, quasi di giustizia.»

«Giustizia?»

«Non è la parola esatta in effetti.»

«Vuoi dire armonia?»

«Ecco, l'armonia, bravo!»

«Platone diceva che la giustizia è l'armonia naturale tra le diverse qualità dell'anima.»

«Ecco, appunto. Quando penso a un cimitero, immagino proprio questo, qualcosa che somiglia all'armonia. Qualcosa che, banalmente, deve toccare a tutti. Ovvio. Morire, insomma. Le cose iniziano e finiscono. E questo mi rasserena.»

«...»

«E poi voglio vedere la tomba di Jim!»

«La tomba di chi?»

«Scherzi? A Père-Lachaise è seppellito Jim Morrison.»

Le settimane passarono velocemente. Dopo la laurea Simona sparì, così come era apparsa.

Partì per un viaggio con le sue amiche, in Spagna. Non si videro più.

Di quella notte di giugno rimasero due immagini, nitide. Lei che ride, nuda e brilla, davanti alla piscina. E sempre lei, vestita, che lo saluta dall'automobile. All'alba.

Gli disse che era stato bello festeggiare con lui, disse proprio così. Poi ripartì velocemente.

Quell'estate fu un tempo sospeso tra due vite. Gli anni trascorsi nella masseria di Zeno, il passo fragile della rinascita, l'orizzonte anestetico della campagna. Un esercito di ulivi a difenderlo dal suo passato. E gli anni che sarebbero venuti, fatti di studi, di viaggi, di una nuova, apparente, spensierata bellezza.

La spensierata bellezza si sarebbe dissolta più tardi, e anche le parole per raccontarla. Tutto sarebbe scolorito, fino a svanire.

Un tardo pomeriggio di fine luglio, Stefano stava leggendo, sotto l'ombra protettiva di un mandorlo gigante, una decina di metri dal piazzale antistante la masseria. Il verso ipnotico delle cicale creava una barriera invisibile tra il mondo fuori e il cerchio d'ombra sulla terra, arsa e rossa.

Stava leggendo un romanzo di Truman Capote, *Other Voices Other Rooms*, in un'edizione originale un po' logora, trovata in una bancarella nella piazza di Ostuni, qualche giorno prima. Chissà come ci era finita lì?

Sin dalle prime pagine aveva avvertito una sensazione strana, un coinvolgimento invadente, come se quella storia un po' lo riguardasse. Joel Harrison Konx e la sua avventura gli erano familiari. Joel si trasferisce da New Orleans a Skully's Landing, una vecchia casa padronale immersa nella campagna. In quel mondo, lontano dai ritmi e dai suoni della città, si trova a fare i conti con i demoni dormienti della sua esistenza.

Ecco, ogni pagina di quel romanzo sembrava dissotterrare piccoli ossicini, levigati dal tempo, conteneva un indizio, una traccia di passaggio selvatico. Stefano poteva sentire l'odore della terra bagnata, quello acre, dei fiori macerati dal sole, e sulle guance, sulle braccia nude il vento caldo, come uno stordimento chimico. Tutto somigliava a qualcos'altro, in quel libro, quello che aveva intorno, quello che non vedeva. Era stato scritto da un ragazzo poco più che adolescente. Con la piena e drammatica consapevolezza di un mondo adulto, distillata in parole impeccabili e ambigue. I desideri, la paura, il senso immanente della perdita, le voci inascoltate della coscienza. Era incredibile. Gli sarebbe piaciuto scrivere, pensò Stefano in quei giorni, ma non sarebbe mai stato capace di scrivere così.

A un certo punto un'automobile imboccò la lunga sterrata, sollevando una nube di polvere rossa. Una vecchia Opel station wagon arancione, con le fiancate ammaccate e spruzzate dagli schizzi di fango si fermò sul piazzale. Ne uscì una donna e andò a bussare di corsa alla porta della masseria. Stefano si alzò e le andò incontro, proprio mentre Zeno apriva.

«Per favore, dovete venire di corsa. Per favore...»

«Che è successo?»

«Vi prego, dovete venire.»

Suo nonno rientrò in casa, senza dire altro. Ne uscì subito dopo e montò in automobile, accanto a lei. Mentre la macchina ripartiva, fece cenno a Stefano di aspettarlo lì. Di non muoversi.

La vecchia Ascona sparì all'orizzonte e Stefano rimase fermo, al centro del piazzale. Gli sembrava di aver già vissuto quel momento, quello scarto di adrenalina, l'emergenza che lacerava il torpore di una giornata qualunque. La vertigine lo fece barcollare, e lo costrinse a sedersi per terra, proprio al centro del piazzale. Uno sciame di insetti ronzanti gli girarono intorno, sempre più velocemente. Poi sparirono.

E tornò il silenzio.

Zeno rientrò molto più tardi, la sera. Stefano lo stava aspettando seduto sulla panchina di pietra, sotto il lume, davanti all'ingresso. Il nonno scese dal camion e disse qualcosa all'uomo che era alla guida, poi il camion ripartì.

«Allora? Che è successo?»

«Vieni, entriamo.»

Bevve un bicchiere d'acqua, si sedette e buttò fuori l'aria. Come se avesse trattenuto il respiro per ore. Poi gli raccontò tutto.

Tommaso, un piccolo allevatore, suo amico, era morto. Maria lo aveva trovato impiccato nella stalla ed era corsa a chiamare l'ambulanza, ma non c'era più niente da fare.

Maria non era sua figlia. Era una ragazza albanese, sbarcata a Bari qualche anno prima, insieme a migliaia di altri profughi. Tommaso e sua moglie l'avevano accolta in famiglia, e dopo un anno avevano deciso di adottarla. Lei e Florient, il suo bambino, che all'epoca aveva solo pochi mesi. Quando la moglie di Tommaso era morta, l'anno precedente, lui non si era mai ripreso.

«Non era più lo stesso. Era diventato un fantasma.»

«...»

«Un ragazzo intelligente, un grande lavoratore. Lui e Graziella non avevano figli, non potevano averne. E questo me li faceva sentire molto vicini, è stato così anche per me e tua nonna.»

Bevve ancora un goccio d'acqua e proseguì.

«Era un uomo fortissimo, una roccia. Non riesco a capacitarmi di come possa essere successo.»

«Quanti anni aveva?»

«Qualcuno meno di me, forse sessantatré. Ora questi ragazzi... come faranno... che disastro.»

Maria aveva ventiquattro anni e Florient cinque. Erano soli al mondo, nessun parente in Albania, nessun futuro possibile in quella terra. Zeno prese dalla credenza una bottiglia di vino rosso e lo versò in due bicchieri. Stefano non parlava, lasciava che quella tensione, quel dolore, decantassero un po', naturalmente. Bevvero il vino in silenzio.

Due giorni dopo ci furono i funerali. Il prete non celebrò la messa perché l'uomo si era tolto la vita, macchiandosi di peccato mortale, disse, ma gli diede l'estrema unzione dopo le pressanti insistenze di Zeno. E un generoso contributo alla sua parrocchia di campagna.

Non c'era nessuno, in quel piccolo cimitero. Il cielo era azzurro, faceva caldo, in lontananza si avvertiva il suono intermittente di una trebbiatrice. Quando calarono la bara, Zeno aprì la Bibbia che aveva portato con sé e lesse un passo ad alta voce. La lettura terminò con un versetto del profeta Isaia che diceva: «*Anche se i vostri peccati fossero come scarlatto, diventeranno bianchi come la neve; anche se fossero rossi come porpora, diventeranno come la lana*».

Poi prese un fiore e lo lanciò nel fosso.

Rientrarono tutti insieme in masseria. Per qualche tempo, Maria e Florient sarebbero rimasti lì, c'era un'intera ala dell'edificio disponibile. Zeno si sarebbe occupato di sistemare le pratiche della successione e mettere in sicurezza la piccola eredità di Tommaso.

Maria parlava pochissimo, e Florient non parlava affatto. Ma i loro occhi mostravano una gratitudine profonda per Zeno. Stefano pensò allora, guardando suo nonno, che esistono persone capaci di questo, di donarsi al mondo. Quell'uomo, da quando poteva ricordare, era stato sempre lucido, presente, generoso. Sempre in grado di ascoltare, di consigliare, di agire. Stefano, invece, non era affatto certo di essere capace di tutto questo, non sapeva se tra venti o trent'anni avrebbe avuto la stessa forza, la stessa pazienza, lo stesso sorriso rassicurante. Non riusciva a immaginarsi, di lì a trent'anni.

Stefano e Florient fecero amicizia. Qualche volta Stefano gli leggeva le storie illustrate raccolte in alcuni volumi della libreria, oppure giocavano a dama, con una scacchiera portatile che sistemavano sull'erba. Quando Maria lavorava, si dava molto da fare in casa perché voleva rendersi utile, il bambino se ne stava spesso solo, a disegnare, oppure a giocare con le costruzioni.

Un pomeriggio si affacciò sulla porta e rimase a osservarlo, Florient non si era accorto di lui. Il bambino era molto concentrato, disponeva, mattone dopo mattone, tutti i pezzi della costruzione gialla e rossa, in una torre rettangolare. Stefano chiuse gli occhi per qualche istante, provando a immaginare se stesso, in una camera simile a quella. Ma non ci riuscì. Quel bambino non esisteva, non c'erano stanze, luci, giocattoli da ricordare. Non era rimasto nulla.

A un certo punto Florient si accorse della sua presenza e si fermò di colpo, come colto in flagrante. Stefano allora gli sorrise, entrò nella camera e lo rassicurò.

«Non volevo disturbarti. Scusa...»

«...»

«Stai costruendo una casa?»

«Sì...»

«È una specie di torre?»

«Cos'è una torre?»

«Be' è come una casa, solo più alta, con le finestre piccole.»

«...»

«Ti andrebbe di vederne una vera?»

Era un bambino educato, e silenzioso. Forse un po' introverso. Esitò, e poi fece un cenno con la testa.

«Prima però bisogna chiedere alla mamma. Giusto?»

«...sì.»

Florient si alzò, raggiunse la mamma in cucina e le chiese se poteva andare a vedere la torre. La mamma guardò Stefano, poi gli disse di sì. Allora il bambino andò di corsa a mettere le scarpette da ginnastica e poco dopo uscirono.

Si incamminarono in una delle stradine che si diramavano nella contrada, stretta al punto da consentire il passaggio di una sola automobile, sui lati i muretti a secco si snodavano come un serpente tra gli ulivi.

«Ti piace la campagna?»
«Sì.»
«E il mare?»
«Sì.»
«Ti piace di più il mare o la campagna?»
«Tutti e due... bugia, il mare.»
«Bene...»
«Mamma non mi ci porta mai.»
«Ah...»
«Non sa nuotare.»
«E tu, sai nuotare?»
«Sì... con i braccioli.»
«Ho capito...»
«Mi ha insegnato Tommaso. Lui è bravo a nuotare.»

Il bambino non sapeva che Tommaso era morto. Gli avevano detto che era dovuto partire, per un viaggio molto lungo, era andato a trovare certi parenti in Australia.

«Tu ci sei stato mai in Austrasia?»
«Io... no. Mi piacerebbe però.»
«E dove sei stato?»
«Dove sono stato... vediamo... in Francia. A Parigi.»
«Da solo?»
«No, con un mio amico. L'anno scorso.»
«È lontana la Francia?»
«Non molto...»
«È più lontana dell'Austrasia?»
«No... l'Australia è dall'altra parte del mondo. È un posto bellissimo, ma è molto lontano.»
«E quanto ci vuole per arrivare?»
«Parecchio tempo.»
«Un anno?»
«No... a meno che tu non decida di andare a piedi.»
«E quanto tempo allora?»

«Se vai in aereo, ci vuole un giorno intero.»
«Solo un giorno?»
«Sì...»
«E per la Francia? Quanto ci vuole?»
«Due ore, forse tre.»

Avevano preso un sentiero che attraversava una vigna. Da una parte e dall'altra le piante, disposte in filari stretti, sembravano correre all'infinito, tutte uguali, come soldatini di latta schierati sul campo di battaglia. Superata la vigna, arrivarono all'imbocco con la strada provinciale. Stefano prese la mano di Florient e attraversarono la strada. Proseguirono ancora sul sentiero, fino ai binari della ferrovia.

«Qui non devi venirci mai da solo, Florient. Mi raccomando.»
«Perché?»
«Perché è pericoloso, molto. Ci passano i treni. E non c'è il passaggio a livello.»
«Ah...»
«Lo sai cos'è, un passaggio a livello?»
«Sì... dove si fermano le macchine.»
«Esatto. Solo che qui non c'è la barra, come vedi. Quindi prima di attraversare i binari bisogna guardare bene, a destra e a sinistra. Capito?»
«Sì.»

Gli tenne la mano e si sporse appena in avanti. Guardò, come aveva detto, a destra e poi a sinistra. Florient lo imitò.

«Andiamo!»

Scalarono la montagnetta con le rotaie e discesero sul terreno adiacente. A meno di un centinaio di metri si vedeva il mare.

«Sei stanco?»
«No.»

Attraversarono l'ultimo tratto che li separava dall'arenile, un tratto di spiaggia poco frequentato, separato alla vista dalle dune ondulate, ci si poteva arrivare soltanto a piedi. Qualche persona era ancora stesa sui teli a prendere il sole, prima del tramonto. Proseguirono lungo la stradina, fino a quando il muretto lasciò il posto, tra le dune, a un fitto canneto. Si infilarono all'interno, e sbucarono sulla spiaggia, davanti al mare. Poco lontano si ergeva una torre costiera cinquecentesca.

«Eccoci. Quella è la torre che volevo mostrarti.»

Il bambino aveva gli occhi accesi, così pieni di stupore. Aveva camminato tra i campi ed era arrivato a piedi fino al mare, che gli era sembrato sempre lontanissimo. E poi c'era quella costruzione bellissima, fatta di muri alti, senza finestre, tranne una, stretta e lunga, quasi in cima.

«Ti piace?»

«Sì... molto.»

«Anche a me piace molto.»

«E chi ci vive dentro?»

«Nessuno. Ma in effetti non sarebbe mica male, viverci.»

Si avvicinarono. L'edificio, di pianta rettangolare, si innalzava sopra una penisola di scogli piatti. Una scala diroccata di pietra saliva fino a circa quattro metri da terra, conduceva all'unico ingresso, chiuso da un portone di legno fissato agli stipiti da grandi staffe di ferro arrugginito.

«Ci sono tante torri, simili a questa, lungo le coste della Puglia. Sai a cosa servivano?»

«No.»

«Prova a immaginare, cosa ti viene in mente?»

Florient rimase in silenzio qualche istante, assorto, come quando era impegnato a costruire la sua torre di mattoncini.

«Non lo so.»
«Prova a inventartelo allora. A cosa serviva?»
«...»
Il bambino ci pensò ancora, poi riprese a parlare.
«Serviva... a una principessa.»
«Cioè?»
«C'era una principessa che ci viveva.»
«Ah... e viveva sola?»
«Sì... aspettava il principe, che doveva arrivare su una nave.»
«Ho capito... e cosa successe?»
«La principessa aspettava da tanto tempo e guardava dalla finestra. Ogni mattina. Per vedere se il principe arrivava. E intanto passavano gli anni, e la principessa diventava grande.»
«Quindi era una principessa bambina, come te?»
«Sì, all'inizio, poi però diventava grande.»
«Quanto grande?»
«Come la mamma.»
«Okay. E il principe arrivò?»
«Sì... dopo tanti anni il principe arrivò. Ma ormai erano quasi vecchi.»
«Ah... e quindi?»
«E quindi si abbracciarono. Anche se erano vecchi. E vissero nella torre tutti e due.»
«Quindi aveva avuto ragione, la principessa, ad aspettarlo.»
«Sì.»
Stefano sorrise, sentì una tenerezza così forte, al centro dello stomaco.
«Florient, è una storia bellissima. L'hai inventata tutta tu?»
«Sì.»

«Perbacco, ma allora sei un vero inventore di storie.»
«Sì.»
«Quando sarai grande diventerai uno scrittore.»
«No.»
«E cosa farai?»
«Voglio costruire le torri.»
Fecero un giro intorno all'edificio, poi si fermarono sulla spiaggia. Il sole stava lentamente calando verso le colline, alle loro spalle. Il mare era immobile. La spiaggia deserta.
Stefano guardò il bambino. Poi si tolse le scarpe.
«Sai mantenere un segreto, Florient?»
«Sì...»
«Sicuro?»
«Sì...»
«Togliti le scarpette.»
Il bambino slacciò le scarpe e le sfilò.
«Facciamo un patto?»
«Che patto?»
«Questa cosa non devi dirla a nessuno.»
«...»
«Giura.»
«Giuro.»
«Neanche alla mamma.»
«Sì...»
«Soprattutto alla mamma.»
«Giuro.»
Stefano finse di essere serio, poi guardò il bambino. Aveva gli occhi spalancati, celesti.
«Ci facciamo il bagno!»
«Adesso?»
«Sì... hai paura?»
«No!»

«Allora?»
«Ma... non ho il costume.»
«Ce lo facciamo in mutande, e poi ci asciughiamo.»
«...»
«Allora, vuoi o non vuoi farti il bagno?»
«Sì...»
«Conto fino a cinque. Uno... due...»

Stefano si tolse la maglietta e i pantaloni, e il bambino lo imitò, velocemente. Tre. Piegarono gli indumenti e li impilarono sulla sabbia. Quattro. Guardarono il mare, e si guardarono. All'unisono.

«Cinque!»

Si misero a correre. Entrarono in acqua in mezzo agli strilli. Stefano si tuffò e il bambino lo seguì. L'acqua era poco profonda per decine di metri dalla riva, non c'era nessun pericolo. Cominciarono a rincorrersi, a ridere, a schizzarsi, a fare le capriole. A pescare conchiglie dal fondale, a lanciarsi le alghe e le piccole spugne che galleggiavano sull'acqua cristallina.

Erano due bambini, in effetti. Due bambini felici.

Tornarono a riva con le mutande incollate sulle natiche e si asciugarono al sole. Per la prima volta Stefano aveva visto, e provato, quell'esplosione di gioia spudorata che tutti i bambini dovrebbero avere, non ricordava che gli fosse successo, fino ad allora.

La gioia di Florient era uno specchio, proprio come i suoi occhi celesti. Quel bambino era lui, doveva esserlo stato, ne era sicuro, da qualche parte, vent'anni prima.

Rimasero seduti sulla sabbia ancora per un po', fino a che l'ombra non si mangiò l'ultima striscia di spiaggia. Poi si rivestirono e si avviarono verso casa. Fecero il percorso al contrario, senza dire più nulla. Erano sazi, di quella felicità.

Prima di rientrare Stefano aiutò Florient a togliere via la sabbia dagli abiti e dai capelli. Glieli pettinò alla bene e meglio con la mano, e gli sistemò la camicetta.
«Questo sarò un nostro segreto, Florient. Promesso?»
«Promesso.»

Quell'estate Maria e Florient entrarono nella vita di Stefano e Zeno. Ognuno di loro aveva perso qualcosa, qualcuno, e trovato qualcun altro. E per un tratto di strada, divennero una specie di famiglia.
Questo è quello che Stefano avrebbe ricordato, di quell'estate. Una specie di famiglia.
All'inizio di ottobre partì, e la vita cambiò ancora una volta.

«Mi stava dicendo delle valigie.»

«Sì... devo sembrarle un po' sciocco, ma è una cosa che mi porto appresso da sempre.»

«Me la racconti.»

«Va bene. Comunque niente di così complicato: detesto fare le valigie.»

Barbara rimase in ascolto, senza muovere un muscolo del viso. Lo faceva spesso, e i primi tempi questa immobilità lo metteva a disagio. In quel volto affilato sembrava non esserci empatia, in ogni suo gesto. Stefano imparò presto a capire che tutto era anche parte, che lei ne fosse consapevole o no, di una strategia necessaria.

«Ogni volta che devo partire mi sale l'ansia. Faccio una serie di operazioni per ritardare al massimo il momento in cui dovrò chiudere il bagaglio.»

«E sarebbero?»

«Vediamo... prendo il trolley e lo apro sul tavolo del soggiorno. Anche due giorni prima della partenza. Lo lascio lì, sapendo che vederlo mi metterà a disagio. Eppure lo faccio. Il problema è che da qualche anno a questa parte non lo vedo soltanto io.»

«E chi altro?»

«La mia gatta, Pris.»
«Ah.»
«Sa perfettamente che valigia vuol dire partenza. Così scatta il solito rituale che innesca il senso di colpa. Lei miagola, sale sul tavolo, si struscia sui profili di pelle, e si ficca nella valigia. La mattina la trovo lì, a dormire, acciambellata nel trolley. Fa tutto quello che serve per farmi sentire in colpa, perché la sto abbandonando. È come se me lo dicesse.»
«È sicuro che sia lei, la gatta, a volerle dirle questo?»
«E chi altro, se no?»
«Non lo so. Faccio domande, non ho necessariamente delle risposte. Prosegua pure.»
Stefano scartò una caramella e la mise in bocca.
«E comunque io non riempio la valigia fino a un paio d'ore prima della partenza. Quando è tutto pronto, e sto per uscire di casa, lei sparisce. Sa esattamente quando è arrivato il momento. È un altro modo per farmela pesare. Quindi sono costretto ad andare via senza salutarla.»
«Ho capito.»
«Lo so, sembro uno stupido.»
«Non lo penso affatto. Ma proviamo a vederla in un altro modo.»
«Cioè?»
«Guardi, io ho un cane, come sa. Ma ho avuto anche dei gatti nella mia vita. Tutti i gatti amano le scatole, le borse, insomma quegli oggetti cavi in cui nascondersi. La valigia è uno di questi.»
«Vuol dire che non soffre vedendomi partire? Che si diverte soltanto?»
«Non lo so, probabile che soffra un po'. Ma il punto è un altro. È lei a volere che soffra.»
«Io voglio che la mia gatta soffra?»

«Non mi fraintenda, non intendo dire che lei è un sadico e che desidera che la sua gatta stia male. Voglio dire che tutto quello che mi ha appena raccontato gira intorno a un unico problema. E quel problema non riguarda tanto la sua gatta, quanto lei.»

«E quale sarebbe il problema?»

«Lo ha detto lei stesso, prima. L'abbandono.»

Stefano la guardò, poi distolse lo sguardo e lo rivolse fuori, oltre la finestra. Il cielo era terso e i fiori sul davanzale splendevano, nei colori sgargianti della primavera.

«Il senso di abbandono è una reazione naturale alla perdita di un legame affettivo importante, ne abbiamo parlato tante volte. Ma non riguarda solo le relazioni di tipo sentimentale, di amicizia, o familiari. E non riguarda soltanto l'abbandono che avremmo subito, nell'infanzia, o nell'adolescenza.»

«...»

«Riguarda anche quello che abbiamo inflitto.»

«A cosa si riferisce?»

«A nulla in particolare. Ma le chiedo perché lei, immaginando che la gatta soffra per le sue partenze, decide di mettere la valigia sul tavolo due giorni prima, invece che fare tutto velocemente, in un'oretta, senza che lei se ne accorga?»

«Non lo so. Me lo dica lei.»

«Come le dicevo prima, io faccio domande. Ma non necessariamente ho una risposta. Però mi viene da dire che lei, Stefano, potrebbe essere stato spesso in fuga, da qualcosa, o da qualcuno. E debba sicuramente fare i conti con il senso di abbandono che ha dovuto sopportare, dopo il lutto, la tragica perdita dei suoi genitori, del suo passato. Ma forse dovrebbe cominciare a fare i conti anche con quello che lei stesso ha procurato ad altri, perché non ha permesso a nessuno di provarci, a sanare quel dolore, a colmare quel vuoto.»

Adesso lo guardava dritto negli occhi. Serena, non più impassibile. Stefano abbassò lo sguardo.

«Quindi?»

«Quindi forse, la performance che mette in scena ogni volta che deve partire, serve a ricordare a se stesso che il vuoto, la valigia in cui si accomoda la sua gatta, non è stato colmato. E mai lo sarà. È quello che ha deciso.»

«Perché dovrei volere questo?»

«Perché questo la rende speciale.»

Stefano rimase in silenzio. Barbara versò un bicchiere d'acqua e ne bevve un sorso. Aldo, il vecchio golden retriever, attraversò la stanza scodinzolando, posò il naso umido sul dorso della mano della sua padrona e andò a distendersi davanti alla finestra.

«Vede, i cani sono animali meno complicati. Apparentemente. I gatti sono più capaci di sedurre. E lei sa bene che solitudine e seduzione vanno molto d'accordo.»

Gli chiese poi della partenza. Stefano le disse che aveva prenotato il volo per Roma, dove contava di fermarsi qualche giorno, e dopo sarebbe andato in Puglia.

La seduta stava per terminare, ma lui riprese a parlare.

«C'è un'ultima cosa che volevo dirle. Ma forse non abbiamo il tempo.»

«Mi dica.»

«Sì, insomma... ho conosciuto una persona. Una donna.»

Barbara rimase impassibile, come al solito.

«Forse questa persona mi piace.»

«Bene, mi sembra un'ottima notizia.»

«Non lo so...»

«Non lo sa?»

«Voglio dire, non sono sicuro che... mi piaccia davvero.»

«Ah, mi era parso di capire che le piacesse. Mi ha detto così, no?»

«Ha ragione. Mi contraddico. Mi piace. Molto.»

«Bene. Ripeto, è un'ottima notizia.»

«Ma questo mi rende nervoso, ecco.»

«Lo vedo.»

«Già...»

«Me ne parlerà la prossima volta, allora. Al rientro dal suo viaggio.»

«Sì...»

«Adesso è tardi, purtroppo devo salutarla.»

C'era caldo, per strada. Molto più caldo del solito, per quella stagione. Stefano camminò velocemente, quasi senza accorgersi della gente intorno. Prese il metrò e arrivò a casa presto. Fece le scale, senza incontrare nessuno, aprì la porta e lasciò le chiavi nella ciotola di terracotta, accanto all'ingresso.

Poi si sedette sul divano. Senza fare nulla. Si appoggiò sullo schienale e respirò.

Rifece mentalmente il percorso. La mattina presto di dopodomani avrebbe chiamato un taxi e sarebbe andato a Charles de Gaulle, avrebbe preso l'aereo per Roma dove avrebbe alloggiato in un bed and breakfast dalle parti di piazza di Spagna. Poi avrebbe noleggiato un'auto e cominciato il giro. Prima la casa sulla Cassia, che non c'era più, poi le scuole, le elementari, le medie, il liceo. Poi un paio di altri posti che aveva segnato sul quaderno. Infine avrebbe preso un treno per Brindisi, e da lì qualcuno lo avrebbe accompagnato alla masseria.

Nei giorni successivi avrebbe incontrato l'imprenditore

interessato all'acquisto dell'azienda agricola. E avrebbe definitivamente chiuso la pratica.

Inspirò profondamente, e trattenne per qualche secondo il respiro. Poi buttò fuori l'aria.

Guardò di fronte a sé. Sul tavolo c'era la valigia aperta.

Dall'interno spuntò la testolina bianca di Pris, con gli occhi celesti cerchiati di nero.

Il tragitto da casa al campo di allenamento era una linea retta di due chilometri. Nina pedalava veloce, con la tuta appiccicata alle gambe e lo zaino sulle spalle.

Quando arrivò all'Arena lasciò la bici e la fissò con catena e lucchetto. Si sentiva un po' fiacca, le succedeva sempre quando il tempo cambiava. Era meteoropatica, i suoi ormoni rispondevano male, diventava stanca e un po' irritabile.

Andò a cambiarsi negli spogliatoi, mise le sue cose in un armadietto di metallo e uscì in pista.

Di solito andava ad allenarsi il pomeriggio prestissimo e faceva una sessione di un paio d'ore. Nelle settimane che precedevano le gare intensificava il lavoro, sia in pista che in palestra, e rifiniva le partenze, gli scatti, e la resistenza alla velocità. Ma le gare erano lontane, la stagione era ripresa da poco.

«Ciao.»

«Ciao Crì.»

Cristina Galli era una sua compagna di staffetta, correva i cento metri all'aperto e i sessanta nelle gare indoor. Si vedevano ogni giorno, tutto sommato era simpatica, ma non si poteva dire che fossero veramente amiche. La vita era uno sradicarsi dai luoghi e un ricominciare, ogni volta, in un luogo diverso. Nuova casa, nuova scuola, nuovi amici. Ma ormai Nina ci era abituata. La vita era una barchetta di carta in una vasca da bagno, quasi nessun pericolo, nessun orizzonte.

«Oggi è dura, ma proprio dura durissima. Mi sento una merda.»

«Anche io, Crì, non mi reggo in piedi.»

«Perché?»

«Questo tempo, tra poco piove... non ci posso pensare che l'autunno è appena iniziato.»

«Ah...»

«Tu?»

«Boh, guarda... intanto il mio ragazzo è uno stronzo, ieri mi ha dato buca per andare a giocare a calcetto con gli amici...»

«Okay...»

«E oggi mia madre ha rotto il cazzo a tavola tutto il tempo perché mia sorella è tornata tardi e le ha risposto male... e naturalmente se l'è presa con me. *Perché tu sei la grande ed è anche responsabilità tua se Giulia prende una strada sbagliata.* Cioè, hai capito?»

Cristina parlava a mitraglia, sempre, Nina a volte faceva fatica a seguirla.

«Mia sorella fa i cazzi suoi da quando era piccola e io ci vado di mezzo. Guarda, mi ha presa supermalissimo, a volte mi verrebbe voglia di piantare tutto e andarmene.»

«Andartene dove?»

«Boh, vabbe', dai... non lo so... ovvio che è una cosa che dici e non fai. Oggi però me ne sarei rimasta in camera stesa sul letto a non fare niente, giuro. Ma poi chi se lo sente Mariani, se salti un allenamento.»

«Dai Crì, niente di grave.»

«In che senso?»

«Domani ti passa, dai.»
«Vuoi dire che esagero?»
«Non ho detto questo...»
«Boh, forse hai ragione. So solo però che mia madre è sempre una scassacazzi planetaria. A volte mi chiedo che ci ha trovato in lei mio padre per sposarsela. Lui almeno prima era simpatico, adesso non ride mai. Lei... cioè non me la ricordo, tipo serena, allegra, c'ha sempre la faccia storta. Mica tua madre ti sta addosso così, no? Tipo che è sempre colpa tua anche se è sempre colpa di quella stronzetta di tua sorella?»
«Non ne ho, sorelle.»
«Okay, beata te... ma in genere voglio dire, è una tipa che rompe?»
«Boh... a volte. È normale, credo...»
«È normale?»
«Massì dai, le mamme rompono, Crì. È normale.»
«Okay, le mamme rompono. Allora sono io che mi lamento perché c'ho gli ormoni incasinati. Mi deve venire il ciclo, mia sorella è una stronza e mia madre mi sta addosso. Niente di che. Okay?»
«Anche io ce li ho incasinati, se proprio vuoi saperlo. Mai stata regolare, ogni volta sto male a bestia, ormai sono abituata però. Non dico che non ci faccio più caso, ma insomma, ti prendi un paio di pasticche e il dolore passa.»
«Quindi vuoi dire che sto esagerando.»
Nina la guardò e sorrise.
«Cominciamo?»
«Che palle però... Nina.»
«Allora?»
«Vai... cominciamo.»
Si scaldarono. Fecero alcuni giri di pista. Il cielo era sparito dietro una cortina di nuvole e smog. Dopo una

ventina di minuti attaccarono con le ripetute, cinquanta metri, centocinquanta metri. Poi salti, stretching, esercizi a terra. Gli altri ragazzi che si allenavano con loro erano fantasmi che si materializzavano all'improvviso, e poi sparivano nella nebbia.

«Te invece?»

«Io cosa?»

«Come stai?»

«Boh... il solito... calma piatta. A scuola c'è la nuova prof di inglese che mi tiene sulle scatole mi sa... per il resto niente di che.»

«Perché ti tiene sulle scatole?»

«Dice che la pronuncia americana è una cosa, quella inglese un'altra.»

«E allora?»

«Dice che io parlo americano. Lei vuole sentire il Queen's english.»

«Dio che maroni...»

Quando rientrarono negli spogliatoi, si spogliarono e fecero la doccia, Nina rimase sotto il getto caldo per un po'. Guardò Cristina, di spalle sembrava un maschio. Le spalle larghe, le leve corte e potenti, i polpacci che erano il doppio dei suoi, e poi gli addominali, i muscoli delle braccia. Uscì dalla doccia e si guardò allo specchio. Si chiese se anche il suo corpo, a furia di allenarsi, sarebbe diventato così. Fece scorrere le mani sull'addome, poi sui glutei e le cosce.

«Ma il tipo con cui stai?»

«Che tipo?»

«Scusa, non avevi una mezza storia con un tipo?»

«Boh.»

«Boh cosa?»

«Boh... niente, non ho una storia. Insomma non lo so.»

«Ah...»
«È un po' un casino, Crì. Non mi va di parlarne.»
Infilò la tuta, era già pronta. Prese il giubbotto e lo zaino e si salutarono.
«Ci vediamo domani.»
«Okay, se sono ancora viva.»
«Ciao Crì, se muori non mi apparire in sogno. Okay?»
«'Fanculo.»
Fuori dall'Arena era quasi inverno. Il cielo si era fatto scuro e compatto, una cupola di metallo. Stava per piovere, Nina salì in bici e ripartì verso casa.

Allenarsi le era sempre piaciuto, le sembrava di prendersi cura di qualcosa. Pensare alle gare le dava una prospettiva, un obiettivo. Sentiva la fatica sulle gambe, le piaceva, una specie di gratitudine del corpo, dei tessuti, delle articolazioni, delle fibre. Un'euforia leggera. Ma quel pomeriggio era troppo stanca, il cielo era troppo scuro.

Quando rientrò a casa non c'era nessuno. Sua madre era uscita per delle commissioni e Arabelle, la signora mauriziana che li aiutava nei lavori domestici, era già andata via. Suo padre, come ogni giorno, sarebbe tornato più tardi dal lavoro, molto più tardi. Spesso cenava fuori e rientrava a casa solo per dormire. Dall'inizio di settembre si era sistemato stabilmente nella stanza degli ospiti, in attesa di trasferirsi in un appartamento nei pressi del consolato americano.

I suoi genitori avevano deciso di divorziare. Lo avrebbero fatto senza drammi, probabilmente, senza grandi emozioni. Un po' come tutto il resto.

Prese dal frigo un bicchiere di latte freddo e mangiò una banana. Poi andò nella sua stanza e si stese sul letto, sfinita. Guardò il soffitto. E pensò a Lupo.

Chissà dov'era adesso, chissà se aveva ricevuto la sua

lettera. Chissà se almeno un po' la pensava. In quei giorni aveva la sensazione di essere come sdoppiata, una lei aveva sedici anni e mezzo, ed era innamorata di un tipo di diciannove. L'altra era vecchia, non sentiva più nulla, era come congelata dentro.

Di quello che era successo in Puglia, ad agosto, non aveva parlato con nessuno. Neanche con lui. Anche in questo si sentiva sdoppiata. Ricordava le parole, gli sguardi, i baci, e le farfalle facevano il carosello nello stomaco. Ma poi c'era stato il resto. Erano soltanto dei frammenti, come dei flash, che non riusciva a cancellare. Lui che le stava addosso, il fiato che le mancava, lei che gli chiedeva di fermarsi, lui che non si fermava. La faccia sembrava quella di un altro. E allora le farfalle sparivano, e lo stomaco si svuotava. Si stringeva come una prugna secca. Le mancava l'aria.

Dopo quella notte si erano rivisti al mare e lui era stato dolcissimo. Avevano fatto colazione insieme, le aveva portato un fiore, di nascosto. E lei lo aveva conservato, dentro il libro che stava leggendo. Era così bello Lupo, aveva gli occhi buoni. Ma allora perché? Perché quella notte non si era fermato?

È così che succede la prima volta. Glielo avevano detto le sue amiche, la prima volta non è bella, magari ti fa male, magari ti fa anche un po' schifo, ma è normale. E lei si era sforzata di convincersi che era così.

Il giorno della partenza era andato a salutarla alla stazione di Brindisi. Tanto ci vediamo, le aveva detto. Non ti lascio sparire. Tra Milano e Roma sono poche ore. Prendo la macchina di mio padre e vengo da te. E si erano baciati, mentre sua madre era già dentro lo scompartimento, si erano baciati di nascosto. Come in quel film che non le era mai piaciuto davvero, ma che adesso le sembrava il film perfetto.

E così avevano cominciato a scriversi. Lupo da settembre si era trasferito in un appartamento dalle parti dell'università, insieme con altri ragazzi, anche se i corsi dovevano ancora cominciare. Non avevano ancora installato il telefono, però. Quindi qualche volta la chiamava lui da una cabina, o da un bar. Ma adesso non la chiamava poi così spesso. E allora lei gli scriveva.

Guardò il soffitto. E pensò che forse è proprio così che funziona la prima volta che ti innamori. Non sai bene quello che provi, non sai se ci si deve fare male oppure no, non sai se è normale sentire quel vuoto, che somiglia all'assenza, perfino al dolore. E quella specie di vergogna.

Forse è così che funziona, pensò, inseguendo una crepa sottile sul soffitto, che pareva un fiume nel deserto, visto da un'astronave.

Sua madre entrò in casa, e la chiamò. Nina rimase immobile, le sembrava di pesare il triplo. Poi si affacciò nella stanza.

«Tesoro... che hai?»

«Niente ma'... stanca. La ripresa degli allenamenti.»

«Ah, okay. Non esagerare, però. Hai mangiato qualcosa?»

«...una banana.»

«E basta?»

«Ma'...»

«Di cosa hai voglia per cena?»

«Boh... niente. Ho anche lo stomaco un po' in disordine.»

La madre si sedette sul letto, accanto a lei. Nina sentì quel profumo, che avrebbe riconosciuto ovunque.

«Cosa c'è, bambina?»

«Niente ma', davvero. Sono stanca. Poi questo tempo... uffa.»

«Okay... facciamo una cosa allora, metto una pizza nel forno e ci vediamo un film.»

«Che film?»

«Ho noleggiato un paio di videocassette, faccio scegliere a te.»

«...»

«Okay?»

«Okay.»

Le diede un bacio e uscì dalla stanza.

Dopo una mezz'ora tornò a chiamarla e Nina si alzò dal letto. Le girava un po' la testa. Si sistemarono sul divano, la madre aveva preparato un vassoio, la pizza con le zucchine e due lattine di Coca.

«Ho fatto anche i popcorn.»

«...»

«Allora, decidi tu, quale vuoi vedere?»

Le mise davanti due videocassette.

«*Camera con vista* o *Ladyhawke*?»

«Mamma, li abbiamo visti al cinema...»

«Lo so, mica mi sono rincoglionita. Li ho amati tutti e due e voglio rivederli. Va bene?»

«...»

«Allora? Quale scegli?»

«Boh... vabbe', *Ladyhawke*.»

«*Good!*»

Mise la cassetta nel videoregistratore e spinse sul tasto PLAY. Poi tornò a sedersi, tenendosi stretta a sua figlia. Lo facevano sempre, quando era bambina.

Nina ricordava vagamente il film, in realtà. Era certa soltanto di aver pianto, doveva avere dodici anni, quando l'avevano visto al cinema. Vivevano a Berlino, allora, nella Germania Federale, suo padre lavorava all'ambasciata italiana. Abitavano dalle parti della Friedrichstraße, a qualche centinaio di metri dal Checkpoint Charlie, il posto di blocco che divideva le due Germanie. A nessun tedesco era consentito attraversare il confine, ma suo padre era un diplomatico, e così una volta l'aveva portata con sé a Berlino Est. Quella visita le rimase impressa. Tutto il mondo, a pochi metri di distanza, sembrava diverso. I colori, le persone, i vestiti. Si sentì a disagio, quasi in colpa attraversando come un'intrusa, ricca, un mondo povero, ma dignitoso.

Passarono davanti a un portone dove stavano trasportando i mobili per un trasloco. C'era un camion vecchissimo con gli arredi stipati e legati con corde e stracci. Tutti i componenti della famiglia aiutavano gli operai, sembravano usciti da una fotografia scattata in un'altra epoca.

Gli anni a Berlino non furono proprio facili, Nina se ne stava quasi sempre sola. E così sua madre la portava spesso con sé, passeggiate lunghissime, musei, concerti. E a volte andavano a vedere dei film.

Il giorno in cui videro insieme *Ladyhawke* le era venuto il ciclo, per la prima volta, e si sentiva uno schifo. Il corpo stava cambiando, le braccia e le gambe si erano allungate sproporzionatamente in una sola estate, si sentiva goffa, come un cucciolo di giraffa. Sua madre l'aveva iscritta in un centro sportivo, aveva cominciato ad allenarsi e a correre. Ma quel giorno, lo ricordava benissimo, non se la sentiva, di correre. Non aveva voglia di fare niente.

«Coraggio, alzati. Andiamo al cinema.»

«Mamma...»

«*Come on, let's go!*»

L'aveva quasi trascinata. Con quell'espressione severa che non riusciva a nascondere il sorriso. E avevano visto il film, bevendo una Coca e mangiando i popcorn. Proprio come adesso.

Rivedere quel film fece a entrambe lo stesso effetto, si commossero e si misero a ridere per quelle stupide lacrime davanti a un televisore. Non potevi non amarli, il capitano Navarre e Isabeau d'Anjou, innamorati e indivisibili, nonostante la maledizione che li aveva costretti a non incontrarsi mai, nella loro forma umana. Lei un falco di giorno, lui un lupo, di notte. Un Lupo, appunto.

«Siamo due stupide?»

«Sì... più tu di me, però.»

«Perché?»

«Perché hai deciso di noleggiare questo film, e sapevi benissimo che avremmo pianto come due stupide. Ecco...»

«Che male c'è?»

«Niente... vabbe', dai mi è piaciuto.»

Sua madre la guardò e le tolse delicatamente un ciuffo di capelli dagli occhi.

«Ti senti meglio adesso?»

«Insomma, sempre un po' fiacca.»

«*Okay, sweetheart*... vai a riposarti, lavo io i piatti.»

Si diedero un bacio e Nina andò in bagno. Fece pipì e si lavò i denti.

Restò davanti allo specchio per qualche secondo. Si toccò il petto e la pancia, come aveva fatto in palestra. E rimase immobile.

Successe qualcosa, come un passaggio di aeroplano, un'esplosione lenta, e repentina. Gli occhi cambiarono colore, nel riflesso. Le pupille si dilatarono e le labbra si serrarono.

Aprì la porta del bagno e andò nella sua camera di corsa. Si stese sul letto, con il fiato corto.

Le mancava l'aria, anche lì. Poi, lentamente, il respiro cominciò a fluire nuovamente.

Ma rimase l'affanno, e quel pensiero che era esploso nella testa pochi minuti prima.
Aveva paura. Aveva paura di dire quelle parole.
Aveva terrore.

Poi aprì la bocca, e quasi senza fiato, le disse.

Forse.
Sono.
Incinta.

Balzac, Oscar Wilde, Modigliani, Chopin, Baudelaire, Edith Piaf, Maupassant.

E Rossini, Molière, La Fontaine, Colette, Proust, Yves Montand, e Jim Morrison, appunto. Erano tutti lì. Artisti, pensatori, scrittrici, scienziati, chierici e innamorate.

Lo scenario gotico dei monumenti funerari adesso era nascosto dalla vegetazione, che lungo la recinzione cresceva spontanea e nascondeva. Una strana miscela di consunzione e rinascita.

«Ma non eri un po' emozionato?»

«Mah... sono sempre un po' spaesato, dentro i cimiteri. Lo ammetto.»

«Perché?»

«Heidegger diceva che la morte è la possibilità ultima dell'esserci. Un'imminenza che sovrasta l'esistenza. A me i monumenti funerari sembrano invece, soltanto, definitivi.»

«Non lo so. Sarà che oggi sono di buon umore, ma io non ero a disagio, mi sembrava di vederli tutti, passeggiare, sereni nei viali.»

«E quando sei di cattivo umore, cosa vedi?»

«Stupido...»

Presero un taxi e si diressero verso il museo de l'Orangerie. Nel tragitto diedero un'occhiata alle fotografie di quella giornata. Anna le fece scorrere velocemente, si fermò qualche istante su un autoscatto, in quella bottega di Village Saint-Paul. Lei e Stefano erano uno accanto all'altra, in mezzo a un milione di oggetti inutili, e indispensabili. Lui le teneva la mano, quasi di nascosto.

Percorsero il lungosenna, sulla riva sinistra, tagliarono per il ponte e scesero a place de la Concorde. Poi entrarono nei giardini delle Tuileries, la galleria era nell'antica *orangerie*, un edificio costruito alla metà dell'Ottocento per ospitare d'inverno le piante di agrumi che d'estate ritrovavano posto all'aperto, nei giardini.

Una fila ordinata di persone si snodava davanti all'ingresso. Avevano prenotato, quindi si misero nella coda che scorreva più rapida.

Dopo gli attentati del 2015 i protocolli di sicurezza erano diventati molto severi. Metal detector all'entrata, controllo di borse e zaini. Stefano raccontò ad Anna quello che ricordava di quelle giornate terribili. La sera dell'assalto al Bataclan era stato a cena in un ristorante, proprio a un paio di isolati di distanza dal teatro. Era successo tutto molto velocemente. In pochi minuti la città fu stretta nella morsa del terrore.

«Appena uscito dal ristorante cominciai a sentire i colpi di kalashnikov... ancora me li ricordo, quegli scoppi secchi, concentrati... la gente iniziò a correre da tutte le parti, altri si barricavano nei bar.»

«E tu che hai fatto?»

«Andai verso casa, non ero lontano. La polizia aveva creato un cordone di sicurezza di alcuni isolati. Attraversai il posto di blocco e salii nel mio appartamento. Poi rimasi davanti alle finestre, in ascolto. Era calato un silenzio innaturale, come se le case, oltre alle strade, si fossero svuotate. Come dopo un allarme atomico.»

«Terribile... ma c'eri mai stato al Bataclan?»

«Certo, diverse volte. Adesso, quando ci passo davanti, non riesco a scindere il ricordo. Come se tutte le esperienze precedenti, gli spettacoli visti, i concerti... fossero stati assorbiti da quella giornata, da quel silenzio. Mi vengono in mente solo gli spari.»

Arrivò il loro turno. Un addetto della sicurezza, un signore con la carnagione olivastra e i capelli rasati, alto quasi due metri, eseguì i controlli, impassibile, mentre una sua collega si occupava di borse e zaini. Poi li fecero entrare.

La luce filtrava attraverso le grandi vetrate laterali, in un gioco festoso di riflessi, più avanti un enorme cubo di calcestruzzo sospeso dentro il volume della serra segnava l'ingresso alle sale ovali che occupavano l'intero piano terra del museo. Anna non c'era mai stata, e Stefano le chiese di fermarsi.

«Perché?»

«Vorrei che chiudessi gli occhi.»

«Dimmi perché.»

«Lo scoprirai.»

«Dai dimmi...»

«Non ti fidi?»

«Mi fido... ma...»

«Allora chiudi gli occhi.»

Le prese la mano, ed entrarono nella prima sala. In quel momento era quasi vuota.

«Adesso conta fino a dieci, fai un respiro lungo e poi apri gli occhi.»

Anna attese, poi inspirò, ed espirò. Infine li aprì, lentamente.

Tenne stretta la mano di Stefano. Ed entrambi avvertirono qualcosa, un'intimità che forse troppo a lungo, a entrambi, era mancata. La grande sala ellittica era tutta bianca, coperta da un plafone che diffondeva una luce soffusa, rendeva le poche sagome umane quasi evanescenti. Sulle pareti, seguendone la curvatura naturale, la successione di tele segnava una fascia continua, uno scenario naturale di dipinti, di una bellezza stupefacente. Di fronte alle ninfee di Monet, Anna rimase muta, ancora per un po'. Poi sussurrò, quasi a se stessa: «Non so che dire».

Non dissero nulla. Andarono a sedersi sulla panca di alluminio, al centro della sala.

Lei si guardò intorno, seguendo l'andamento delle tele. Non sembrava esserci un confine, un punto di attenzione, un fuoco. Si percepiva soltanto il senso mobile, dello sguardo, la perdita dell'orientamento. Un'illusione ottica, una sorta di allucinazione, un prodigio ipnotico che si impadronisce dei sensi. Si tennero la mano, senza parlare.

Accanto a loro c'erano due donne, una leggeva a bassa voce una descrizione delle opere, dal suo cellulare. «*Era il 19 agosto 1918, il maestro Monet, quasi settantottenne, lavorava trepidante a quel titanico progetto delle "Grandi Decorazioni", le quali prenderanno forma nelle ventidue tele a olio delle* Ninfee *– alte due metri, singole o riunite, per una lunghezza totale di quasi cento metri – e che il 17 maggio 1927 verranno presentate al pubblico presso le due sale ellittiche dell'Orangerie, secondo la volontà del suo stesso autore.*» Era un suono dissonante, nel silenzio denso di quel luogo. La donna si scusò con un piccolo gesto della mano e smise di leggere.

Rimasero seduti, ancora, per alcuni minuti. E parve, a entrambi, nella quiete della contemplazione, di assorbire una misteriosa forma di energia.

Stefano si avvicinò delicatamente ad Anna e le sussurrò

qualcosa in un orecchio. Lei restò ferma, e lo guardò, come invasa da un'improvvisa vertigine. Scosse appena il capo, carezzandogli il viso. Stefano distolse lo sguardo, in un'espressione che sembrava contenerne diverse, di segno opposto. Come se i suoi pensieri fossero intrappolati in un groviglio della mente, in un labirinto di emozioni. E tornò a guardare le ninfee, galleggiare, nell'impasto potente delle nuance, dei verdi, dei blu.

Poco dopo si alzarono ed entrarono nella seconda stanza ovale, che ospitava l'altra installazione gemella.

Non parlarono per tutto il resto della visita. Quando uscirono dal museo, i rumori della città ristabilirono l'equilibrio con il mondo reale. Camminarono tra i viali dei giardini, tenendosi per mano, conservando ciascuno il segreto di quell'esperienza così intensa. *L'illusione di un tutto senza fine, di un'onda senza orizzonte né riva.* Erano le parole dello stesso Monet, stampate su un pannello all'ingresso del museo.

Poi Anna parlò, e la sua voce sembrò provenire da un altro tempo.

«Non voglio che tu abbia paura di me.»

Lo disse senza girarsi, mentre camminavano.

Era questo che le aveva sussurrato Stefano in un orecchio: «Forse ho paura di te».

E in quelle cinque parole c'era il senso di un'esistenza, nascosta al mondo. Dell'inadeguatezza, della fragilità, del desiderio inespresso di una vita normale.

Non gli era capitato mai, di sentirsi così. Leggero e pieno. Non l'aveva mai conosciuta, quella sensazione impalpabile, quel bilico, sul bordo vertiginoso della coscienza. Aveva paura di quell'improvvisa bellezza, e non voleva nascondergliela.

«Ti sembro uno sciocco, vero?»
«No... affatto.»
«Io... mi sento così... strano.»
«Anche io mi sento strana.»
«E non so bene cosa significa quello che sento. Vorrei essere capace di spiegarmi... è come se... fossi un ragazzino, trascinato da un vortice, una corrente adolescenziale. E se ci pensi, è proprio strano. Io non lo so che cos'è, l'adolescenza. Non ce l'ho mai avuta.»
«...»
«È come se parlassi, e provassi sentimenti, per sentito dire. Non so se quello che provo è vero, o è soltanto la proiezione di un desiderio, una suggestione quasi letteraria.»
«L'hai avuta, l'adolescenza. Il tuo corpo se la ricorda.»
«Che vuoi dire?»
Anna lo guardò, poi prese una seggiola di metallo e la mise davanti al bordo dello stagno.
«Vieni qui con me?»
Ne prese una anche lui. Si sedettero. Il sole stava per tramontare, e lo specchio d'acqua si era fatto più scuro.
«Quando ero piccola mia madre mi portava spesso a fare merenda, sul lago. A Central Park. Mi ricordo tutto.»
«...»
«Mi emozionavo moltissimo, perché mi sembrava una magia. Sì, insomma... che dentro la città ci fosse un bosco, un lago, gli animali. Uno scenario incantato. Lanciavo le molliche in acqua e i pesci venivano a galla, poi sparivano di nuovo nell'acqua. Ero felice. Chissà se lo ero davvero.»
«Perché?»
«Tutti gli anni trascorsi in terapia, più tardi, mi hanno insegnato a non dare nulla per scontato. Anche dei ricordi.

Ho lavorato molti anni sul mio corpo. E ho imparato che il corpo non mente. Credo di aver imparato ad ascoltarlo.»

«...»

«Conosci la terapia bioenergetica?»

«Qualcosa sì...»

«Alexander Lowen, il fondatore, per oltre mezzo secolo studiò le interazioni, visibili e invisibili, tra il corpo e la mente. Il modo in cui queste due parti di noi si mettono a comunicare. Be', il percorso per la guarigione passa quasi sempre attraverso la capacità di intercettare questo dialogo.»

«Cosa vuoi dire?»

«Voglio dire che il corpo ci manda dei segnali. E quasi sempre li sottovalutiamo. Ha una sua vita, nasce, si forma, cresce, a volte riceve degli insulti. A volte chiude le comunicazioni col cervello. E altre volte ci offre un'opportunità.»

«...»

«L'opportunità di abbandonarci. E ripartire, per esempio... e magari perdonarci.»

«Cosa pensi che dovrei perdonarmi?»

Anna attese qualche istante, prima di rispondere.

«Questo non lo so. In fondo, se ci pensi... io non ti conosco. E tu non conosci me.»

«...»

«Ma questa confidenza, quella che io avverto, questa vicinanza... è un'attrazione istintiva, primaria. Questa leggerezza di noi, qui, mi confonde. Non somiglia a niente altro, provato prima. Mi porta verso di te e mi respinge. Ma non farò l'errore di nasconderla. Ne ho fatti troppi, nella mia vita.»

«...»

«Tutti abbiamo qualcosa da perdonarci.»

Stefano restò in silenzio. Due papere disegnarono due cerchi concentrici sull'acqua verdastra.

«Quindi secondo te il mio corpo si ricorda della mia adolescenza e io non l'ho ascoltato abbastanza?»

«Forse. Il tuo trauma ha... tagliato le comunicazioni, ma questo riguarda la superficie delle cose. La corteccia della coscienza. Nel sottofondo, quei due, testa e corpo, continuano a parlarsi. Ne sono convinta.»

Stefano prese un sassolino e lo lanciò nello stagno. L'acqua fece quel suono dell'infanzia, che da qualche parte doveva aver sentito.

«È come se il tempo si fosse... dilatato. Ieri pomeriggio, prima di venire al vernissage, non sapevo chi fossi. È vero, ci eravamo già visti, e confesso che mi eri piaciuta subito, ma in fondo è capitato altre volte, di essere attratto da una donna, e spesso mi è sembrato che funzionasse. Ogni volta che mi avvicinavo a lei, sentivo una voce, qualcuno dentro di me mi diceva che... come dire... me la stavo raccontando. Mi raccontavo quello che volevo sentire, per non sentirmi solo al mondo. E infatti presto tutto svaniva, velocemente. Potevano essere minuti, ore, giorni.»

«...»

«E adesso invece...»

«E adesso?»

«Non sento quella voce. Nessuno mi sta avvertendo. E questo mi spaventa.»

«Perché?»

«Mi chiedo se questa intimità... abbia un senso. Com'è possibile che io ti senta così vicina? In fondo non ti conosco.»

«...»

«Eppure oggi mi sembra di non poter fare a meno di te.»

Anna lo guardò, Stefano aveva gli occhi umidi. Quegli occhi che era convinta anche lei, di conoscere.

«Perché non vieni con me a New York?»

Stefano restò zitto. Poi sorrise, le baciò una mano e la tenne tra le sue.

«Non posso, in questo momento non posso. Ho un conto aperto che devo chiudere.»

«...»

«Devo risolvere delle cose importanti. Devo fare qualcosa, e quello che devo fare forse somiglia a quello che dicevi prima.»

«Cioè?»

«Devo provare a interrogare il mio corpo, e farlo parlare. E so che non sarà facile, né indolore.»

Era quasi buio, ma restarono lì, seduti, davanti al lago.

Stefano lasciò scivolare la paura. E gli venne da ridere, e si baciarono. E risero ancora.

Come forse fanno gli adolescenti.

A un certo punto un addetto alla sicurezza si avvicinò e fece segno che era l'ora di chiusura, li invitò ad avviarsi all'uscita.

E così si alzarono e andarono via, abbracciati.

Incuranti del mondo, almeno per quella sera. Proprio come fanno gli adolescenti.

Diario del sonno.
Giorno 6
Sveglia: 5.12

Ho sognato Zeno, di spalle.

Eravamo in campagna, come la prima volta forse, insieme.

Camminavamo su un sentiero stretto tra gli ulivi, ci stavamo a malapena in due. Vedevo le mie ginocchia nude, dall'alto, e quelle scarpette che usavo molti anni fa.

Lui andava spedito, un paio di metri davanti a me.

Faceva caldo, e io gli chiedevo se potevamo fermarci per bere. Ma lui non rispondeva, proseguiva, non mi stava ascoltando.

Tra i muretti a secco cresceva l'erba e i cespugli di more. Mi fermavo a mangiarne una.

Sentivo il sapore, dolce e acidulo, e mi sporcavo le mani. I polpastrelli erano neri. Ne prendevo un'altra, e un'altra ancora. Chiamavo ancora Zeno. Ma lui non si fermava, lo vedevo farsi più piccolo, in fondo al sentiero.

E in quel momento dal muretto è spuntato un serpente.

Mi fissava, come se volesse ipnotizzarmi. Ma non avevo paura, ecco, sentivo proprio questo.

Non ero neanche sorpreso. Conoscevo i serpenti. Quella

era una vipera, ne sono sicuro, aveva la testa triangolare e le scaglie rilucevano al sole. Non mi faceva paura.

Ho avvicinato piano la mano, come per accarezzarla. E lei ha sollevato la testa, ha tirato fuori la lingua, facendo quel suono. Sono rimasto fermo, forse ero io a ipnotizzarla.

Allora lei ha abbassato la testa, e si è lasciata accarezzare.

Mi ricordo bene il contatto sui polpastrelli, lo scavo quasi impercettibile, tra una scaglia e l'altra.

Ho provato una specie di tenerezza, per quel serpente.

Poi la vipera è andata via, è sparita nel muretto, dentro il cespuglio di more.

Allora ho alzato lo sguardo.

Ma Zeno non c'era più.

Quando morì Zeno, Stefano non c'era.

Non c'era da anni, in realtà, se non d'estate, e qualche volta a Natale. Ma si sentivano per telefono, quasi ogni giorno. Negli ultimi tempi però suo nonno aveva smesso di chiamarlo, e Stefano aveva rimandato troppe volte la partenza.

Zeno aveva appena compiuto novantatré anni. Trascorreva le sue giornate più o meno come trenta o quarant'anni prima. Come tutta la vita. Si svegliava alle cinque, faceva colazione, una tazza di latte bollente, il caffè, e una fetta di pane col pomodoro.

Poi usciva e andava sui campi. Come aveva sempre fatto, d'estate e d'inverno. Il fisico si era assottigliato, la giacca gli andava più larga, e doveva tenere stretti i pantaloni con una cintura che attraversava la fibbia e faceva mezzo giro di vita. Il viso era segnato e cotto dal sole, come una pergamena. Ma per il resto non era cambiato molto, da quando era giovane.

La mattina camminava a lungo, faceva il giro delle proprietà, parlava con i contadini, controllava le piante, e i raccolti. Gli piaceva l'aria fredda nei polmoni, d'inverno.

E quella fresca sulle braccia nude, d'estate. Dopo tornava a casa e si metteva a leggere.

Si sedeva all'ombra del carrubo, dietro la masseria arrivava il profumo del mare, nelle folate potenti del maestrale. D'inverno invece si accomodava sulla poltrona della biblioteca, con la luce gialla che pendeva sul tavolino. E restava lì, per ore. Leggeva, sottolineava, prendeva appunti con una matita, in una grafia microscopica, sul margine delle pagine. Faceva una piccola sosta per il pranzo, verso mezzogiorno. Mangiava un po' di formaggio, un'insalata e la frutta. E poi tornava a leggere.

Diceva spesso a Stefano, quando si sentivano per telefono, che non sopportava l'idea di dover morire. Non aveva paura, era solo infastidito. Non avrebbe avuto il tempo di leggere tutto quello che desiderava, e che aveva programmato. Questo era il suo vero cruccio.

E allora si era fatto una lista di libri imperdibili, li aveva raccolti e sistemati sugli scaffali più bassi della libreria, e si era applicato, con metodo, ogni giorno. Rispettava la sua tabella di marcia, diligentemente.

Tra i volumi, c'erano i quaderni di Gramsci, gli studi medievali di Pepe, i dialoghi di Platone, le *Confessioni* di Agostino. E molti altri ancora. Tutti i libri da leggere, prima di morire.

Da qualche giorno aveva cominciato un saggio sul comportamento animale di Konrad Lorenz. Glielo aveva regalato Stefano, per il suo compleanno: *L'anello di Re Salomone*. Era stata una scoperta entusiasmante, quasi una rivelazione. Gli era parso di ritrovare nelle parole dell'etologo austriaco qualcosa che gli apparteneva da sempre. Quel desiderio inesauribile di osservare, conoscere, capire.

«La cosa che ci salva è la curiosità, Stefano. Io sono

sempre stato curioso, fin da bambino, e lo sono pure adesso che sono un vecchio incartapecorito.»

Zeno amava gli animali. Li rispettava, non li vezzeggiava. Studiava il loro comportamento, faceva amicizia, ma non li usava per colmare quei vuoti che gli umani, e lui stesso, non erano riusciti a riempire. Negli ultimi tempi il legame con le bestie si era fatto ancora più stretto. Dicono che succeda, ai vecchi. Zeno si ritrovava a parlare con le capre, i gatti, i maiali, conversava con le vacche al pascolo. E contemplava il volo degli uccelli. I rapaci che disegnavano le orbite in cielo, gli stormi di rondini che viaggiavano a velocità supersonica. Le cornacchie, che planavano sull'aia per raccogliere i pezzetti di salame o di formaggio e rispondevano alle sue parole con i movimenti della testa. E infine i passeri, che becchettavano le molliche di pane sul davanzale, all'alba, suonando nel silenzio piccoli cinguettii, puntuti come spilli.

Anche per questo la lettura di Lorenz lo stava appassionando, gli pareva di ritrovare in quelle pagine l'armonia, l'equilibrio che gli regalavano le bestie, gli alberi, la campagna.

Zeno era agnostico. Ma nei momenti di contemplazione, nelle passeggiate mattutine, a volte gli pareva di scorgere un segnale. Quel senso di appartenenza al mondo naturale gli faceva immaginare la presenza divina. Ma la sera tornavano i dubbi, i silenzi materiali, l'assenza.

Fu proprio una di quelle sere che Zeno morì. Senza nessuna sofferenza, avrebbe detto il medico a Stefano qualche giorno più tardi. Ma chissà cosa sente davvero un vecchio, quando muore.

Se ne andò leggendo. Quindi, dal suo punto di vista, nel modo migliore possibile.

Il libro che Maria trovò sulle sue ginocchia era proprio

L'anello di Re Salomone, aperto alla pagina ottantasei. L'ultimo periodo, alla fine del capitolo, era sottolineato.

Come sarei grato al mio destino se anch'io nella mia vita potessi trovare anche una sola via che fosse ancora seguita dai miei simili dopo qualche generazione, o, figuriamoci poi, se potessi scoprire anche una sola "corrente ascendente" che in un lontano futuro aiutasse qualcuno a "prendere quota".

Le mani forti e nodose di Zeno erano una sull'altra, sopra il libro aperto. E la testa era rivolta su un lato, quieta, come in uno qualsiasi dei suoi sonni pomeridiani.

Stefano partì col primo volo da Parigi, atterrò all'aeroporto di Bari quasi a mezzanotte. Florient era lì, ad aspettarlo, era andato a prenderlo con il furgone. Il ragazzo aveva compiuto da poco ventotto anni e lavorava stabilmente nell'azienda del nonno, come Maria del resto. Lui e sua madre erano rimasti molto legati a Zeno, Florient lo andava a trovare molto spesso, e Maria si occupava quotidianamente della gestione della casa.

Il viaggio fu silenzioso, poche parole da parte di entrambi. Stefano guardava la strada, illuminata dai fari, e i pensieri si dissolvevano oltre l'orizzonte incurvato nel cono di luce. In realtà non riusciva a pensare, a focalizzare l'attenzione su qualcosa, un ricordo, una frase, una parola.

Quando lasciarono la statale e imboccarono l'uscita verso Cisternino la strada si fece più stretta e il paesaggio intorno fu assorbito nel buio.

«Ha piovuto tutta la giornata. E ora ricomincia.»

I fari delle auto che procedevano in direzione contraria si riflettevano sull'asfalto e sfumavano sul parabrezza. A un certo punto il furgone tagliò per la strada vicinale e risalì nei percorsi tortuosi delle contrade. Fino alla masseria.

Quando Florient parcheggiò, Stefano rimase fermo qualche istante, sentiva come un tremore, dentro di sé. Poi aprì lo sportello e uscì. Il ragazzo prese la valigia e lui la borsa a tracolla. Il lume a padella diffondeva un alone umido sul portale, in quel buio così carico di assenza.

Quando entrarono in casa gli venne incontro Maria, nell'economia dei gesti che accompagnano il dolore, così misurata sempre. Lo abbracciò e gli fece le sue condoglianze. Altre persone, sedute nel soggiorno, stavano in silenzio, in attesa di salutarlo.

Stefano salì al primo piano, dove era stata composta la salma, nella camera da letto. Maria lo accompagnò fino sulla soglia, poi lo lasciò solo.

Entrò, e si avvicinò lentamente. La stanza era in penombra, soltanto i lumi sui comodini, le lampadine coperte con due fazzoletti azzurri. C'era un odore intenso, un silenzio quieto e doloroso.

Prese una sedia e si mise accanto al letto. E lo guardò.

Aveva un completo scuro, che non ricordava di avergli mai visto, e una cravatta bianca. Le scarpe lucidate, e un fazzoletto nel taschino. Era bello, pensò.

Poi gli accarezzò una mano. E il viso, piano. Sentì la superficie rugosa della guancia sotto i polpastrelli, gli parve di leggerne il corso, nelle linee sottili dei dermatoglifi.

Rimase fermo, senza dire nulla.

E cominciarono a muoversi le immagini, nella sua mente. I ricordi, quelli che aveva. I primi giorni dopo il risveglio, la nuova confidenza, la riabilitazione. E poi il viaggio.

Ogni volta che rientrava in Puglia lui e Zeno trascorrevano qualche ora a chiacchierare, il nonno gli diceva della masseria, dei raccolti, delle letture, e Stefano gli raccontava del suo lavoro. Gli parlava di Parigi. Zeno sembrava vederla, nei racconti del nipote, e gli occhi gli brillavano.

Eppure non ci era mai voluto andare, nonostante le insistenze di Stefano.

Restavano a parlare in cucina, seduti al tavolo di marmo, bevendo un bicchiere di vino rosso. Era una delle consuetudini, della sua seconda adolescenza. Le chiacchiere in cucina con suo nonno, e il vino rosso. Non ci sarebbero più state, pensò Stefano.

Sul comodino c'era una fotografia, scattata il giorno della laurea. La foto era un po' sbiadita, sotto la luce evanescente dell'abat-jour. Loro due, con la giacca e la cravatta, ridevano. Stefano sentì salire una corrente, nel respiro. E cominciò a piangere.

Pianse a lungo, sommessamente. Concedendosi al dolore, come aveva imparato, nei lunghi anni della terapia. Solo che adesso era diverso, non c'era soltanto il senso della perdita, quel dolore muto di non sentire, non ricordare. Adesso provava la sensazione, definitiva, dell'essere orfano.

Zeno era morto. Suo nonno, suo padre, suo fratello. Il suo migliore amico.

Non c'era più nessuno, nel mondo.

Il funerale fu celebrato in una cappella nei pressi della masseria. E da lì il feretro fu trasferito nel piccolo cimitero, e collocato nella tomba di famiglia. Com'era bella la campagna, quel giorno.

Uno stormo di rondini volò sopra le loro teste, disegnando arabeschi di un solo secondo, mentre due passeri danzavano una danza di addio, sul vialetto di ghiaia.

Stefano lesse un brano di Seneca, tratto dalle lettere a Lucilio. *La morte è una necessità uguale per tutti e invincibile: e nessuno può lamentarsi di essere in una situazione comune a tutti. Condizione prima della giustizia è l'uguaglianza. Ma ora è superfluo difendere la natura che ha volu-*

to per noi una legge analoga alla sua: essa distrugge tutto ciò che ha formato e riforma quanto ha distrutto.

Aveva preso il libro dalla biblioteca di Zeno, suo nonno non credeva in Dio, ma lo aveva cercato, fino all'ultimo, anche nelle parole di Seneca.

Nei giorni che seguirono tutto sembrò comporsi, nella solitudine animata della campagna. Stefano trascorse molto tempo a fare quello che faceva suo nonno, camminare e restare in ascolto. E gli parve che questo placasse il dolore.

Non ebbe il coraggio di toccare nulla, degli oggetti di Zeno, le sue carte, i suoi cassetti. Rivide le automobili d'epoca, lucidate da poco, nella rimessa. La sua vecchia Citroën DS, che ancora fiammava. Florient e sua madre si occuparono di tutto quello che era necessario, lo avevano fatto negli ultimi anni. E Stefano decise di affidare loro la gestione della proprietà, in attesa di decidere il da farsi.

E dopo una settimana ripartì.

Sentendo di non avere più un posto, nel mondo.

Mentre volava per Parigi si affollarono le immagini.

A un certo punto ricordò un episodio, accaduto molti anni prima, pochi mesi dopo il suo arrivo in Puglia, dopo l'incidente.

Era un pomeriggio di primavera, una coppia di coniugi inglesi erano passati dalla masseria per incontrare Zeno. Adam, e sua moglie Elisabeth. Avevano entrambi una settantina d'anni, poco più anziani di suo nonno, allora.

Adam parlava molto bene l'italiano, Elisabeth meno. Fu un incontro molto cordiale, si intrattennero sull'aia a prendere un caffè e assaggiarono certi dolcetti di mandorla fatti dalle monache di clausura, di Ostuni.

Stefano non riuscì, inizialmente, a capire quali fossero i

rapporti tra Adam e suo nonno. Zeno era felice di incontrarlo, si intuiva, era emozionato. Ma c'era anche un leggero imbarazzo tra loro, una specie di pudore nei gesti, nelle parole.

Adam era un architetto e viveva a Londra, sua moglie era una paesaggista. Avevano due figlie e quattro nipoti. Una famiglia felice. Elisabeth non aveva mai visto la Puglia. Avevano visitato Lecce e fatto un giro per il Salento, risalendo verso Bari avevano deciso di fermarsi un paio di giorni in Valle d'Itria. Non era stata una sosta casuale, in realtà. L'uomo voleva che sua moglie lo accompagnasse a visitare un luogo, legato a un ricordo rimasto indelebile. E quel luogo univa le vite di Adam e di Zeno.

Fu proprio lui a raccontare la storia della Casa Rossa.

Era il 1940, Adam si trovava a Roma, in attesa di ottenere i documenti per il trasferimento con la famiglia in patria. Era figlio di un impiegato dell'ambasciata che, allo scoppio del conflitto, aveva deciso di tornare in Inghilterra. Adam e il padre furono però arrestati e subito deportati, il padre non godeva di alcun privilegio riservato ai diplomatici, mentre la madre e la sorella riuscirono a partire.

Il padre finì a Trieste, mentre Adam fu trasferito in Puglia, in un campo di detenzione nei pressi di Alberobello. La Casa Rossa, appunto. Era un'antica masseria fortificata che per i primi quarant'anni del Novecento era stata una scuola tecnica agraria e a partire dal luglio del 1940 fu trasformata in quello che sarebbe stato il più longevo campo di concentramento di polizia d'Italia.

«I fascisti avevano scelto quella masseria perché era isolata, lontana dalle operazioni militari e facilmente vigilabile.»

Adam non era ebreo, era un cittadino britannico, considerato *potenzialmente pericoloso*. Nella Casa Rossa c'erano altri inglesi, indiani, indù, irlandesi e maltesi. E poi ebrei tedeschi, polacchi, cecoslovacchi, e prigionieri politici italiani.

«Solo una parte di noi sarebbero stati deportati nei campi di sterminio, in Germania. Per gli altri si trattava di una misura detentiva, una punizione che comunque sottoponeva tutti quanti ai disagi e alle umiliazioni. Io arrivai alla Casa Rossa di notte, insieme a una decina di altri, dopo molte ore di viaggio in un carro bestiame.»

«Terribile.»

«Terribile, sì. E surreale. Pensi che molti degli arrestati erano artisti, musicisti, architetti. Era impossibile immaginare quello che sarebbe potuto succedere. E qui entra in scena suo nonno.»

Zeno si ritrasse istintivamente, sulla sedia. Guardò Stefano e sorrise, timidamente.

«Erano passati due mesi dal giorno in cui ero stato internato. Ciascuno di noi era stato destinato a lavori piuttosto pesanti. Gli ebrei e i prigionieri politici erano obbligati a restare nella masseria, gli altri, tra cui anch'io, andavano a lavorare nei campi. La masseria aveva intorno molti ettari di terreno coltivato. E noi potevamo godere di una maggiore libertà, anche se comunque eravamo strettamente controllati dai fascisti.»

Un giorno, mentre stavano dissodando un appezzamento, pieno di rocce affioranti, Adam si accorse di un ragazzo che li osservava di nascosto, dietro una grande siepe di more che costeggiava un muretto a secco. Avrà avuto tredici, quattordici anni.

Da quel giorno quel ragazzo tornò spesso, restando ben nascosto da qualche parte. A volte lasciava del pane, un pezzo di formaggio, delle mandorle. Nascondeva tutto in una cavità del muro.

«Eravamo diventati amici, senza poterci mai parlare. Ci guardavamo da lontano. Tuo nonno era abilissimo a non farsi scoprire. E ti confesso che quei pezzi di pane e formaggio erano molto graditi. Facevamo la fame. Poi un giorno, in quel buco del muro, ho trovato un biglietto, arrotolato su un mozzicone di matita.»

Nel biglietto c'era scritto: *come posso aiutarvi?* Adam allora leccò la punta della matita e rispose, di impulso, poi arrotolò di nuovo il pezzo di carta a quadretti e lo nascose nella cavità.

«Gli scrissi che dovevo fuggire. Gli chiesi di aiutarmi a scappare.»

E così Zeno organizzò un piano di fuga, meglio di uno stratega militare. Gli lasciò nei giorni seguenti le istruzioni, nello stesso nascondiglio. E infine arrivò quella mattina.

«C'era una piccola falla nel sistema di sorveglianza. Durante il cambio della guardia, mentre noi eravamo nei campi. Nel biglietto Zeno aveva disegnato una piccola mappa, una serie di scorciatoie tra i sentieri delle contrade, quel percorso portava a un vecchio carrubo immerso in una folta vegetazione. Sotto le siepi avrebbe nascosto la sua bicicletta, con nuove istruzioni.»

Adam nella breve pausa tra il primo e il secondo turno di lavoro prese il biglietto, memorizzò la mappa e lo distrusse. Al cambio della guardia scavalcò il muretto e, non visto, cominciò a correre a tutta velocità.

«Avevo nella testa il disegno. Ho sempre avuto un'ottima memoria fotografica. Ed ero veloce. Dopo una decina di minuti, di un percorso a zig zag tra i sentieri arrivai al carrubo. Sotto c'era, come promesso, la bicicletta. Sulla canna c'era legato un pezzo di pane e un altro biglietto. Ti ricordi, Zeno, cosa c'era scritto?»

«Certo che lo ricordo. Ero proprio un ragazzino presuntuoso.»

Stefano chiese cosa ci fosse nel biglietto. E il nonno rispose che, oltre a un'altra mappa, c'era una frase in latino.

«Lo studiavo un po', con un vecchio professore che viveva solo, e a cui mio padre portava patate e cipolle. E lui per sdebitarsi mi faceva lezione.»

«Cosa c'era scritto nel biglietto?»

Zeno sorrise, quasi per schermirsi. Poi rispose.

«*Frangar, non flectar.*»

«Mi spezzo, ma non mi piego.»

«Già.»

«Tuo nonno non sa quanto mi abbia aiutato quella frase. Quanto gli sia stato grato, non solo per avermi salvato, ma per avermi dato coraggio. E così presi la bicicletta e seguii velocemente il percorso indicato nella mappa. Arrivai a un trivio, dove c'era un'edicola sacra. Poco dopo passò un autocarro, pieno di merci che andavano verso nord. Lasciai la bicicletta sotto l'edicola, come d'accordo, e salii a bordo, mi infilai dentro un sacco di iuta. E il camion proseguì.»

Al volante c'era un amico del padre di Zeno, che portava ogni settimana sacchi di patate verso Bari, e ancora più a nord.

«E insomma andò così. Riuscii ad attraversare mezza Italia clandestinamente, per una catena incredibile di coincidenze favorevoli. E poi, grazie all'aiuto di alcuni conoscenti di mio padre, riuscii a imbarcarmi per la Spagna. E da lì proseguii fino ad arrivare, quasi due mesi più tardi, in Inghilterra.»

«Incredibile.»

«È stata un'avventura incredibile, sì. Ma tutto è stato innescato dal genio, e dalla generosità, di un ragazzino di nemmeno quattordici anni.»

Non parlarono per un po'. Avevano tutti gli occhi lucidi, e un'emozione che prendeva la gola.
Stefano si sentì così fiero di quel ragazzino, geniale e coraggioso. Così fiero.

Il ricordo svanì, mentre lo steward annunciava che l'aereo stava per atterrare a Charles de Gaulle. Il cielo era pieno di nuvole cariche di pioggia.
Stava arrivando a Parigi, e Zeno non c'era più.

C'era un elefante che camminava nella sua testa. Aveva fatto un sogno. Lei si guarda allo specchio, poi si gira di profilo. E ha una pancia enorme. Si era svegliata di soprassalto e non aveva più chiuso occhio per tutta la notte. A sua madre aveva detto che le era venuto il ciclo, non se la sentiva di andare a scuola. E così era rimasta sola.

Si alzò e andò in bagno, poi avanti e indietro, per la casa, nel soggiorno, nel salone, girando intorno a quelle stupide poltrone di velluto che nessuno usava mai. Le sembrava di impazzire.

Tornò nella sua camera, si stese di nuovo sul letto e guardò il soffitto.

Avrebbe voluto che Lupo la chiamasse. Ma non avrebbe mai trovato il coraggio di parlargliene, non avrebbe saputo da dove cominciare. Si sentiva in colpa.

Si alzò, infilò i jeans e una felpa, rimase davanti allo specchio, per un po', come nel sogno. Si girò di profilo. Poi prese il k-way e uscì di casa.

Salì su un tram a caso e scese dopo qualche fermata. E camminò, senza una direzione. Fino ad avere la sensazione di essersi persa. Ecco, si sentiva proprio così. Perduta.

Aveva cominciato a piovere, una pioggerella sottile, insistente. Infilò il k-way e tirò su la zip e il cappuccio, ma quando la pioggia aumentò, andò a ripararsi in una stazione del metrò. Si sedette su una panchina di plastica, vicino a un distributore di bibite.

Rimase lì, senza fare altro, mentre la gente andava e veniva. Sembrava che il mondo non si accorgesse di lei. Mise un paio di monete nella fessura del distributore e pigiò il tasto. La lattina fece un piccolo tonfo, cadendo nel cesto di plastica. La aprì e bevve un goccio di Coca.

Rimase sulla panchina, mentre la gente passava e spariva sulle scale mobili. Poteva sentire le conversazioni, che si dissolvevano velocemente, i silenzi, e il suono crepitante delle suole a carrarmato di un ragazzo con il walkman.

Dopo un po' si alzò e si affacciò all'uscita, aveva smesso di piovere. In fondo all'isolato lampeggiava un'insegna luminosa, la croce verde di una farmacia. Esitò qualche istante, poi decise di farlo. Si avvicinò, ripetendo a se stessa quello che avrebbe dovuto dire. Attese ancora un minuto davanti alla vetrina, dentro c'erano un paio di persone che facevano acquisti. Quando uscirono, lei entrò.

Un uomo e una donna stavano in piedi, dietro il banco, lei decisamente più anziana di lui, forse era sua madre. Entrambi portavano il camice e un badge sulla tasca. Il dottore la salutò e lei rispose al saluto, un po' impacciata. Lc chiese di cosa avesse bisogno.

Tutto sembrò rallentare, ogni movimento, ogni pensiero, la scansione delle vocali e delle consonanti.

«Vorrei...»

«...»

«...acquistare.»

«...sì?

«Un test.»

«...»

«Di gravidanza.»

Il farmacista ebbe una piccola esitazione, la guardò in un modo diverso, forse cambiò espressione. Oppure niente di tutto questo, era lei che vedeva tutto deformato. Forse stava per impazzire.

Allora intervenne la farmacista più anziana.

«Lorenzo, puoi controllare lo scarico di queste fatture? Servo io la signorina.»

Si avvicinò. E le sorrise. E a Nina parve che quello fosse l'unico volto amico in una giornata buia.

«Ha detto che voleva un test per la gravidanza, giusto?»

«Sì...»

Le disse di attendere un attimo, poi tornò con una scatola grande quanto un libro tascabile e la mise sul banco.

«Ecco.»

«...»

«Hai bisogno di altro? Scusami, ti do del tu perché potresti essere mia nipote.»

«Certo... no... non ho bisogno di altro.»

«Sei preoccupata?»

Nina la guardò, si morse appena il labbro inferiore.

«...sì.»

«È successo a tutte, prima o poi. Vedrai che è un falso allarme.»

«...»

«Sai come si usa?»

«...no.»

«Te lo spiego io.»

Le raccontò come usare la striscia, come fare la pipì, le linee di colore blu e rosso. Alla fine le chiese se fosse tutto chiaro, e Nina rispose di sì.

«Devi stare tranquilla. Mi è successa la stessa cosa quando avevo più o meno la tua età. E allora, tesoro, puoi immaginare, era tutto diverso. Non c'erano i test. C'erano soltanto i rimedi delle nonne...»

«...e cos'ha fatto?»

«Un'amica di mia sorella mi disse che bastava mescolare la pipì con la candeggina, se diventava rosa voleva dire che eri incinta. E quindi ci provai. La miscela diventò rosa e io stavo per impazzire.»

«E poi?»

«E poi niente. Era un falso allarme.»

«...»

«Ero terrorizzata, come te. Come tutte... poi è tornato tutto a posto.»

Le sorrise, ancora. Nina ebbe la sensazione che l'ansia si placasse un po'. Ringraziò, pagò e uscì.

Tornò alla stazione.

Quando entrò in casa non c'era nessuno. Lanciò la giacca sul letto, prese la scatola della farmacia e andò in bagno. Si chiuse a chiave e si sedette sul coperchio del water.

Rimase ferma per un po'. Poi aprì la scatola ed estrasse lo stick.

Quando era piccola sua madre la portava spesso a fare merenda al parco. Si mettevano sedute su una coperta, vicine al lago. Nina raccoglieva le molliche che cadevano sul prato e le metteva in una scodella, poi si avvicinava al bordo e le lanciava, a una a una. I pesci venivano a galla, facendo le bolle del risucchio, e sparivano subito dopo.

Le sembrava una magia, quel richiamo lanciato alle creature che nuotavano negli abissi.

«Mamma... i pesci ci vedono?»

«Vuoi dire, te e me?»

«Sì... riescono a vedere fuori dall'acqua?»

«Non ne sono sicura.»

«Quindi non sanno chi sono io?»

«Certo che lo sanno.»

«Ma se non vedono come fanno a sapere che sono io a lanciare le molliche?»

«È una bella domanda. A volte devi fidarti delle tue sensazioni. E se vuoi sapere la mia, io sono certa che ti riconoscano.»

New York era una meraviglia, in autunno. Le foglie degli alberi sui prati, tutto si tingeva di rosso. Quel pomeriggio di ottobre faceva caldo, la mamma portava un giubbino di jeans sopra una camicia gialla. Mangiarono il pane speziato con la marmellata e bevvero una bibita dolcissima, che sua madre comprava in un supermercato vicino casa. Sapeva di mirtilli, di fragole. Era tutta rossa, anche lei.

«Rimarremo qui per sempre, vero?»

«Be', viaggeremo anche.»

«Perché?»

«C'è tutto il mondo da vedere. Non hai voglia di vedere posti bellissimi?»

«Io non voglio andarmene.»

«Ma no, tesoro. Non ce ne andiamo.»

«Il babbo ha detto ieri che dobbiamo partire per l'Europa. Io non voglio partire.»

«Nina, lo sai che il babbo deve spostarsi, per lavoro, non vogliamo mica farlo andare da solo. No?»

«Ma io non me ne voglio andare.»

«Tesoro, ti prometto che se dovessimo partire, e stare un po' di tempo lontano da qui, non sarà mai per sempre. Torneremo a casa.»

«Giura.»

«Giuro.»

Partirono, ma non ritornarono mai, davvero. Soltanto qualche volta in vacanza, a Natale.

Nina si era abituata a congelare gli inverni dentro case di passaggio, belle, grandi, a volte anche ricche. Ma di passaggio. Si era abituata a non avere radici, a non volerle mettere, per proteggersi dagli addii, dagli abbandoni.

Erano sempre state insieme, loro due. Erano sempre state sole. Nina non aveva conservato niente degli anni del suo girovagare. Nessuna amica con cui scriversi, nessuna a cui telefonare.

E adesso si sentiva così. Sola, senza nessuno. Tranne sua madre.

Quando la sentì entrare in casa rimase stretta al cuscino. Stesa su un lato, nel letto della sua stanza.

Lei si affacciò alla camera e la salutò.

«Oi... ancora così... come stai? Non ti sei mossa da lì?»

Nina si girò lentamente, senza lasciare il cuscino. Aveva gli occhi un po' gonfi, era pallida.

«Come ti senti, amore mio?»

«...»

«Ti preparo una camomilla?»

«No...»

«Hai la febbre?»

Si sedette, e le accarezzò il viso. Poi posò le labbra sulla fronte.

«Hai preso una pastiglia? Hai la testa che scotta.»

«No, ma'... non ho niente.»

Com'è difficile, usare le parole. Dare una forma alle cose pensate. Sfuggono, scivolano via come le anguille in un acquario. Come sarebbe meglio nascondersi, e attendere che tutto succeda.

Adesso lo sapeva, era incinta. Le linee rosse sul piccolo quadrante del dispositivo erano una sentenza irrevocabile.

Se ne stava così, raggomitolata nel letto, senza forze, senza le parole per dirlo.

Avrebbe potuto almeno chiamare Cristina, parlarne con lei, sfogarsi, farsi consigliare qualcosa, qualsiasi cosa. Ma poi ci aveva ripensato, non voleva che altri sapessero. Nessuno doveva sapere.

Sua madre rientrò nella camera con una tazza fumante e un termometro.

«Mettiti questo, e bevi la camomilla.»

«...»

«Devi tenerlo cinque minuti.»

«Lo so, ma'.»

«Lo so che lo sai, ma quando eri piccola sbuffavi sempre e mi chiedevi: quanto devo tenerlo?»

«Non sono più... piccola.»

«La verità è che sei sempre stata insofferente, al termometro, alla febbre e a tutto il resto. Invece di godertela.»

«Godermela? E cosa dovrei godermi?»

«Massì, anche la febbre, approfittane. Mettiti sotto le coperte, leggi un libro, ascolta un po' di musica. Lasciati un po' coccolare dalla tua vecchia madre, no?»

Non riuscì a dire altro, neanche a sorridere. Sua madre era tutt'altro che vecchia, ovviamente, era una donna ancora molto bella, e giovane. Ma il suo sguardo sembrava parlare soltanto delle cose perdute. Chissà quante volte si era pentita, di quella scelta di ragazza, avere una famiglia e rinunciare a tutto il resto. Chissà che fine avevano fatto i suoi sogni.

Adesso la guardava, e sentiva che stava per scoppiare a piangere, ancora una volta.

«Nina...»

«...»

«Tesoro, si può sapere che ti prende?»

«Niente ma', non c'è niente...»

«Non sarà mica per quel ragazzo che hai conosciuto al mare?»

«Chi?»

«Ma tu pensi davvero che tua madre sia una stupida. Pensi davvero che non mi sia accorta di nulla?»

«Di cosa ti sei accorta?»

«Tesoro, ti sei presa una cotta. Ecco quello che è successo. E allora? Dov'è il problema?»

«...»

«Okay, diciamo che tu ti sei presa una cotta, e lui no. Nina... dove sta il problema? Il mondo è pieno di splendide ragazze che si innamorano di uno stronzo.»

«Mamma!»

«È uno stronzo, oppure no?»

«Non è come pensi...»

«Ah no? E allora com'è?»

Com'è difficile. Usare le parole. Farle uscire dalla bocca, vocale per vocale, consonante per consonante. Nina non ce la faceva, a parlare. Non ce l'avrebbe mai fatta a dirglielo.

«Adesso vorrei dormire, mi lasci stare tranquilla?»

La mamma la guardò, e sorrise. Le diede un bacio sulla fronte e si alzò.

«Okay. Ti lascio tranquilla. Dammi il termometro. Sono passati sette minuti.»

Nina infilò la mano nella felpa e tolse il termometro. Poi glielo passò. Aveva trentotto e mezzo.

«Mettiti sotto le coperte e bevi la camomilla. Ti lascio tranquilla.»

E uscì dalla stanza.

Per quanti anni avrebbe ricordato quei giorni. Per quanto tempo avrebbe fatto i conti con il giudizio, la frustrazione, la vergogna. Dentro quel patto di sangue, con il suo corpo, con la sua carne, c'era una promessa disperata. Che non avrebbe mai mantenuto.

Disse tutto a sua madre, una settimana dopo quel pomeriggio. Lupo non l'aveva più chiamata.

Non l'avrebbe più chiamata. Non avrebbe mai saputo nulla di quella storia, della sua vergogna, del dolore, e di quel figlio mai nato.

Tutte le immagini di quei giorni si impastarono in un flusso di pensieri torbidi, come un fiume mugghiante, nella testa. Le parole per dirlo, la fatica di usare ogni vocale, ogni consonante. Gli occhi smarriti di sua madre, e il sorriso addolorato che l'avrebbe protetta, e il suo abbraccio, che l'avrebbe soccorsa. Avrebbe ricordato le carezze sulla sua testa, le dita, delicate, che accompagnavano i capelli lisci, lunghi fino alle spalle. E le lacrime, le domande ripetute in silenzio, da sola, nella sua stanza. Le risposte mai avute.

Per quanti anni avrebbe rivisto quella luce, uguale a tante altre, nella camera dell'ambulatorio.

Il torpore. Il senso di vuoto. La rabbia. La rabbia, sì, per non essere riuscita a urlare, l'assenza, e il perdono, che sarebbe venuto molto più tardi, per quella voce senza suono, quella sua bocca senza voce, per quella bambina incapace di opporsi.

Si sarebbe interrogata per sempre su cosa significhi essere vittima, e su cosa essere colpevole. Mille volte avrebbe provato a ripetere quei gesti, ogni singolo movimento, e a reagire. Maledizione, a reagire. Avrebbe provato a cancellare quel viso, sopra di lei, gli occhi fissi, incapaci di vedere. Incapaci di vederla. Quegli occhi colpevoli, maledizione.

E avrebbe pagato tutto, negli anni che sarebbero venuti. Il conto di quei giorni, il giudizio, il dolore, la vergogna.

Avrebbe punito se stessa, fino a farsi male. Fino a perdersi in un nuovo castigo. Nel rituale assurdo, di rapporti che avrebbero rinnovato la punizione. Cercando, inseguendo, lo stesso dolore, lo stesso silenzioso martirio del corpo.

Di quei giorni rimasero gli occhi di sua madre, la forza serena, il suo dolore. Rimasero tutte le cicatrici di una vita che non sarebbe più stata la stessa. E il suo nome.

Avrebbe smesso di essere Nina. Per tornare a essere il nome stampato sui documenti e scandito, sillaba dopo sillaba, da un'infermiera distratta sotto la luce livida di un neon.

Al banco dell'accettazione, di quell'ospedale.

Non si sarebbe chiamata più Nina. Mai più.

Sarebbe rimasta, per sempre, Anna.

Castiglioni, Anna.

Si abbracciarono per tutta la notte. Disperatamente, come succede agli amanti, prima di salutarsi per sempre. Perché è questo che forse pensarono entrambi, senza confessarlo.

Per la prima volta, nella loro vita, anche solo per poche ore, si erano abbandonati, innamorandosi. L'uno dell'altra, senza riserve. Ma nessuno dei due sarebbe riuscito a sopportare il peso di quella bellezza, c'era troppa luce, improvvisamente, nei loro mondi bui.

Dopo la visita al museo erano stati a cena in un bistrot, poi avevano preso un treno per il Marais, erano saliti a casa di Stefano e ci erano rimasti fino al mattino.

Stefano poi aveva accompagnato Anna in albergo e atteso nella hall, fino al momento in cui era scesa nuovamente, con la valigia. E avevano preso un taxi per Charles de Gaulle. Erano da poco passate le sei.

Si erano tenuti la mano per tutto il viaggio, senza parlare.

Gliel'aveva tenuta stretta fino al momento in cui avevano dovuto separarsi, ai controlli.

L'aveva vista sparire su un tapis roulant proprio mentre il sole, dietro le vetrate, insanguinava l'orizzonte.

«Non lo so se mi è mai successo, tutto questo.»

«...»

«Anzi no, lo so. Non mi è mai successo.»

«Cosa... spiegami.»

«Non c'è molto da spiegare. È come se... sì insomma, credo... di essermi innamorata. Piuttosto innamorata, sì. E, per la prima volta, sono capace di dirlo.»

«...»

«Non reagire con tutto questo entusiasmo, eh...»

«Scema.»

Stefano scoppiò a ridere, e scostò la testa dal petto di lei. Poi la guardò, nel buio.

«Neanche a me è mai successo, credo... però tu parti avvantaggiata.»

«Perché?»

«Be', io ho vent'anni di meno da ricordare. Sicuramente avrò avuto altre storie meravigliose, prima dell'incidente. Magari, chissà, tu non entri neanche in classifica, nelle prime tre.»

«Vaffanculo.»

Sorrise, tirando su col naso, mentre, rientrava a Parigi. E sorrise anche lei, probabilmente. Mentre l'aereo decollava per New York, in una giornata di sole. Avevano soltanto quel cielo, adesso. Lo guardarono nello stesso istante, muovendosi in direzione contraria, stretti in un sentimento denso, senza nome.

Quello che c'era stato, e che li aveva travolti, quella sensazione dell'appartenersi, di un desiderio primario, mai vissuto. Era tutto vero? O era soltanto l'illusione ottica di un tempo perfetto? Il miraggio dell'acqua, nel deserto.

Avevano da mettere in ordine due vite, e forse non sarebbero stati capaci di farlo. Lo spazio davanti sembrava troppo stretto. E adesso ripensavano, viaggiando in direzione contraria, nello stesso istante, a quelle ore, ai gesti, alle mani. Al silenzio, alla pelle, alla voce, alle labbra.

Fino a rendersi conto che è l'alba.

Quando rientrò in casa erano le dieci. Pris era seduta sul divano, con aria di rimprovero.

Chi era quella tizia che si era presa tutte le attenzioni, che per contratto erano dovute a lei? Stefano la accarezzò, e la gatta fece le fusa, poi tornò in camera e si stese sul letto. Cercò l'odore, sul cuscino, sulle lenzuola. Guardò verso il cielo, ritagliato sul tetto spiovente, e chiuse gli occhi, non li aveva chiusi per tutta la notte. E si addormentò.

Il resto della giornata trascorse in quel torpore denso, in un galleggiamento primaverile. Bisognava organizzare la partenza per l'Italia, sistemare alcune faccende con l'università. Ma soprattutto c'era da smaltire la sbornia, quel peso che gravava sulla testa, la vertigine negli occhi stanchi.

Stefano prese la valigia da un ripostiglio sopra la porta del bagno, e la sistemò sul tavolo del soggiorno, poi si sedette e rimase così, per un po'. La gatta lo guardò allarmata, sapeva esattamente cosa significava, quella valigia.

Due giorni dopo era in viaggio per Roma.

Atterrò a Fiumicino nel pomeriggio inoltrato, prese un taxi e si diresse all'albergo che aveva prenotato, a due passi da piazza di Spagna. Lungo la strada vide Roma dal finestrino, nella sua luce migliore, con le ombre che tagliavano le facciate dei palazzi, e la gente che attraversava, in un brulicare attutito, i ponti, le strade, le piazze.

Il bed and breakfast si trovava all'ultimo piano di un palazzo in via del Babbuino. C'era una vista spettacolare, Trinità dei Monti e dalla parte opposta piazza del Popolo con le scale ripide che portavano a Villa Borghese. Gli parve che le cose del mondo, in quel momento, si mettessero in equilibrio. Sul balcone di fronte splendevano i gerani.

Aprì la valigia e prese il nécessaire, si lavò i denti e uscì subito dopo. Andò a cena in un ristorante, poco distante da lì. Aveva saltato il pranzo e moriva dalla fame.

Prese un tavolo all'aperto, soffiava un vento leggero, si stava bene. Ordinò un calice di vino rosso e lo sorseggiò lentamente, in attesa degli spaghetti, mentre faceva scorrere i messaggi sul suo smartphone. Si fermò su quelli di Anna. Se ne erano scambiati molti in quei giorni. Li rilesse, avvertì una piccola stretta allo stomaco, quella sensazione che doveva aver provato, sicuramente, da qualche parte, quando era ragazzo. Poi il cameriere si accostò al tavolo annunciando il piatto.

«Spaghetti alla carbonara gourmet. Se vuole può aggiungere ancora un po' di pecorino e di pepe. Ma queste sono le dosi che consiglia lo chef.»

«Grazie.»

Gli mise davanti un piatto con al centro un nido di pasta su cui giaceva una sfoglia di guanciale croccante. Non mangiava una carbonara da chissà quanto tempo, ed era rimasto affezionato alle porzioni generose delle trattorie di Trastevere. Ma quando mise in bocca la prima forchettata gli sembrò una festa, nel palato. Chiuse gli occhi, istintivamente, come gli aveva sempre detto di fare Zeno, per gustare meglio ogni pietanza. Quando li riaprì si accorse che un'anziana signora, seduta al tavolo di fronte, lo stava guardando e sorrideva. Sorrise anche lui, e si scambiarono un cenno di intesa.

Lo chef si affacciò al tavolo e gli chiese se la pasta fosse di suo gradimento. Era un ragazzo sui trent'anni, con lo sguardo vivo, in un grembiule perfettamente candido. Stefano rispose che la trovava buonissima, probabilmente era la migliore carbonara che avesse mai mangiato.

«Grazie, sono molto felice.»

«Dico davvero.»

«Il segreto sta nella coagulazione dell'uovo.»

«Cioè?»

«Bisogna cuocere l'uovo a sessantacinque gradi, che è la temperatura di coagulazione delle proteine, l'ovotransferrina dell'albume comincia a sessantadue gradi e diventa un solido morbido a sessantacinque. A quella temperatura il tuorlo comincia a inspessire, ma non bisogna mai superare i settanta, se non vogliamo che diventi troppo solido.»

«Devo dire che non avevo mai considerato la cosa da questa prospettiva...»

Dopo cena fece una passeggiata in centro. Piazza Navona all'imbrunire gli sembrò ancora più bella, la folla dei turisti si andava diradando e la luce incerta sembrava sospendere le figure dei passanti, in un galleggiamento metafisico, nell'ovale della piazza. Scattò una foto per mandarla ad Anna, e le scrisse che gli mancava, e sarebbe stato bello essere insieme, a passeggiare per Roma. Ma poi si fermò e cancellò tutto. Gli sembrava tutto troppo stucchevole, quelle parole scritte d'impulso, quei toni adolescenziali. Così inviò la foto, senza messaggio.

La risposta arrivò dopo qualche minuto, una faccia sorridente e poche parole: *manchi, sarebbe bello essere lì, con te, questa sera.* Sorrise, e si sentì sciocco, doppiamente.

Vagò ancora qualche minuto, nella piazza, e rimase a guardare un artista che stava terminando il ritratto di una turista tedesca, restando stupito, come gli accadeva ogni volta, dalla capacità di leggere i volti, e cogliere le espressioni in così poco tempo. Poi si avviò per una stradina che tagliava la piazza e continuò a passeggiare.

Si ritrovò poco dopo davanti alla chiesa di San Luigi dei Francesi. Era aperta, eccezionalmente per quell'ora.

Da poco era appena terminata una funzione e la gente defluiva lentamente all'esterno. Stefano si infilò nel flusso, ed entrò, attraversando la navata centrale, nel tripudio dorato dell'architettura barocca. Si diresse verso l'ultima cappella della navata di sinistra, mise una moneta nella macchinetta e poco dopo, con un piccolo suono metallico, si accesero le luci.

Non assisteva a quello spettacolo da molti anni, anche se ogni volta che passava da Roma si riprometteva di tornarci. Le opere di Caravaggio sembrarono emergere dall'oscurità, come una cosa viva. La pala centrale raffigurava *San Matteo e l'Angelo*, quella di destra il *Martirio di san Matteo*. Ma la sua preferita era quella di sinistra: *La Vocazione di san Matteo*.

A Stefano era sempre parso un fenomeno quasi soprannaturale, quella capacità di rappresentare la luce. Nella fitta penombra della scena, sulla parte sinistra della tela, un gruppo di personaggi si affollano, in abiti cinquecenteschi. Sulla destra, Gesù e Pietro indicano uno degli uomini. Dall'alto penetra un fascio di luce che taglia la parete, gli oggetti, i volti delle persone, svelandone lo stupore. Matteo sembra proprio domandarsi se quel gesto, e quella voce, che ci pare di sentire, stiano chiamando proprio lui. È il momento della rivelazione, la conversione immediata, la vocazione, appunto, verso una vita nuova.

La luce si spense, con l'identico rumore di ingranaggio, e Stefano mise un'altra moneta. Restò ancora un po', a guardare, dinanzi alla cappella.

Si era sempre chiesto come avesse fatto, Caravaggio, a fondere tutto insieme, trasferire il senso immanente della divinità in un contesto che nulla sembrava avere di sacro. Chissà se si trattava di una scelta precisa, o se invece era la conseguenza naturale di un modo, tutto personale, di vedere le cose. Le vite dei personaggi di Michelangelo Merisi erano sempre divise, tra la luce e il buio, come gli eventi molteplici della sua, contrastata, esistenza. Come la sua vita, tra la bellezza e i bassifondi del mondo.

Uscì dalla chiesa e continuò a passeggiare ancora un po', poi tornò in albergo. Quando salì in camera prese l'agenda, e andò in terrazza. Si era appuntato le cose da fare in quei due giorni, e ripassò le tappe e i percorsi. Poi andò a dormire.

La mattina dopo, appena sveglio, prese nota dei sogni di quella notte. Barbara gli aveva consigliato di tenere un diario del sonno, nei giorni della trasferta romana e in Puglia, così come aveva fatto in passato, altre volte. Aveva sognato Parigi, all'alba, e lui che cammina, nella città deserta.

Poi fece una doccia, si rasò, fece colazione e uscì. Noleggiò un'auto e cominciò il suo giro.

Mise in moto e accese la radio, mandavano un pezzo dei Guns, *Paradise City*, abbassò il finestrino e partì.

Conosceva l'indirizzo, ma non ci era mai tornato, dopo l'incidente, né in automobile né con ogni altro mezzo. Percorse viale Tiziano, poi corso Francia e si infilò sulla Cassia Nuova, seguendo le istruzioni del navigatore. Era diretto molto più avanti, lungo il tracciato della vecchia consolare che anticamente collegava Roma con l'Etruria.

Non riconobbe il percorso, magari non era quello che era solito fare da ragazzo, con lo scooter.

Dopo una ventina di chilometri piegò per una stradina di campagna, la città era sparita. Mentre procedeva sulla strada dissestata, cominciò a sentire una pressione nel petto, il respiro si era fatto più corto. Dopo circa un quarto d'ora arrivò a destinazione.

Quella che un tempo era stata l'abitazione della sua famiglia, adesso non era altro che un cancello sgangherato e un muro di recinzione. Non gli dicevano nulla.

Parcheggiò in un piccolo slargo, tra gli alberi, e uscì dall'automobile. Arrotolò le maniche della camicia, c'era caldo, l'estate era in anticipo. Nessun rumore intorno, se non il frinire delle cicale e il suono attutito delle automobili in lontananza. Era di fronte al cancello, la casa non c'era più.

Accostò il viso alle inferriate e guardò in fondo al viale, il sentiero era infestato dalla vegetazione spontanea, intorno a lui un senso di movimento segreto, sfuggente. Sentì la tensione crescere. C'era uno steccato che delimitava un'area di terreno, ma non riusciva a vedere altro, da lì. Provò ad aprire, ma il cancello era chiuso a chiave. Allora decise di scavalcare, si arrampicò sul muretto di cinta e da lì sulle inferriate, fece passare prima una gamba e poi l'altra e si lasciò cadere sul tappeto di erba selvatica.

I battiti in gola e un rivolo di sudore lungo la schiena.

Arrivò alla fine del sentiero, dove erano sistemati dei distanziatori di metallo con le strisce bianche e rosse. Al di là, un cratere profondo alcuni metri, pieno di detriti. La gramigna che li aveva invasi formava una sagoma misteriosa, come la carcassa di un veliero affondato.

All'improvviso due cornacchie si alzarono in volo, gracchiando, e Stefano fece un salto indietro. Poi tutto tornò quieto.

Rimase a guardare. Cercò, nel perimetro dello scavo, qualcosa che lo riportasse a un ricordo qualsiasi. All'orizzonte, le chiome degli alberi rilucevano nella luce gloriosa della primavera.

Aggirò il cratere, e arrivò in quello che un tempo era stato il retro dell'abitazione. Da una piazzola si ramificavano piccoli sentieri di mattoni rossi, quello al centro si allungava in un filare di rampicanti rinsecchiti e terminava in una piccola area circolare. Al centro c'era un pozzo.

Si avvicinò e si sporse all'interno, cautamente. Poi prese un sasso e lo lasciò cadere, sentì il rumore smorzato della superficie asciutta, doveva essere profondo sei, sette metri. Niente acqua, quindi, in fondo al pozzo, nessun segnale nella memoria.

Si sedette per terra e appoggiò le spalle alla parete di mattoni, strofinò gli occhi e li chiuse. I lampi di luce dei fosfeni disegnarono traiettorie colorate, poi l'inganno della retina terminò e rimase soltanto il buio. E i piccoli suoni, intorno.

Provò a concentrarsi sul silenzio naturale, provando a individuare la fonte di ogni fruscio. Aveva imparato a farlo negli anni vissuti in Puglia, alla masseria, e prima ancora, inconsapevolmente, nelle settimane del risveglio. Si concentrò attentamente, ma nessuno di quei suoni si connetteva a un'emozione, a un ricordo.

«Tanto lo sapevo...»

Aprì gli occhi. L'erba alta, da quella posizione, era un mare di schiume verdi e gialle, mosso dal vento. Strappò una spiga di grano e la mise in bocca.

Per un istante sentì qualcosa, la terra muoversi e la vista annebbiarsi. Perse l'equilibrio, da seduto, come se fosse su un'altalena. Si tenne con le mani, radicando le dita al terreno. Poi, lentamente, quella sensazione svanì e tutto tornò normale. Il cuore continuava a battergli sul collo, velocemente.

«Cosa diavolo è successo...»

Non era accaduto nulla, si disse, niente di fisico insomma. Nessuna scossa, nessun movimento di terra. Era stato uno sbandamento, uno svarione dei sensi, forse un calo di pressione. Forse era stata l'ansia.

«La spiga...»

Quel gesto istintivo, di strapparla e metterla in bocca, somigliava a un gesto che gli era familiare. Forse qualcosa, nelle profondità inesplorabili della sua coscienza, gli stava mandando un segnale. Continuò a dirselo, ad alta voce, provò a essere più preciso, razionale.

«Mettiamo che sia stata proprio la spiga... che vuol dire? È una cosa che facevo da bambino? Mettere una spiga tra i denti? Starmene seduto qui, con le spalle sulla parete del pozzo...»

Quella sensazione di vuoto improvviso. Quel crepitio istantaneo. Provò a ricordare se qualcosa del genere gli fosse capitato altre volte, e in effetti sì, non era una sensazione del tutto nuova. Subito dopo il risveglio dal coma, durante i mesi della riabilitazione, aveva spesso sofferto di vertigini, di attacchi di panico. Più tardi gli era successo ancora, ma sempre più di rado.

Non riusciva a trovare una connessione. Il suo inconscio, la memoria remota del corpo, aveva risposto probabilmente a un'azione meccanica. Come succede, per i muscoli involontari. Ma non conosceva la causa, di quel movimento, non sapeva quale fosse l'innesco.

Si alzò e la testa gli girò ancora, per qualche secondo. Diede ancora un'occhiata intorno. Non riconobbe nulla, niente che richiamasse un gesto, un'immagine, un dettaglio.

Per un attimo gli parve di sentire l'odore del mare. Ma non poteva essere così. Ritornò sul viale. Scavalcò e rientrò in auto, guardò un'ultima volta verso il cancello, e ripartì.

Aveva studiato al Giulio Cesare, tra l'ottantaquattro e l'ottantanove.

Non sapeva altro, non aveva avuto quasi nessun contatto, dopo l'incidente, con gli ex compagni di scuola, né era a conoscenza di quali fossero stati i suoi professori. Zeno aveva cancellato tutte le tracce. Lo aveva portato via da Roma per farlo rinascere altrove, l'unico modo per limitare la sofferenza sarebbe stato eliminare ogni indizio della vita passata. Aveva preso questa decisione dopo che, nei mesi della riabilitazione, il nipote non aveva mostrato il minimo segno di reminescenza, e in particolare dopo che l'unica visita concessa a un ex compagno di classe, mentre era ancora in ospedale, aveva generato in Stefano una reazione imprevista e allarmante. Non solo non aveva riconosciuto l'amico, come era abbastanza prevedibile, ma era rimasto profondamente turbato. E così il suo stato di salute era peggiorato sensibilmente nei giorni successivi. Aveva smesso di fare progressi cognitivi, si era rifiutato di fare esercizi per quasi una settimana, restando in silenzio nella camera dell'istituto, come in preda a un oblio, una sospensione della ragione.

Zeno era giunto a una conclusione: se provare a ricordare genera solo dolore e frustrazione, meglio cancellare per sempre le poche tracce rimaste. E così erano spariti i pochi oggetti superstiti nell'incendio, un'agenda con i numeri di telefono, lo scooter. Ed era sparito il suo cognome. Stefano avrebbe portato infatti quello di Zeno, da lì in poi.

Era stata una decisione drastica, brutale per certi aspetti, ma forse inevitabile. Ne avrebbero parlato a lungo, in seguito. E alla fine Stefano sarebbe giunto alla conclusione che quella decisione aveva avuto un senso, in fondo era stata efficace. Forse era l'unica scelta possibile.

Arrivò davanti al liceo nella tarda mattinata.

Un ampio porticato divideva il cortile interno dalla strada, lo stile razionalista in voga negli anni della costruzione era perfettamente leggibile nel rigore della facciata.

Tra i pilastri, le cancellate di ferro, e davanti al giardino la statua bruna di Giulio Cesare.

Allo squillare della campanella un fiume di ragazzi si riversò fuori, l'anno scolastico stava per terminare, lo si leggeva nelle facce, nelle voci, nei corpi, nelle risate libere e ormonali.

Stefano, in quel via vai, provò a immaginare se stesso, trent'anni prima, al posto di uno qualsiasi di quei ragazzi. Provò a figurarsi una giornata normale, di fine anno, lo zaino in spalla, il motorino legato con la catena, i compagni di classe, le ragazze. Ma non vedeva le facce. Non riusciva a vedere la sua faccia.

Quando la folla si fu diradata attraversò il portico ed entrò. Si aggirò un po' spaesato, per i corridoi, fino a quando una donna, probabilmente una professoressa, gli chiese se avesse bisogno di qualcosa.

«No... scusi... sto andando via.»

«Posso esserle utile?»

«Grazie... ero... ero solo venuto a rivedere il... il mio liceo. Dopo tanti anni.»

«Ah...»

«Era soltanto... una curiosità.»

La donna sorrise.

«Lo fanno in tanti, sa?»

«Cosa?»

«Tornare qui, al Giulio Cesare, sul luogo del delitto.»

Aveva un bel viso, gli occhi intelligenti, ironici. Doveva avere pressappoco la sua età.

«Davvero?»

«Be', sì, molti hanno la curiosità di rivedere la propria scuola, come lei, il posto dove sono cresciuti. Anche io ho studiato qui, e quando ci sono venuta a insegnare è stato strano.»

Stefano avvertì un leggero disagio. Il senso vago di una premonizione.

«Il primo giorno fu un'esperienza... forte.»

«Sì... certo.»

«E come le sembra adesso, il suo liceo?»

Già. Come gli sembrava adesso, il suo liceo? Cosa avrebbe potuto raccontare, a quella donna?

«Diverso...»

La donna sorrise ancora, scambiarono ancora qualche parola, poi Stefano la ringraziò, si salutarono, e andò via. Stava sudando, voleva solo uscire da lì. Ma prima che si allontanasse la donna lo chiamò, di nuovo.

«Scusi... mi scusi...»

«Sì...»

«Non vorrei sembrarle invadente...»

«Ma no... prego.»

«Mi tolga una curiosità. Lei è per caso Stefano Sartor?»

Sentì una corrente gelata lungo la schiena.

«Sì... ci conosciamo?»

«Non esattamente.»

«...»

«O meglio io conosco lei, ma temo che lei non conosca me. Mi chiamo Rosalba Ricci, insegno filosofia qui al Giulio Cesare...»

«...»

«Quando poco fa stavamo parlando, mi sono chiesta dove l'avessi già vista.»

«...»

«E poi mi sono ricordata.»

«Cosa?»

«...del risvolto di copertina, della sua foto. Ho letto il suo ultimo libro...»

«Ah...»

«e... non so come dire... l'ho trovato straordinario. Illuminante.»

«Grazie, è molto gentile.»

«Volevo dirglielo. Solo questo.»

«Grazie ancora. È stato un piacere.»

«Lo è stato per me.»

Si strinsero la mano e Stefano andò via.

Raggiunse velocemente l'auto parcheggiata un paio di isolati più in là ed entrò. Aveva il fiato corto, ancora una volta. Si era sentito come inseguito, braccato da qualcuno. Non era scattato nulla nella sua testa, dentro quell'edificio, se non quella sensazione di disagio, sempre più forte.

E poi la paura, paradossale, di essere riconosciuto, da una sconosciuta.

Era inseguito dalla sua stessa ombra.

Restò in auto, fermo, per qualche minuto. Poi mise in moto e ripartì.

Quella notte non dormì, si svegliò molto presto e non riuscì a riprendere sonno.

La mattina seguente decise che avrebbe anticipato la partenza per la Puglia. Non c'era nulla da cercare, niente da ritrovare. Roma era una città straniera, non era più sua.

Il treno per Brindisi partì in perfetto orario dalla stazione Termini. La pioggia batteva sui finestrini, senza fare rumore, le sagome dei palazzi si confondevano, in quel mondo liquido, e poi sparivano.

Nello scompartimento non c'era quasi nessuno, una coppia di signori anziani in fondo alla carrozza, chiacchieravano vivacemente. Sembravano eccitati per la partenza, come due ragazzini, la donna leggeva l'articolo di un giornale, e commentavano insieme, tenendosi la mano.

Stefano prese un libro dalla borsa, selezionò una playlist, infilò gli auricolari e fece partire un brano: il *Concerto numero cinque per pianoforte, K622*, di Johann Sebastian Bach.

Chiuse gli occhi, inspirò profondamente ed espirò. Pensò ad Anna. Si lasciò cullare dal pianoforte e dalle oscillazioni regolari della vettura, era stanco. Sarebbe stato bello addormentarsi, e risvegliarsi all'arrivo, ma sapeva di non esserne capace. C'era sempre quel brulicare indistinto di voci, un rumore di macchine nella sua testa.

Rimase con gli occhi chiusi, per un po'. Poi una voce cortese richiamò la sua attenzione.

«Signore... il biglietto, prego.»

«Sì... scusi...»

Il controllore aveva una barba lunga e curata, la voce profonda.

«Ecco.»

L'uomo passò il lettore ottico sullo schermo del cellulare, ringraziò e gli augurò buon viaggio.

Stefano aprì il libro che aveva con sé, tolse il segnalibro e cominciò a leggere.

Alla stazione di Caserta entrarono un paio di persone, una donna che parlava al telefono a voce alta con accento straniero e una ragazza più giovane che prese posto di fronte a lui. Sistemò il trolley sul portabagagli, e si sedette. Tirò fuori un notebook dalla custodia e un paio di cuffie wireless, poi si concentrò sul lavoro.

Stefano la osservò. I capelli tirati all'indietro e tenuti insieme da un elastico, le piccole rughe di espressione tra le sopracciglia, che si attivavano nella lettura, il naso sottile e allungato sul quale di tanto in tanto le dita della mano destra sfregavano la pelle chiara e secca.

Si chiedeva sempre che vita avessero le persone che incrociava per caso, era un pensiero ricorrente, che arredava lo spazio della sua immaginazione. Vedeva le loro giornate, le abitudini elementari, a volte provava a entrare per qualche istante nelle loro case, in un camuffamento delle esistenze che gli metteva quiete. C'erano milioni di vite, così diverse dalla sua, e in ciascuna la percezione vaga di un confine. In quei momenti osservava il mondo da un'altra direzione, invertendo lo sguardo, e intercettava se stesso, visto da fuori, seduto su una poltrona, intento a leggere qualcosa, con la sua vita, le sue mani, i suoi occhiali. Questo gli dava quiete, sì. Nell'equilibrio del mondo, era una cosa piccola, in mezzo ad altre milioni di cose.

Alla stazione di Brindisi c'era Florient ad attenderlo, come un anno prima. Si abbracciarono e il ragazzo insistette per portargli il bagaglio fino all'automobile, un vecchio fuoristrada con le fiancate completamente infangate. Chiacchierarono, uscendo dal traffico cittadino, e si avviarono sulla statale del mare.

C'era un tramonto magnifico, e il sole, dietro le colline, segnava una linea di fuoco. Florient lo aggiornò sulle semine, i raccolti, e sullo stato di avanzamento della conversione dell'azienda agricola alla produzione biologica. Era stata una decisione di Zeno, presa già da un paio d'anni. Ma il protocollo e le procedure erano piuttosto complesse.

«Comunque ci siamo, a settembre dovremmo avere la certificazione.»

«Bene...»

A settembre l'azienda avrebbe avuto un altro proprietario. Aveva accennato la cosa a Florient e a sua madre, ma non conosceva ancora i dettagli.

Giunsero in masseria che il sole era definitivamente tramontato, una coppia di cani pastori arrivarono abbaiando e scodinzolando. Erano fratello e sorella, avevano il pelo nero e lucente.

«Hera! Stai buona.»

Florient li aveva regalati a Zeno, un paio di anni prima, e i nomi li aveva scelti proprio lui, pescandoli nella mitologia greca, tanto amata: Hera e Zeus. Il maschio era gigantesco, quando abbaiava emetteva un suono profondo, gutturale. Mentre correva faceva un rumore selvatico, muscolare, con il manto luminoso che ondeggiava come le chiome di un bosco fitto, visto dall'alto.

«Zeus... vieni qui...»

Il cane si avvicinò a Stefano, con un po' di diffidenza, ma poi si lasciò accarezzare. Anche la femmina lo riconobbe, gli diede piccoli colpi di muso sulle mani, gelosa del fratello.

«Sono diventati enormi.»

«Belli vero?»

«Bellissimi.»

Entrarono in casa e Florient posò la valigia in cucina. Sua madre li aspettava per cena, sarebbe tornato a prenderlo appena pronto.

«Vado a fare una commissione. Fai le tue cose con calma, non abbiamo fretta.»

«Grazie Florient, a dopo.»

Gli piaceva quel ragazzo, che aveva conosciuto bambino. Era intelligente, curioso, pieno di energia. Zeno si era molto affezionato a lui e a sua madre, di fatto, negli anni erano diventati la sua famiglia, specialmente da quando Stefano tornava in Puglia sempre più di rado. Florient si era laureato in agraria e stava frequentando un dottorato in scienze agroambientali, ma da molti anni, sin da quando era poco più che un ragazzino, aveva aiutato Zeno nella conduzione dell'azienda, imparando a stare sui campi, a seguire le semine e i raccolti, la produzione dell'olio e dei prodotti caseari. Sua madre si era sempre occupata della casa, invece, trascorrendo nella masseria buona parte della giornata, ma rientrando, ogni sera, nella sua abitazione.

Stefano portò la valigia nella camera da letto, sistemò gli indumenti nell'armadio e andò a fare una doccia. Nel tragitto attraversò, come di consueto, la biblioteca. Accese la luce sulla poltrona dove era solito fermarsi suo nonno. Sul tavolino, accanto al lume, c'era una piccola pila di libri, nell'identica posizione in cui li aveva lasciati, e una penna con cui Zeno usava appuntare alcune note, a margine delle pagine. Si sedette, affondando nella vecchia poltrona rivestita di velluto, e cominciò a sfogliare i libri, usandoli con cautela, la stessa che si riserva alle piccole reliquie.

Il primo era *L'Anello di Re Salomone* di Konrad Lorenz, in un'edizione in brossura, color petrolio, glielo aveva regalato lui. Sulla pagina accanto al frontespizio, sotto una fotografia che ritrae lo studioso su un prato in compagnia di un'oca, c'era una dedica: *Quest'uomo, come te, parla con gli animali. Con l'affetto dei gatti, Stefano.* Tra le pagine del volume, disseminati, gli appunti di Zeno, fino a quell'ultima pagina sottolineata, che sembrava un epitaffio.

L'affetto dei gatti era un'espressione del lessico familiare, coniata proprio dal nonno. Una volta gli aveva raccontato il suo punto di vista su cani e gatti, e sulla maniera differente di comunicare il loro sentimento agli umani. Per i cani era più facile capirlo, scodinzolavano, facevano le feste, erano fedeli. I gatti sembravano sempre un mistero, ma solo per chi non aveva la voglia di fermarsi a osservarli.

«Per esempio Tigre, l'hai vista quando sono in poltrona a leggere?»

«Be'?»

«Be', lei, nonostante sia libera di andarsene dove le pare, ogni volta che vado a sedermi sulla poltrona mi raggiunge e si addormenta sul bracciolo, accanto a me. I gatti sono meno espansivi dei cani, il loro modo di manifestare l'affetto è però più intimo, silenzioso.»

Già, pensò Stefano, rileggendo la dedica. Gli venne in mente quella gatta tigrata con una cicatrice di battaglia che tagliava il muso, chiudendole parzialmente un occhio. Dopo la morte di Zeno era sparita nella campagna, e non era mai più tornata.

Gli altri libri sul tavolino erano i *Quaderni dal carcere* di

Antonio Gramsci e *Ossi di seppia* di Eugenio Montale. Quest'ultimo era stato letto e riletto, negli anni, pieno di spiegazzature e di segni. Lo sfogliò, e lesse ad alta voce, sussurrando, alcuni versi.

Spesso il male di vivere ho incontrato:
era il rivo strozzato che gorgoglia,
era l'incartocciarsi della foglia
riarsa, era il cavallo stramazzato

Poi si fermò. Rimase in ascolto di quel silenzio familiare. Nella terra di confine delle parole, tra la vita e la morte, tra le sue due vite, gli parve di somigliare profondamente a Zeno, che non aveva il suo stesso sangue, ma che era suo nonno. Chiuse il libro e lo ripose, delicatamente, insieme agli altri.

A cena le tensioni e i turbamenti dei giorni precedenti si diluirono nei flussi benefici della campagna. Mangiarono all'aperto, l'aria era tiepida, profumata, Maria era felice di quella visita. Era una bella signora, aveva pressappoco l'età di Stefano, ma lui l'aveva sempre considerata più adulta, curiosamente. Non si era mai sposata, né mai erano giunte, a Stefano, notizie di amanti, relazioni. Sembrava custodire un segreto, nei suoi lineamenti spigolosi, addolciti adesso dall'età. Portava quel segreto negli occhi.

«Non so come è venuto il tiramisù, al cavaliere piaceva moltissimo e ho pensato di farlo anche a te.»

Zeno era Cavaliere del Lavoro. E Maria era l'unica a chiamarlo così, cavaliere, non era mai riuscita a chiamarlo Zeno, come tutti gli altri.

«È delizioso.»

Ne prese una seconda porzione e poi bevve un bicchierino di limoncello. Restarono ancora un po' a chiacchierare, poi Stefano disse che forse era meglio andare a dormire, veniva da una notte insonne e doveva recuperare un po' di energie.

Florient lo accompagnò a casa e si fermò qualche minuto per prendere alcuni documenti dall'ufficio, in quelle che un tempo erano le stalle della masseria. Di fronte alle stalle c'era il garage, da cui spuntava il cofano fiammante della vecchia DS.

«L'ho portata qui ieri, ho pensato che magari ti fa piacere guidarla un po', così sei anche libero di muoverti tranquillamente.»

«Ah, grazie... si mette ancora in moto?»

«Si mette in moto? Quella macchina è un portento, è indistruttibile.»

Florient fece salire i due cani nel fuoristrada, e partì. Stefano restò in piedi, al centro dell'aia, mentre l'auto spariva nel buio.

Rimase ancora un po' lì, senza fare nulla. Ascoltando i grilli che frinivano, ininterrottamente. Poi rientrò in casa e salì nella sua camera, aprì la finestra che dava sul terrazzo e uscì.

L'aria si era rinfrescata, oltre la distesa ondulata degli ulivi si intuiva la linea del mare.

In quell'istante squillò il telefono.

«Pronto...»

«Come stai?»

«Anna... non mi compariva il nome...»

«Ti chiamo da casa, il cellulare è scarico.»

«Ah okay...»

«Come stai?»

«Bene... tu?»

«Mi manchi.»

«Anche tu.»

Parlarono, a lungo. A New York il sole non era ancora tramontato, l'High Line si snodava tra gli edifici, nei blocchi squadrati a sud di Chelsea.

Sul terrazzo di Stefano era buio, invece. In alto la volta celeste, e le stelle.

È difficile capire come vanno le cose, tra le persone. Nessuno riesce mai a dirlo, davvero.

Nessuno può prevedere dove cominci e dove finisca la corsa.

Quella di Anna e Stefano era cominciata in un albergo di Firenze, alcune settimane prima, e adesso correvano entrambi, in due posti lontanissimi.

Ma forse non era così.

Forse quella corsa era cominciata altrove, in un'altra parte del mondo.

In un'altra vita.

Anna posò il bicchiere sul davanzale.

L'High Line era un serpente di luce nell'oscurità. La grande finestra verniciata di bianco arrivava fino al pavimento, dove correvano le assi di rovere.

Si sedette per terra, strinse al petto le ginocchia. E cominciò a piangere.

Ci sono persone felici. Che si accompagnano dentro le case per tutta la vita.

Non ricordava di esserlo stata mai, felice. Non ce li aveva, i ricordi che tengono in vita, non sapeva dove fosse, quel mondo a cui aggrapparsi.

Era tutto lontano. Un brusio dei mondi, un rumore fitto, nella sua testa.

Ogni volta che credeva di amare si infilava in un vicolo cieco della coscienza, e incontrava la paura, di esserci, di vivere. Il dolore, le ferite imposte a se stessa, quello scasso del cuore. Le restava questo, ogni volta. Un dolore secco, una strada stretta senza uscita.

Forse non finisce, pensò. Forse non finirà mai. Non ci sarebbe stata un'altra vita.

Tutto sarebbe terminato in un silenzio di natura intorno, in un silenzio di casa vuota.

Era sola. Sarebbe rimasta, sola.

Quella notte gli raccontò tutto. Non poteva più tenerlo per sé.

Non poteva nascondere quel segreto in una stanza buia della memoria e far finta di niente, e convincersi che si può, far finta di niente. Gli aveva scritto una lettera, gliel'aveva letta.

E dopo c'era stato un silenzio, interminabile.

Un vuoto delle galassie. Una deflagrazione.

E lui, senza dire nulla, aveva riattaccato.

E tutto era finito. Quell'amore imprevisto, travolgente, senza difese.

Quel segreto aggrovigliato dentro di sé.

Ciao Stefano,

sapevo che non sarei stata capace di parlarti, senza queste parole scritte, davanti agli occhi.

Quello che ascolterai ti sembrerà folle, incredibile, ma forse un giorno capirai. Lo spero con tutto il mio cuore, che oggi è così diviso, lacerato.

Ti prego, non interrompermi, non sarà facile. Forse ti amo, forse non mi è mai successo, e questo è l'unico regalo che posso farti. Dirti la verità.

Sono giorni senza niente, tutto rimane così, sospeso. Non riesco a lavorare. Non riesco a concentrarmi. Ho sempre meno parole. Quelle che mi restano non coprono i pensieri. Si nascondono. Come certi animali, che si ritraggono all'improvviso in un cespuglio.

Le cose che sento non hanno un nome. Sono cose mute, nella mia testa.

La mia testa fa l'eco delle case vuote. Gli abitanti delle case vuote sono fantasmi. Puoi sentirli parlare, quando nessuno ascolta. I fantasmi parlano. E tu puoi sentirli.

E così le parole, nella mia testa. Sono fantasmi.

Riempio il blocco di appunti, esco, cammino, vado a correre, mi fermo in un caffè, in una libreria, guardo le vetrine. Faccio qualche foto, la cancello. Poi torno in studio, spengo le luci e guardo fuori. Sperando di trovare un'idea, di allontanarmi da quell'altra. Ma non ci riesco.

E allora faccio un giro dentro casa, mi siedo in cucina, mi rialzo, mi siedo un'altra volta. Sfoglio un libro, un giornale, metto un disco. E mi distraggo. Non faccio altro che distrarmi.

Ma non ci riesco. Mettere ordine, ha sempre funzionato quando mi sembra di affogare. Non faccio altro che mettere ordine. In questa casa, in tutte le case. Mi sembra di prendermi cura. Io che non sono stata mai brava, a prendermi cura di me.

Preparo i biscotti, la farina, le uova, l'uva passa e il cioccolato. E poi non li mangio. Non ho mai saputo cucinare davvero. Li lascio invecchiare in un barattolo di terracotta. E dopo un po' li butto via, e li guardo, inermi e invecchiati, in fondo alla pattumiera.

Mi sembra di essere sopraffatta da questo rumore di niente. Mia madre sta morendo.

Te ne avevo parlato, non stava bene. Si è aggravata nelle ultime settimane, non mi ha detto nulla.

Io ero a Parigi, inauguravo la mostra, facevo l'amore con te, ero felice. E lei moriva, piano. Non so quanto le resta, so che succederà.

Avrei voluto portarla con me, ti ricordi? Ma non faremo in tempo. Sono senza forze.

Non riesco a pensare, tutti i progetti perdono forma, invecchiano, repentinamente. Li lascio invecchiare, come i biscotti, e li butto via.

Mi dicevo sempre, quando lascerò questa casa e tornerò in Italia vernicerò tutto di bianco. Le pareti, le piastrelle del bagno, i tavoli, i barattoli. Ma adesso non lo so più. Lei non ci sarà. La morte decide per noi.

E io quando ho deciso, davvero, per me?

È per questo che ho scelto di parlarti.

Prima che arrivino altri giorni, più dolorosi ancora, e mi strappino via il coraggio.

Non sono stata una ragazza felice. Sarebbe bastato poco. Mi sono trascinata questo fardello per tutta la vita, ho lavorato a lungo per aprire questo bagaglio ingombrante, smembrarlo, farlo a pezzi, e dimenticarlo per sempre in una stazione qualsiasi.

Ho avuto l'illusione di esserci riuscita.

Fino a qualche settimana fa.

Quando l'ho ritrovato, intatto, davanti alla porta di casa.

E ho paura che se non ne parlo, adesso, ci resterà per sempre.

Devi avere pazienza, ho bisogno di cominciare dall'inizio. Ti prego.

Mi sono innamorata. Molti anni fa, in una spiaggia, d'estate.

Avevo sedici anni. Ero una ragazza come tante, una vita normale, nonostante tutto.

Non sapevo chi ero, cosa volevo diventare, come molte adolescenti. Non ero capace di vedermi, quando mi guardavo allo specchio.

Incontrai un ragazzo, per caso. Aveva diciannove anni, era bellissimo. Si chiamava Lupo.

Che nome strano, vero? Non ho mai saputo come funziona, innamorarsi. Ho sbagliato tante volte nella vita, pensando di esserlo, innamorata, sapendo invece di non esserlo, nei recessi dell'anima.

Ma quello che ricordo, di quella sera d'estate, era una pienezza che non avrei mai più provato.

Fino a qualche settimana fa.

Conobbi Lupo una mattina, al bar, in un lido dove andavo ogni giorno, con mia madre. Scambiammo qualche parola, mi fece ridere, bevemmo una Coca. Poi mi invitò a una festa in spiaggia, quella stessa sera. Ero nervosa, eccitata, una specie di febbre sulla pelle.

Prima di uscire dissi a mia madre che andavo con un'amica a casa di certi amici, non ne avevo molti in verità, mai avuto molte amiche.

Presi il motorino e raggiunsi gli altri. Mi ricordo tutto, come rivedere un film.

Mi sono sentita sempre inadeguata, in mezzo agli altri, sebbene fossi una ragazza in gamba, credo, anche piuttosto bella. Ma quando ci sei dentro non ti vedi, ti accorgi solo dell'esoscheletro fragile che la timidezza, la tua insicurezza, hanno confezionato. E quella forma non mi era mai piaciuta.

Lupo invece mi piaceva moltissimo. Era splendente. Aveva quel modo di fare così amabile, quello stare dentro il corpo, quell'eleganza distratta, un sorriso che riscaldava, gli occhi, la voce. Ti ascoltava e sorrideva, facendoti sentire parte di quella bellezza.

Mi ascoltò quella sera, per tutta la sera.

Mi disse della sua vita, e io a lui, della mia. Come non ero riuscita a fare mai, con nessun altro. Sentii sciogliere, dentro di me, l'insicurezza, la paura. Ero piena e viva, accanto a lui.

Quella sera facemmo l'amore. Non l'avevo mai fatto.

Ma non andò come doveva andare.

Mi sono sempre ricordata soltanto dettagli. Sono come dei flash, nella memoria.

Non l'avevo mai fatto, ma era tutto così in armonia, mi sentivo parte di quella bellezza, il mare, le stelle, la spiaggia. Mi sembrava che tutto dovesse andare nella sua direzione naturale.

Non fu così. Avrei voluto fermarlo, non mi sentivo pronta. Ma non riuscii a farlo.

Ero come assente, mentre mi spogliava, mentre lui si toglieva il costume. E quando provai a fermarlo, lui non mi ascoltò, divenne un altro. Non mi ascoltava più.

Improvvisamente ebbi paura, il mio corpo era come immobilizzato, non rispondeva.

Allora gridai. Forse gridai, forse ho sognato di farlo, tante volte. Non lo so più.

Provai un dolore acuto, mentre entrava dentro di me, il suo corpo sopra di me, così pesante, mi toglieva il fiato. E poi più niente. Non sentii nulla, tutti i rumori, le voci, la pelle.

Negli anni ho provato a dare un nome, a quello che era successo quella notte. Ma ho scoperto che un nome non c'è. Ce ne sono tanti, che si impastano, e fanno un suono storto nella testa. Un rumore continuo di parole. Vergogna, paura, assenza, violenza, punizione, colpa.

Lui non si era fermato, non si era accorto di nulla. O forse se n'era accorto, e aveva deciso che doveva prendersi quello che voleva. Il resto non contava. Io non contavo. Non lo so più.

Subito dopo fu come uscire da un incubo, ma non sapevo che stavo entrando in un altro.

Lui fu gentile, amorevole, riprese ad ascoltarmi. E io non fui capace di dirgli nulla.

Siamo stati insieme, fino alla fine della vacanza. Sì, ci siamo baciati, accarezzati, parlati, promessi. Come due ragazzi qualsiasi, innamorati. E io ho pensato che l'amore era quello, una cosa imperfetta, con i baci, le parole, le promesse. E un dolore da cancellare.

Non lo sapevo, non potevo saperlo allora, ma mi aveva marchiata. Non lo avrei più dimenticato.

La vacanza finì. Nelle settimane successive ci sentimmo spesso, io ero a Milano, lui a Roma.

Mi chiamava lui dal telefono di un bar, aveva preso una casa a Roma, dalle parti dell'università, non aveva ancora la linea telefonica nell'appartamento che divideva con altri ragazzi. Non ho mai avuto un suo numero, solo un indirizzo di una casa provvisoria.

Gli scrivevo delle lettere, gliele spedivo a quell'indirizzo. Non sapevo niente altro di lui.

Oggi sembra impossibile, ma allora non c'era altro modo, che il telefono di casa e le lettere.

Ci si poteva perdere, sparire nel nulla. Lupo mi disse che sarebbe venuto a trovarmi, appena possibile, diceva di amarmi. Poi ci siamo sentiti sempre meno, e poi più.

Dopo un mese ho scoperto di essere incinta. Lui era sparito.

Ho provato a cercarlo, gli ho scritto una lettera al giorno, anche due. Ho atteso invano che mi rispondesse, che mi cercasse. Ma non lo ha mai fatto, era sparito.

E io non ho avuto il coraggio di prendere un treno, cercare quell'indirizzo e andare a suonare il campanello, scovarlo, tirarlo fuori, dirgli che mi aveva ferita, mi aveva fatto male, che era un vigliacco, mi aveva tolto la vita. Che lo odiavo.

Non ho avuto il coraggio.

Quando sono andata in ospedale, con mia madre, tutte quelle parole hanno ripreso a girare vorticosamente nella mia testa. Vergogna, paura, assenza, violenza, punizione, colpa.

Perdita. Lutto. Silenzio.

Non sono mai più riuscita ad avere un figlio. Mi sono chiusa, dentro, per sempre.

E mi sono punita, senza saperlo. O forse sapendolo, di nascosto.

Ho avuto uomini violenti, affetti da un narcisismo maligno. Ero la loro vittima sacrificale. Volevo esserlo, vittima. Volevo un carnefice, che rinnovasse quell'assurdo dolore di cui non riuscivo a privarmi.

Ho sempre rifiutato di curarmi, di lavorare su di me, di urlare quel dolore. Di dire basta. La mia vita è stata l'allegoria di quella sera, di quell'incapacità di ribellarmi.

Fino a una decina di anni fa, quando ho incontrato per caso una giovane terapeuta, per un servizio fotografico. Abbiamo incominciato a parlare, lei aveva capito subito delle cose di me, anche solo guardandomi. Guardando il mio corpo. E ho cominciato un percorso, lungo e difficile.

Mi sono curata. Mi sono presa cura di me, come mai avevo fatto.

Ho avuto la percezione chiara di essere di nuovo libera, forse libera per la prima volta.

Fino a qualche settimana fa.

Ero in aereo, da Londra verso Milano. Sfogliavo una rivista comprata in aeroporto. C'era un articolo sul tuo libro, su di te. Mi sono incuriosita.

C'era qualcosa, nella tua storia, che mi lasciava inquieta. Quel buio dietro di te, la memoria recisa, le parole con cui descrivevi l'assenza, il dolore ammutolito, i tuoi occhi.

Il tuo sguardo. Ho cercato in rete tutto quello che potevo, mi sono messa davanti alla tua immagine, per capire qualcosa, quello che mi fluiva dentro, così potente e improvviso.

Quando ho visto che saresti stato a Firenze per una conferenza, ho contattato il tuo ufficio stampa, mi sono messa in auto e ti ho raggiunto.

Il resto dovresti saperlo. Ma non lo sai.

Per questo ti scrivo.

Adesso sarà più difficile, per me.

Non sono sicura di avere le parole giuste per dirlo, sono quasi sicura di non averle.

Da quella volta che ti ho visto in foto sul magazine, la mia vita è cambiata. Di nuovo.

Tutte le certezze acquisite nel mio lungo viaggio di guarigione si stanno sbriciolando. Il mio corpo è un tempio di pietra, nella sabbia, scosso dal terremoto.

Sono una brava fotografa. Sono brava a fotografare le persone. Le guardo, le osservo attentamente, cerco qualcosa negli occhi, nel modo di muoversi, di sorridere. E decido.

Quando le fotografo cerco esattamente quello che vedo, e che mi sembra nascondersi dietro i sorrisi, gli sguardi. Non li dimentico più.

È per questo che ti ho cercato, sono venuta da te, in quell'albergo, a Firenze.

Il tuo viso era cambiato, e il tuo nome. Ma i tuoi occhi no. Li avevo già visti.

Sentivo che dovevi essere tu.

Avevo bisogno di saperlo con certezza.

Mi sono innamorata di te. Molti anni fa, in una spiaggia, d'estate.

Non ti chiamavi Stefano, allora. Avevo sedici anni, tu diciannove.

Ti chiamavi Lupo.

Quando ho visto la tua foto sul giornale ho sentito una scossa nell'anima. Qualcosa mi ha attraversato il petto, lo stomaco. Un dolore acuto.

Il tuo viso era cambiato, ma i tuoi occhi no. Non ci sono due sguardi uguali, nel mondo.

Mentre guidavo, tra Siena e Firenze, tutto mi correva addosso, tutta la vita. Ogni pensiero piccolo, ogni richiamo dei sensi. Non sapevo cosa avrei potuto dirti, incontrandoti. Ero dentro un vortice, ero io stessa il vortice. Avevo fatto delle ricerche su di te, l'incidente, i luoghi, le date.

Quella spiaggia dove andavi da solo, dopo l'incidente. Era la stessa spiaggia.

Tutto coincideva. Non potevi che essere tu.

Dovevo vederti. Volevo vendicarmi, in qualche modo. Rovesciarti addosso la rabbia, il disprezzo. Farti male, come tu ne avevi fatto a me. Volevo che provassi lo stesso dolore.

Mentre salivo le scale dell'albergo sentivo il cuore che

pulsava sul collo, impazzito. Sudavo, avevo freddo e caldo insieme. Ho pensato, in ascensore, che sarei morta.

Poi ti ho visto.

Abbiamo parlato.

E mentre inquadravo il tuo viso, ti rivedevo ragazzo. Anche se il tuo viso è diverso.

Eri bello, così bello come allora. Riconoscevo i tratti, il colore degli occhi, lo sguardo.

Ma invece di odiarti, sentivo una pace improvvisa, un desiderio inascoltabile di pace.

Non sono riuscita a dirti nulla.

Quando sono uscita dalla stanza, e poi dall'albergo, ho continuato a guardare il tuo viso, sul display. L'ho ingrandito, ho cercato ogni dettaglio di allora. E ho continuato a farlo nei giorni successivi, follemente, instancabilmente. E, lentamente, l'immagine di allora si è sciolta.

Lupo era andato via, per sempre. Forse non era mai esistito.

Quando ti ho rivisto, a Parigi, ho visto Stefano. Soltanto lui, soltanto te.

Mi sono innamorata. Non ho paura a dirlo, non sento più nessuna vergogna nel confessarlo.

Quella vergogna che ho provato avvertendo questa attrazione potente, che mi ha sconvolta. Per la seconda volta, nella mia vita, mi sono innamorata. Della stessa persona. Che non è più la stessa.

Adesso lo so. Ogni volta che ti ho baciato, ho baciato te, non lui. Ogni volta che ti ho toccato, ho toccato soltanto te. E per la prima volta nella mia vita, ho fatto l'amore, perdendomi nella bellezza. Affidandomi ciecamente alla bellezza, alla voce, al coraggio. Perché tu sei bello e coraggioso, Stefano. Perché non sei Lupo, non lo sei più.

Io non lo so cosa succederà.

La mia vita è strozzata dal dolore, in questo momento. Mia madre sta morendo.

Dopo quello che ti ho scritto potresti non capire, potresti farti male, lo so.

Ma non potevo tacere, questo segreto.

Io sono qui.

Anna terminò di leggere. Fuori era buio.

Stefano non disse nulla. Non lo sentiva più, neanche respirare.

«Stefano...»

Aveva riattaccato.

Posò il bicchiere sul davanzale.

Si sedette per terra, strinse al petto le ginocchia. E cominciò a piangere.

«Secondo te cos'è la paura?»

«In che senso?»

«Dimmi cos'è per te, la paura.»

Zeno era seduto sul muretto a secco. Gli occhi celesti diventavano ancora più chiari, d'estate.

«Posso dirti le cose che mi vengono in mente, senza un ordine preciso.»

«Va bene.»

Si sedette anche lui sul muretto. Di fronte adesso c'erano gli ulivi, in filari lunghi, che arrivavano quasi fino al mare.

«Mi vengono in mente delle parole...»

«...»

«Ma non sono sicuro che...»

«Stefano, stai tranquillo. Dimmi quello di cui hai voglia.»

«Okay.»

Inspirò, ed espirò profondamente.

«Allora...»

Serrò le mandibole. Voleva essere preciso, voleva usare le parole giuste.

«Prima di tutto il buio, dietro di me.»

«...»

«Questa è la prima.»

«Continua.»

«...la malattia, l'abbandono...»

«...»

«...la speranza che finisce, il sibilo... quel sibilo delle apparecchiature intorno... l'assenza.»

«...»

«Guardarsi allo specchio... e non riconoscersi.»

«...»

«Essere orfani. Non avere nessuno.»

Erano passati alcuni mesi da quando suo nonno lo aveva portato via da Roma, dopo la riabilitazione. Aveva fatto molti progressi, il suo recupero aveva stupito tutti i medici, e avrebbe ripreso presto a studiare. Ma era ancora così fragile, pensò Zeno. Provò una tenerezza così forte in quel momento, per quel ragazzo, con ancora tutti i segni sul viso, le cicatrici, che ne avevano mutato i lineamenti. Avrebbe voluto abbracciarlo, ma non lo fece.

«E il coraggio? Dimmi cos'è il coraggio.»

Che cos'era? Ci pensò. Gli sembrava di sapere così poco della vita.

Disse che per lui, in quel momento, il coraggio era fatto di cose piccole, i muscoli che rispondono meglio, la memoria che funziona. La volontà che doveva mettere ogni giorno per risalire. Per riconoscersi.

«Credo che sia anche il modo... di guardare quel buio. Il mio modo.»

«...»

«Poi magari un giorno ricorderò tutto, e tutto svanirà.»

«...»

«Potrebbe succedere, no?»

«Certo… potrebbe.»

«Se non succederà… proverò a essere felice lo stesso.»

Gli occhi di Zeno, fissi verso l'orizzonte, erano velati di lacrime.

E l'immagine lentamente sfumò.

La mattina divenne una notte buia, trent'anni dopo.

Di fronte a Stefano, sul terrazzo della masseria, la stessa campagna.

Il telefono posato per terra, accanto alla poltrona sgangherata di vimini che non aveva mai avuto il coraggio di buttare via. I grilli avevano smesso di cantare.

Si avvicinò alla balaustra, sentì le gambe molli e fu costretto ad appoggiarsi. La testa gli girava.

Si sedette per terra, e appoggiò le spalle al parapetto.

I pensieri si rincorrevano, in una giostra di parole morte. E mentre la giostra girava, sempre più velocemente, tra le parole e le immagini si aprivano degli squarci di luce violenta. Delle visioni accecanti di nulla.

Lupo.

Chi era Lupo?

Chi era lui adesso? Che cosa era stato?

Sentì crescere un sentimento ostile, per il quale provò vergogna, subito dopo. Si chiese perché Anna gli avesse fatto questo. Come faceva a essere certa che lui e quel ragazzo fossero la stessa persona? Lo stava condannando, per una sensazione. Solo per una sensazione. Le immagini della memoria sono fallaci, lui lo sapeva benissimo.

Sentì come uno scollamento di sé, una perdita di pezzi,

un rumore di ferraglia, nella coscienza profonda. Non ricordava nulla del racconto che aveva ascoltato, nessuna immagine, nessun indizio. Gli sembrò di essere ancora quel ragazzo che si guarda allo specchio, col viso tumefatto, con i segni sghembi delle cicatrici, e non si riconosce più. Non sa più chi è.

Si sentì offeso, tradito. Come quei colpevoli che negano a se stessi, prima che al loro accusatore, le proprie responsabilità. Per convincersi, definitivamente, che la colpa non esiste.

Rimase seduto per terra, per almeno un'ora. Senza forze. Poi si alzò e rientrò in casa. Si spogliò e si stese sul letto.

Si mise a contare i ricami sulla tenda, che la luce lunare incideva come fregi di pietra, sul tessuto chiaro, in controluce. Poi guardò il soffitto, e gli parve vuoto, buio. Come un cielo senza stelle.

Alle sette lo svegliò la luce che inondava la camera. Avvertì quel disagio del corpo, che segue a una lunga convalescenza. Quel sentirsi inadeguati, nel mondo dei sani.

Infilò i pantaloni e scese le scale a piedi nudi. In cucina preparò il caffè e lo versò in una tazzina di ceramica colorata. Poi andò a berlo fuori, sull'aia.

Giugno era il mese più bello in campagna, il sole era giovane, l'aria nitida. Zeno, i primi mesi dopo il suo arrivo in Puglia, gli aveva assegnato un pezzo di terra e insegnato a curare l'orto. A giugno si piantavano i cavolfiori, i finocchi, i broccoli, la lattuga. E si raccoglievano i fiori di zucca, le melanzane, i peperoni. C'erano tutti quei colori. Tutti quei colori.

Fece un giro intorno alla masseria, dove c'era l'orto che coltivava da ragazzo, adesso non c'era più nulla.

Ripensò ad Anna, a quello che era successo. Si sentì avvilito, e impotente.

Poi tornò di sopra, fece una doccia e si vestì.

La giornata trascorse secondo il programma che si era fatto prima di partire, nonostante tutto. Incontrò a pranzo gli imprenditori interessati all'acquisto dell'azienda, un architetto pugliese e un agronomo tedesco. Entrambi molto benestanti. Si erano sposati in Germania alcuni anni prima, e attendevano di regolarizzare la loro posizione in Italia. Christoph era un gigante, con un passato da decatleta, aveva anche fatto parte della nazionale tedesca ai mondiali di atletica del 2005 a Helsinki. Era molto simpatico. Luca era più piccolo, sornione, con gli occhi neri e i capelli rasati. Vivevano insieme da quasi dieci anni. Gli fecero una bella impressione.

«Vogliamo avviare un processo di modernizzazione di tutte le procedure, in particolare ottimizzare il processo di filiera. E realizzare delle dimore di altissima qualità, nei vari siti che andremo a recuperare e ristrutturare.»

«...»

«...ovviamente compatibili con l'attività dell'azienda. Non vogliamo snaturare nulla...»

«Certo... sì.»

Parlava e si muoveva dentro una sfera trasparente, vedeva il mondo, le persone, protetto da una cortina leggera di niente. Il viso di Anna, il suo sguardo, lo attraversavano come l'efflorescenza dei corpi, l'ectoplasma di un mondo lontano.

Dopo pranzo fecero una passeggiata, Cristoph gli raccontò che il suo sogno era stato sempre vivere a contatto con la natura, farla crescere intorno, produrre bellezza. Disse proprio così.

E questo sembrò lenire il senso di colpa che provava nei confronti di Zeno, per aver deciso di disfarsi della terra e delle masserie. Sarebbero state in buone mani, in mani migliori delle sue.

Si prese qualche giorno di tempo prima di avviare le pratiche, e si salutarono.

«Ovviamente quando vorrai tornare a vedere la masseria, sarai nostro ospite. Ogni volta che vorrai.»

«Grazie... lo apprezzo molto.»

Quando rientrò, era pomeriggio inoltrato. La vecchia DS risaliva le contrade con quel suono di animale potente, che gli era familiare. I campi a quell'ora cominciavano a tingersi di rosso.

Aveva continuato a pensare ad Anna, tutto il giorno, anche quando pensava ad altro. Ma era come se il suo cervello, abituato a ricucire le ferite della memoria, stesse limando le asperità, cancellando le punte più dolorose. Era come se dicesse a se stesso che la percezione di lei, alla fine, non fosse altro che una dolente suggestione, dettata da alcune semplici coincidenze, e quindi, quasi certamente, fallace. Gli sembrava che l'arma della ragione, il raziocinio, fosse l'unico modo per sopravvivere a quel colpo, l'ennesimo, della sua vita accidentata.

Infilò il sentiero e lo percorse a velocità moderata, mentre la polvere si sollevava in una nube rossa nello specchietto retrovisore. Sull'aia era parcheggiata una piccola utilitaria e la porta di casa era aperta. Quando scese dall'auto, sulla porta si affacciò Maria.

«Ciao Stefano...»

Aveva sistemato la camera da letto, le poche stoviglie

usate, in cucina, e continuato a dare il bianco sulle facciate della masseria, come usava ogni anno, prima dell'estate. Lo disse quasi scusandosi.

«Ho suonato, ho visto che non c'eri e ho pensato di entrare.»

«Ma certo, hai fatto benissimo.»

«Come... è andata?»

«Bene... direi bene, sì. Dopodomani dobbiamo incontrarci di nuovo per visionare il contratto. E poi, se è tutto a posto, andremo dal notaio.»

«Ah...»

«Per voi però resta tutto lo stesso, Maria. La vostra posizione, il lavoro. Non dovete preoccuparvi.»

«...»

«Sono persone per bene, vedrai.»

«Certo... sì.»

Maria esitò qualche istante. Sembrava volesse aggiungere altro, dire qualcosa, ma non parlò più. Fece un cenno col capo e tornò a occuparsi delle faccende, e Stefano andò di sopra a fare una doccia.

Quella sera cenò da solo, in un piccolo ristorante di Ostuni. Glielo aveva consigliato Cristoph: «Cucina vegetariana, ottimi vini e un servizio impeccabile, vedrai». Mentre gli scriveva l'indirizzo su un foglietto, gli disse che c'era una sorpresa che non voleva svelargli.

Parcheggiò l'auto e si incamminò per i vicoli stretti della città, popolati dai piccoli suoni delle cucine, dei rientri a casa, dei gatti equilibristi.

Il locale era al primo piano di un edificio posto in alto, nel paese, bianco, come tutti gli altri. Era una stanza, con soli due tavoli e quattro sedie. Le volte affrescate, il pavimento a mosaico e gli arredi di legno lavorato. Una grande finestra si affacciava sulla collina. Non c'era nessuno. Forse la sorpresa era questa, pensò.

Cristoph gli aveva detto di non preoccuparsi per la stranezza, doveva solo rispettare alcune regole semplici, presentarsi lì entro le venti, spegnere il cellulare, sedersi e attendere. E così fece.

Dopo qualche minuto sentì bussare alla finestra di un passavivande, dalla fessura spuntò un cartoncino, dietro il vetro smerigliato una sagoma scura. Stefano si avvicinò, sul foglio un breve testo a caratteri di stampa un po' antichi, e una lista dei piatti, a parte.

Lesse, a mezza voce.

«*Benvenuti al Ristoro delle Monacelle. Il nostro ristorante non ha coperti né servizio al tavolo. Siamo una piccola comunità di monache di clausura. La nostra Regola non consente alcun contatto visivo e verbale con l'esterno, ma grazie all'uso di questa finestra i gentili avventori potranno ritirare i piatti, dopo averli ordinati con un segno di matita direttamente sul menu. Alla fine del pasto chi vorrà potrà lasciare un'offerta.*

Speriamo che la nostra cucina sia di vostro gradimento e vi auguriamo buon appetito, con la nostra benedizione.»

Ecco la sorpresa.

Lesse la lista dei piatti e mise un cerchio su *fave e cicorie* e su *omelette alle erbe officinali.* Poi ancora su *vino rosso Primitivo* e *caraffa d'acqua*. Infine infilò il menu nella fessura e tornò a sedersi.

Sulla parete di fronte alle finestre c'era un cartello che chiedeva di rispettare il silenzio, poco più sotto c'era la cassetta per le offerte. Si guardò intorno e sentì una strana sensazione, come se le tensioni di quei giorni si allentassero, lentamente. Somigliava all'effetto di un ansiolitico. Era come se il corpo si arrendesse, lentamente, addomesticato dal silenzio naturale di quella stanza. Fuori il sole stava per tramontare, fiammeggiando sul profilo frastagliato delle case.

Forse non tutto era perduto, pensò. Forse con Anna avrebbero trovato un modo. Doveva esserci, un modo. Per dimenticare.

Bussarono nuovamente, dietro il vetro smerigliato era comparsa la sagoma della suora. Stefano sollevò la finestra a ghigliottina e trascinò il vassoio con un tovagliolo, le posate, la caraffa e il bicchiere. Apparecchiò lui stesso la tavola e riportò a posto il vassoio. Poco dopo la scena si ripeté e dalla finestra spuntò un piatto di fave e cicorie, un cestello con del pane scuro e un'oliera.

Andò a sedersi e cominciò a mangiare. Gli parve tutto squisito, un dosaggio di sapori semplici. Il vino era molto buono, aveva ragione Cristoph, e il pane di segale con i semi di zucca era croccante, gustoso. Seguì l'altra portata e, per finire, un bocconotto alla crema di limone e amarena. Uno dei suoi dolci preferiti.

Stefano era abituato a stare da solo, ci stava bene, in fondo, ma quella inattesa serenità lo sorprese. Raramente si era sentito così tranquillo, e accolto. Anche se da una stanza vuota.

Alla fine del pasto mise alcune banconote nella cassetta e un biglietto di ringraziamento.

Tornerò a trovarvi, grazie per la cena.

Poi fece una passeggiata. Le strade erano piene di gente, nella festa di luci delle strade animate. Incrociò i volti, le parole che si confondevano con altre parole, al passaggio. Per qualche istante gli parve di sentirsi in armonia, con quella gente, con quelle facce sconosciute. Comprò un gelato, e si avviò al parcheggio, dove aveva lasciato l'automobile. Il cielo cobalto stava virando al blu.

«Stefano!»

Si girò. Una donna stava sorridendo. Impiegò qualche istante per capire chi fosse.

«Simona...»

«Come stai?»

Lo abbracciò e lo baciò. Poi si staccò da lui, tenendogli ancora la mano.

«Ma che piacere vederti, Stefano... sei in gran forma.»

«Oddio, mica tanto...»

«Davvero. Ti trovo benissimo. Non sei cambiato affatto.»

Non era cambiato affatto. Era cambiato tutto, mille volte, nella sua vita.

«Anche tu» le disse. Ma non era vero. Simona era ingrassata, quasi irriconoscibile. I capelli sfibrati, di un altro colore, il viso sofferente. Ma il sorriso sì, sembrava lo stesso di allora.

Poco dopo si avvicinò un tizio, dall'aspetto ordinario, per mano portava una bambina di sette, otto anni, che leccava un gelato. La bambina aveva il viso sporco di cioccolata. Doveva aveva un problema motorio, sembrava non riuscire a gestire con padronanza il movimento del braccio.

«Lui è Renato, mio marito. E lei è Caterina, la nostra bambina.»

«Piacere. Ciao Caterina...»

Sorrise, la bambina pareva assente.

«Che ci fai a Ostuni?»

«Niente... sono stato a cena... con degli amici. Adesso rientro. Voi... siete... qui in vacanza?»

«Abbiamo una casa sulle contrade, da queste parti.»

«Ah... okay.»

«Ma che combinazione, vederci... che strano... dopo tanto tempo. Vero?»

«Già...»

«E tu? Non vivevi a Parigi? O mi sbaglio? Non ci vediamo da vent'anni, forse. Dal giorno della laurea, mi pare.»

«Non ci vediamo dal giorno della laurea, sì. Sono passati venticinque anni.»

«Certo... mi ricordo.»

«...»

«...abbiamo festeggiato insieme.»

Per un attimo gli parve di vedere un guizzo, nello sguardo di Simona. Un'immagine si accese, vivida, nella memoria. Rivide quella ragazza bellissima, nuda accanto alla piscina. Poi l'immagine sparì.

«Quindi? Vivi a Parigi?»

«Sì, vivo a Parigi... sono qui... sono stato qui solo per qualche giorno.»

«Tuo nonno?»

«È morto l'anno scorso.»

«Mi dispiace...»

«Riparto domani.»

Mentiva. Mentiva sempre quando doveva fuggire da qualcosa. Era un modo per contrastare l'ansia. In quel momento gli apparve il volto di Anna, senza che ci fosse un collegamento logico, la sua voce, il telefono per terra sulla terrazza. Il cielo. E un dolore improvviso, acuto.

«Che peccato... mi avrebbe fatto piacere stare insieme a pranzo, o a cena.»

«Sì...»

Cosa avrebbero potuto dirsi ancora, loro due? Di cosa avrebbero potuto parlare? Il cuore cominciò a pulsare nel collo. Non aveva niente da raccontare, si sentì soffocare, voleva solo andarsene.

«Ho letto il tuo libro, sai?»

«Ah...»

«Molto bello. Si capiva anche allora che avresti fatto cose belle.»

«Grazie... sei gentile...»

«Ho insegnato per una ventina d'anni anche io... in un liceo scientifico. Poi ho lasciato, ho preferito dedicarmi a Caterina... sta facendo grandi progressi, sai?»

«Bene... sono contento...»

Maledizione. Che senso aveva parlarsi? Avrebbe voluto girarsi e mettersi a correre. Senza dire più nulla. Gli sembrò che tutto andasse fuori sincronia, le voci, le parole, i sorrisi, le mani. Si sentì goffo, in affanno.

«Senti, mi ha fatto molto piacere vederti, Simona. Ora purtroppo devo scappare... devo proprio scappare... domani vado via presto... le valigie...»

«Certo... tranquillo. Magari ci vediamo questa estate, organizziamo una cena, che dici?»

«Magari... sì.»

Si baciarono ancora. Strinse la mano all'uomo, che era rimasto in silenzio tutto il tempo, e accarezzò la testa della bimba, che sembrò non accorgersi di lui.

Mentre tornava all'auto fu preso da una pena improvvisa e profonda, per quella famiglia addolorata, per quella bimba, che non si accorgeva del mondo, per sua madre, invecchiata precocemente, per il dolore, che i sorrisi non riuscivano a mascherare.

Per il suo dolore, la sua colpa.

E provò di nuovo vergogna, di se stesso.

Entrò nell'auto e mise in moto. Si lasciò alle spalle il paese, arrampicato sulla collina.

Come una liberazione.

Diario del sonno.
Giorno 7
Sveglia: 5.30

In realtà questo sarebbe il giorno otto. Ma ieri ho dimenticato di scrivere.

Del resto non avevo dormito, quasi per niente.

Stanotte ho sognato una casa al mare. Era una palazzina rustica, a due piani. Si trovava quasi sulla spiaggia, o comunque sentivo che il mare era lì, a pochi metri.

Dovevo rimetterla a posto, i muri di tufo, verniciati di bianco, sembravano sgretolarsi. Si sfarinavano, passandoci la mano.

A un certo punto, da un buco della parete hanno cominciato a uscire dei ragni minuscoli, quasi trasparenti. Una fila interminabile. Mi ipnotizzavano. Poi mi sono sentito a disagio, mi sono allontanato dalla parete.

E mi sono accorto che sul tavolo c'era una coperta bianca, arrotolata. Mi sono avvicinato.

C'era un bambino, nato da poco, in fasce.

Qualcuno lo aveva lasciato lì, forse lo avevano perduto.

Piangeva, con una voce piccola, quasi impercettibile. Come un suono lontanissimo, da un corpicino vicino.

Lo prendevo in braccio, per rassicurarlo, sussurravo qualcosa e lo stringevo a me.

Sentivo la sua pelle sulla mia. La sua pelle morbida, indifesa.

Poi lo portavo davanti al lavabo, in quella stanza tutta bianca, di calce. E gli facevo il bagno.

Lo lavavo, con cura. A lui piaceva. Anche a me piaceva.

E si calmava. Lo avvolgevo nei teli bianchi e lo tenevo ancora.

Gli baciavo la fronte, piano. Mi sembra di ricordare ancora il profumo.

Mi sentivo quasi felice.

Volevo che rimanesse con me.

Volevo che fosse mio.

Quando ho aperto gli occhi, mi sono accorto di aver pianto. Ho guardato sopra di me, e ho riconosciuto il lampadario e la sua ombra sul soffitto.

Fuori un uccello fischiava lo stesso canto di trent'anni fa.

Il merlo zampettava sulla balaustra, fischiando. Era da poco passata l'alba.

Stefano si alzò e uscì sulla terrazza, il cielo era elettrico, le nuvole affollavano l'orizzonte. Oltre la distesa degli ulivi, il mare era una tavola di metallo.

Il merlo si accorse di lui, lo guardò, fece altri due salti, poi spiccò il volo.

Sarebbe accaduto tutto velocemente.

Uno scarto improvviso, l'ennesimo scivolamento della sorte.

Siamo quello che siamo, ma più spesso siamo quello che non sappiamo di essere. Gli tornò in mente la frase che gli ripeteva Zeno, molti anni prima. Siamo quello che non sappiamo di essere. Gli sarebbe tornata ancora in mente, in quei giorni, nel resto della vita.

Dentro quella mattina di giugno un freddo invernale gli percorse la spina dorsale, una frustata sui nervi sottili, moltiplicando i sensori della pelle.

"Chi sono io?" pensò Stefano. "Cosa non so di essere?"

Aveva sognato un bambino in fasce, quella notte. La casa stava crollando e quel bambino aveva bisogno di lui.

Se ne era preso cura, e questo, per qualche istante, lo aveva reso felice.

Rientrò in casa e cominciò a muoversi, spinto da un'improvvisa necessità cinetica. Come nel flusso di una premonizione.

Entrò e uscì dalle stanze, aprì i cassetti, sfogliò i libri. Alla ricerca di una traccia, un lenimento per l'ansia del corpo. I mobili erano avvolti da lenzuola bianche che ne svelavano la sagoma, come un sudario. Tutto pareva consegnato a un'altra esistenza, ormai.

Prese dalla biblioteca i suoi testi universitari, che Zeno aveva conservato gelosamente, li aprì, sperando di trovare qualcosa, un biglietto, una parola, un indizio che lo riportasse a un altro indizio, e a un altro ancora. Li sfogliò uno per uno. Negli armadi c'era l'odore delle cose usate, da sempre, in un ordine centenario, quell'odore, inestinguibile, delle vite passate.

Raccolse tutti gli oggetti possibili dai cassetti e li portò sul tavolo della cucina, in un assembramento surreale. Penne senza tappo, matite, gomme mangiucchiate, un timbro, scatole di medicinali, una vecchia macchina fotografica, dei rullini intonsi, grovigli di elastici, un righello di legno, un cucchiaio d'argento, gli occhiali con la montatura d'oro di chissà chi, una radiolina a transistor.

Rimase a guardarli. Ciascun oggetto era collegato a un piccolo, fuggevole ricordo, ma nessuno lo riguardava. Erano muti, rinsecchiti, ossicini di memoria, deposti sul marmo.

Tante volte aveva provato a cercare una traccia che lo riportasse alla sua prima esistenza. L'adolescenza, l'infanzia. In tutti i modi possibili. Ma non ci era mai riuscito.

E adesso, mentre ci provava ancora, insensatamente, gli

sembrava di essere come quegli oggetti sul tavolo. Deposto, senza vita.

Ma poi successe qualcosa.

Quello scarto improvviso.

Sentì un rumore arrivare da fuori, il suono di un'auto che si avvicina, le ruote che fanno la polvere sulla terra battuta. Poi il motore che si spegne e lo sportello che si apre e si chiude.

Uscì sul piazzale ancora in pigiama, stava per piovere. L'auto era parcheggiata a una ventina di metri da lui, e davanti alla macchina Maria. Reggeva con entrambe le mani una cassetta di legno scuro.

Si avvicinò, senza dire nulla. Le scarpe facevano quel rumore minimo, di stoviglie, sui ciottoli dell'aia. Arrivò davanti a lui e gli offrì la cassa. Lui la prese.

«Scusami, Stefano. Scusami.»

Si voltò e andò via. Rientrò in macchina, mise in moto e partì.

E lui rimase fermo, reggendo la cassa, senza dire nulla. Fino a quando l'auto sparì in fondo al viale.

Poi si inginocchiò e la posò per terra, delicatamente, sul pavimento di basole.

Gli parve di capire qualcosa, in quell'istante. In una connessione luminosa di reti neurali. Gli parve di vederli, i circuiti accesi nel suo cervello. Gli tornò in mente il carillon che era arrivato per posta, a Parigi, lo sguardo di Maria, il giorno prima, le parole non dette, davanti alla porta di casa. Tutti quegli oggetti sul tavolo di marmo, in cucina. Come un presagio.

Sentì ancora quel brivido, che adesso era una scossa di luce.

Guardò la cassetta di mogano, con le cerniere di ferro. Profumava di resina. L'aprì.

Fu un attimo. Un bagliore abbacinante, un'esplosione nella testa. Il suono acuto dei macchinari in allarme. Gli sembrò di sentire le voci, una moltitudine che lo chiamava, mentre sopra di lui scoppiava il temporale.

Tutto il tempo del mondo, l'ammonimento elettrico dei segnali in entrata, e in uscita, dal suo cervello. Sentì le gocce rigargli le guance, bagnargli le braccia nude, sempre di più.

Cominciò a tremare, in un pianto convulso, che gli scosse le membra, le ossa. Si piegò, coprì la cassetta col corpo, inginocchiato sui piccoli resti di un'altra vita. La pioggia del mondo sulle sue spalle. Rimase a proteggere quelle cose, come fossero vive. Fino a essere fradicio, intriso, in ogni fibra di sé.

Poi, lentamente, si sollevò, prese la cassetta e rientrò in casa.

Si asciugò con uno straccio i capelli e tolse la maglietta. Fece spazio sul tavolo e tirò fuori, a uno a uno, gli oggetti. Ancora una lista di cose. Nel rituale di quella mattina.

Un paio di occhiali da sole, un'agenda di pelle, un'audiocassetta, un plettro di tartaruga.

Una statuetta di plastica che raffigurava un lupo mannaro che digrigna i denti pronto ad attaccare.

Li riconobbe. Era sicuro, che fossero suoi, anche se non ricordava ancora. Quegli oggetti gli appartenevano, custoditi per decenni chissà dove.

Sull'etichetta dell'audiocassetta c'era scritto, a penna, *LUPO and the Werebrothers*

Fu come il risucchio di un pozzo vuoto, in cui tutto finisce. Gli organi interni stritolati da una mano invisibile, una stretta, un dolore che gli fermò il respiro.

Quello che era stato, quello che non sapeva di essere.

Sentì freddo, nelle ossa. Tolse i pantaloni del pigiama, zuppi di pioggia, lasciandoli arrotolati, sui piedi, come uno straccio bagnato. Guardò il riflesso del suo viso su un pezzo di specchio, il torso nudo, i capelli appiccicati alla fronte.

Fuori pioveva a dirotto, si era fatto buio.

Vagò per la cucina, le stoviglie ammassate nell'ombra erano animali di latta, immobili, addolorati.

Tornò al tavolo, rimise gli oggetti nella scatola, uno a uno, e restò fermo, come inebetito. Un fantasma nudo, nella penombra.

Poi salì al primo piano, in biblioteca.

Accese il lume sul tavolino, e si sedette sulla poltrona di suo nonno. Sentiva il contatto di raso sulle cosce. Quello dei braccioli sui gomiti nudi.

Sentiva tutto, ogni centimetro di tutto, in un'iperestesia dell'anima.

Prese l'agenda, fece scorrere i polpastrelli sulla copertina di pelle consunta. Poi esitò qualche istante, rabbrividendo. Il segno scolorito di un timbro riportava l'immagine stilizzata di un animale che mostra le zanne. Un lupo, appunto.

Inspirò e buttò fuori l'aria, in cerca di sollievo.

Aprì l'agenda e la sfogliò lentamente.

Le pagine mandavano un odore di carta invecchiata, di polvere, di tabacco. Quasi tutte pagine bianche. Qualche frase, di tanto in tanto, senza significato. Conteggi a matita, scarabocchi, il testo di una canzone con gli accordi, un paio di biglietti del tram. Niente altro. Era un'agenda quasi mai usata.

Prese l'audiocassetta, la tolse dalla custodia. Sull'etichetta, oltre alla marca e al nome del gruppo c'era scritto, più piccolo, *provini audizione Arezzo wave*.

Non sapeva cosa fosse. La infilò nel vecchio registratore di suo nonno, sullo scaffale basso della libreria. Avvolse il nastro e, dopo aver atteso un attimo, spinse il tasto PLAY.

Si sentirono dei rumori di ambiente, poi il fruscio di un microfono. Una voce che non riconobbe disse: «*LUPO and the Werebrothers, track number one*». E subito dopo partì un giro di basso e una batteria.

Riconobbe la canzone, *Every Little Thing She Does Is Magic* dei Police. La ascoltò tutta, si concentrò sulla voce del cantante, alla ricerca di una qualche assonanza. Con la sua voce.

Ascoltò anche l'altra traccia, quella che seguiva, una canzone che non aveva mai sentito. Per il resto il nastro era vuoto.

Rimase fermo, in silenzio, per un tempo lungo.

Niente di quello che aveva trovato gli ricordava qualcosa, provava solo un senso vago di presenza, un esserci latente. Sapeva che quegli oggetti gli erano appartenuti, ma non riusciva a capire, a creare nessun'altra connessione.

Si sentì disperato. Afflitto. Sconfitto. L'unico segnale della sua vita passata era dentro quel nome, e quel nome era dentro la storia terribile che gli aveva confessato Anna.

Quindi lui, davvero, era Lupo. Quindi davvero trent'anni prima aveva incontrato quella ragazza in una spiaggia e ci aveva fatto l'amore, anzi no, le aveva fatto male, l'aveva usata, e poi abbandonata. Le aveva distrutto la vita. Era davvero lui quel mostro ringhiante raffigurato nel pupazzetto di plastica che si rigirava tra le mani? Un lupo mannaro.

Pensò all'analogia beffarda tra la sua vita e quella del mostro. Cosa pensa il licantropo, tornato nelle sue vesti umane, dopo la trasformazione? Non ricorda più nulla.

Non ricorda di aver ucciso, sgozzato, di essersi cibato della carne viva delle sue vittime.

Torna a essere un uomo, come tanti altri.

Ma resterà per sempre due cose. Un uomo, e un animale.

E così lui, probabilmente. Due vite. Due persone, nella stessa persona.

Avvertì un sapore amaro, in bocca. Aveva sete, ma non riuscì ad alzarsi da quella poltrona.

Sentì lo sconforto, la frustrazione. Era solo, definitivamente, come mai era stato, nella sua vita solitaria.

Aprì di nuovo l'agenda, provando uno sfinimento estremo negli arti. La sfogliò, pagina dopo pagina. Rilesse ogni appunto insignificante, una lista della spesa, il latte, le uova, il prosciutto, le cifre in lire.

Chiuse gli occhi. Tenendola tra le mani.

Fece scorrere le dita, alla ricerca disperata di un segnale nella sua mente.

La consistenza morbida della pelle, sotto i polpastrelli, e quella più ruvida sulle cuciture.

La copertina che rivestiva quella di cartone.

Un rilievo, un piccolo rigonfiamento. Qualcosa.

Aprì gli occhi.

Dalla tasca interna spuntava l'angolo di una busta.

La sfilò, lentamente.

Sulla busta c'era un indirizzo, e un nome.

Nina Castiglioni.

«Provi a raccontare con calma, Stefano.»
«Sono agitato. Ha ragione.»
«Non abbiamo fretta.»
Barbara rimase a guardarlo, qualche istante. Poi bevve un goccio d'acqua. Stefano sentì che quel silenzio non era il solito, lo stesso che lo aveva sempre tranquillizzato. Gli oggetti di quella stanza sembravano in attesa. Respirò profondamente, e ricominciò.
«È successo tutto molto velocemente, se ci penso. Ho conosciuto Anna per caso, a Firenze. Lei vive a New York, ma è spesso in Europa per lavoro. È una fotografa. Aveva concordato uno shooting con l'editore ed è passata dal mio albergo, con l'attrezzatura. È rimasta meno di una mezz'ora, ha scattato le foto ed è andata via. Non pensavo che l'avrei rivista più.»
«Che cosa ricorda di quell'incontro?»
«Adesso sono un po' confuso. Ero curioso, credo. Io non amo farmi fotografare, lei deve avermi messo a mio agio. Anche se c'era qualcosa, ma davvero adesso è difficile dirlo... c'era qualcosa che si muoveva, tra noi.»
«Continui, la prego. Cosa ricorda?»
«Ricordo... ricordo bene il suo viso. Il modo in cui sorrideva, la curva delle sopracciglia. Mi è sembrata subito

molto bella, mi sembrava di... avevo una sensazione di confidenza, ecco. Non sono sicuro che questa sensazione non sia influenzata da quello che è successo più tardi, però. Dopo il servizio fotografico ci siamo salutati, e lei è andata via. Non l'ho più sentita. Mi aveva lasciato un biglietto con i suoi recapiti, ma l'ho perso nel viaggio tra una città e l'altra. Non ci ho pensato più, insomma.»

Si fermò qualche istante, come per elaborare un pensiero, più complesso.

«Mi succede di incontrare persone che mi piacciono, a volte. O che credo mi piacciano. Forse guardo soltanto quello che ho voglia di vedere, in loro.»

«Mi spieghi meglio.»

«È come se... ecco, facessi una selezione rapida, nella mia mente. Non sono certo che sia del tutto involontaria. Scarto quello che non mi piace, lo elimino, e tengo soltanto la parte bella, quella che magari mi attrae. Quella che mi fa comodo.»

«In che senso le fa comodo?»

«Forse ho bisogno di pensare che le cose possano essere... più facili, sì. Non so come spiegarlo diversamente. Ho bisogno di pensare che ci siano dei mondi normali, intorno a me, e di poterci entrare, in quei mondi. Ed essere felice.»

«...»

«Ma poi capisco che non è così. Capisco che sto barando. Giro intorno al problema, racconto una storia che non c'è. Mi innamoro di un'idea delle persone, insomma, non delle persone.»

Barbara lo fissò. Lui stava guardando altrove, oltre la finestra di quella stanza.

«Si è innamorato di questa donna?»

«Sì.»

«È la prima volta che glielo sento dire.»

«Lo so.»
«Si è innamorato dell'idea di questa persona?»
«Ho paura di no.»
«Perché ha paura di no?»
«Perché, per la prima volta nella mia vita, appunto, l'idea che mi sono fatto di una persona e la persona coincidono. E mi rendo conto di non essere preparato a questo. Di non essere pronto. Non lo sono mai stato.»
«Non si sente pronto ad amare qualcuno?»
«Credo di no.»
«Cosa ci rende pronti a farlo?»
«Non lo so. E comunque adesso, a questo punto, non so quanto abbia importanza.»
«Continui il suo racconto, per cortesia.»
Le disse di Parigi, dell'incontro casuale davanti alla Maison Européenne de la Photographie. E di quella rivoluzione, in pochi giorni, dentro di lui. Quello sconvolgimento. Disse delle parole, dei silenzi, delle mani, del piacere così inatteso. Dell'amore che gli parve di provare in ogni gesto, in ogni contatto. Del desiderio, del senso di protezione. Per la prima volta si era affidato a una persona, seguendo l'istinto, senza doversi difendere, senza dover dimostrare più nulla.
«Non ho avuto paura di sentirmi incompiuto, non ho dovuto nasconderlo.»
«Si sente incompiuto?»
«È la parola esatta in questo caso, sì. Sono un uomo senza infanzia, non ricordo la mia adolescenza. Non ho ricordi a cui aggrapparmi, una voce, uno sguardo. Non c'è nulla che mi sia di aiuto, che arrivi da allora. È difficile farlo capire a un'altra persona. È difficile raccontare l'assenza, il vuoto. Anna invece capiva tutto, senza che dovessi spiegare. Mi ascoltava, e io ascoltavo lei.»

«...»

«Mi ascoltava, capisce? Non riesco a dire cosa significhi questo, per me.»

«Riesce benissimo invece.»

Erano rimasti avvinghiati, l'uno all'altra, senza riuscire a staccarsi. Poi lei era partita. E mentre Stefano, quella mattina, rientrava dall'aeroporto sentiva di amarla. Tanto da non poterne fare a meno, come succede, negli amori dell'adolescenza. Voleva usare il suo tempo, quello che aveva davanti a sé, per una vita nuova, per costruire qualcosa da ricordare, finalmente. Ma c'era anche altro.

«Mi succede. Mi nascondo. Quando accade qualcosa di bello, immagino che debba finire, improvvisamente. Mi nascondo, fuggo. Costruisco una corazza per il dolore, prima che il dolore arrivi.»

«Lo ha fatto anche questa volta?»

«Sì, quasi subito, senza accorgermene. Mentre ero in automobile, e tornavo a casa dall'aeroporto, questo pensiero si era già infilato tra gli altri, come un estraneo a una festa. Come un virus, subdolo. Voleva convincermi che sarebbe finito tutto. Così come era cominciato.»

Poi era partito per l'Italia, prima Roma e poi la Puglia. Una discesa negli inferi, nei meandri della coscienza. Come se tutto stesse convergendo in un'unica direzione possibile, dentro il buio della sua vita.

«Ho fatto quello che dovevo fare, senza averne una reale consapevolezza. Mi sembrava che tutto stesse rallentando, intorno a me. Il mondo che finisce, che sta per arrestarsi. Mi sentivo confuso, intorpidito.»

Bevve un goccio d'acqua, e si strofinò le mani sul viso.

«E poi è venuta quella notte...»

«...»

«Non lo so. Non...»

Si tenne il viso con le mani, in silenzio. Faceva fatica a deglutire.

«Vuole fermarsi qui, facciamo una pausa?»

«No. Voglio andare avanti.»

Si guardò i polsi, poi fece pressione sul giunto carnoso tra pollice e indice della sinistra. Era una manovra che aveva imparato a fare, molti anni prima, per contrastare l'ansia. Bevve ancora un goccio d'acqua e riprese il racconto.

«Ero rientrato a casa dopo essere stato a cena con Maria e Florient. Mi sono seduto in terrazza su una vecchia poltrona di bambù. La stessa che ho trovato il primo giorno che sono entrato in quella casa, trent'anni fa, dopo l'incidente. Sono rimasto lì, senza fare nulla. Il cielo era... non può avere idea di cosa sia, quella bellezza, quelle notti di luna.»

«...»

«E in quel momento è squillato il telefono.»

Le raccontò della conversazione con Anna, e di come non era riuscito a parlare, dopo. Aveva riattaccato ed era rimasto fermo, per ore.

Stefano si fermò ancora, rimase a lungo in silenzio. Barbara non disse nulla. Dalla strada arrivava il suono ritmato dei passi, che poi sparivano, in lontananza.

Le raccontò tutto il resto, dei giorni che erano seguiti a quella notte. Erano un carosello muto, nella sua testa, i fotogrammi slabbrati di un vecchio film.

Maria sotto la pioggia, gli aveva consegnato la cassetta con le sue cose.

Quell'ultimo colpo di coda del destino. Quella busta. L'aveva trovata nella tasca di una vecchia agenda. Quella lettera.

Si fermò ancora una volta. Strofinò le dita sulle gambe,

sentì il rilievo dei muscoli tesi, sotto i pantaloni. Poi prese dalla tasca un foglio a righe, piegato in quattro e lo porse a Barbara.

«Nella busta c'era questa.»

Ciao Nina,

non ho mai scritto una lettera a una ragazza. E forse questa lettera non la spedirò mai.

Mi sento un cretino, a pensarci bene. Però ho letto da qualche parte che se le cose le scrivi, magari riesci a capirle meglio.

Non so da dove cominciare, eppure l'unica cosa che sapevo fare bene a scuola erano i temi. Per il resto mi sento un po' una frana. A parte la musica, ovvio.

È stato bello conoscerti, quest'estate. Ecco, l'ho detto.

Mi è successa questa cosa che non so spiegare e che da quando ci siamo visti la prima volta, un po' mi perseguita. Non riesco a togliermi il tuo viso dalla testa, il modo in cui sorridi, la tua voce. Insomma, te.

Adesso magari stai ridendo. Oppure non te ne frega niente, tipo che sbuffi un po' e appallottoli il foglio e lo butti nel cestino. E vabbe', almeno ci avrò provato.

Ora ti dico quello che ti devo dire così non ci penso più.

Io non mi sono mai innamorato di una ragazza.

E chi se ne frega, dirai tu, perché lo vieni a dire a me. Okay, lasciami finire il discorso.

Ho avuto le mie storie, ovvio, ma non mi è mai successo di sentirmi proprio preso, da non dormirci la notte, insomma. Da non pensare ad altro.

E ora che mi sta succedendo questo non so se è una specie di illusione oppure è proprio vero. Un po' ci sono andato in fissa, ecco. Mi piace, ma mi fa anche un po' paura.

Ho cominciato a scrivere le canzoni quando avevo tredici anni, secondo me lo so fare, ma non ho mai capito come si fa a scrivere una canzone d'amore. Ogni volta che ci ho provato mi sono sembrate tutte sdolcinate. Uno schifo insomma. Perché appiccicavo le parole di una ballad, senza sapere di cosa stessi parlando. Credo dipenda da questo.

Adesso non lo so, se ci provassi, forse mi verrebbero meglio.

La seconda cosa che voglio dirti riguarda quella sera, quando ci siamo conosciuti, al mare. Riguarda i tuoi occhi. Quando ci siamo visti in spiaggia, il giorno dopo, e abbiamo parlato, ho avuto la stessa sensazione. I tuoi occhi volevano dire qualcosa che non riuscivi a dire. Ma magari mi sbaglio. Mi sbaglio?

Però dovrei dirti cosa ci ho visto io, e non mi viene facile.

Dall'inizio di settembre mi sono trasferito in questa casa, insieme con gli altri. Le lezioni non sono ancora iniziate e quindi cazzeggiamo parecchio, suoniamo, proviamo nuovi pezzi, siamo liberi, insomma. Mi piace stare qui. Non perché mi trovi male dai miei, ma perché alla fine uno deve prendere e andare. Giusto? Poi qui tutto è più facile, siamo vicini all'università, usciamo la sera, e tutto il resto. Casa dei miei genitori è in culo al mondo, e per venire in centro con lo scooter ci metti quasi un'ora.

Insomma sono qui, e mi capita di pensarti spesso. Anche

se magari a te non te ne frega nulla. Neanche lo sai. Neanche ti ricordi di me, magari.

Quando abbiamo parlato, quella sera davanti al falò, ho pensato una cosa. Che sarebbe stato bellissimo baciarti. Forse è così che ci si innamora, ho pensato allora. Sì, quando ci si innamora deve essere così, che ti sembra di non poterne fare a meno. E io mi sento come se non potessi fare a meno. Di te.

Ecco, l'ho detto. Non pensavo di riuscire a farlo.

E non ridere, per favore.

Sarebbe stato bello un casino baciarti, e baciarti ancora, cazzo.

Però non è successo.

Nella mia testa sì, un sacco di volte, nel mio mondo perfetto. Ma non è successo davvero.

Quella sera hai baciato un altro.

E qui viene la parte più difficile di tutte. Lupo è un mio amico, da sempre.

Abbiamo fatto le medie e il liceo insieme, so tutto di lui e lui sa tutto di me. Quando mi ha raccontato che eravate stati insieme ci sono stato male, lo ammetto. Alla fine può succedere che ti piaccia la stessa ragazza, il fatto non è questo. È che io penso che lui, non mi odiare per questo, io penso che lui non ti ami davvero, ecco. Credo che anche tu lo sappia, per lo meno questo ci ho visto nei tuoi occhi.

Adesso dirai che sono un po' stronzo, che un amico non dovrebbe comportarsi così. E forse hai ragione. So che non ti innamorerai di me, solo perché ti dico che lui non ti ama. Anzi, magari succederà il contrario. Voglio un sacco di bene a Lupo, da quando lo conosco è così, un fico da paura. Canta bene, gioca bene a pallone, è simpatico, insomma ce le ha tutte. Ma alla fine non è solo questo, giusto?

Una persona ti piace non solo per questo. C'è tutto un mondo di cose che pensiamo, che vorremmo fare nella vita, tutta una vita dentro di noi che nessuno sa, che all'esterno non si vede.

Credo che alla fine ci si innamori di quello. Se ti innamori davvero.

Ecco, tutto qui.

Vabbe', ho pensato che questa cosa te la dovevo dire. Ho preso il tuo indirizzo da una delle lettere che hai mandato a lui e ho deciso di scriverti. Magari sto sbagliando tutto.

Infatti non sono ancora sicuro che te la manderò questa lettera. Ma se dovessi farlo, voglio dirti che alla fine mi va bene anche solo diventare amici. Ci starò male all'inizio, ma poi resterà qualcosa, resterà l'amicizia, no?

Okay, basta adesso. Vado, che abbiamo le prove con il gruppo. E i Werebrothers non mancano mai a un appuntamento.

Dovevo finirla in maniera un po' eroica, no?

Tipo lui che si gira e se ne va, senza voltarsi indietro.

E parte la musica.

Ciao Nina, facciamo che ti bacio. Adesso.

Anche se non succederà.

John

(vabbe', il mio nome completo sarebbe Giovanni Mattia Stefano, ma tu chiamami John.)

Entrò nell'aula col solito passo elegante, salutò e posò la borsa sulla poltrona.

I ragazzi erano seduti da un po', ad aspettarlo, bisbigliavano, mentre lui tirava fuori dalla borsa una cartellina con dei fogli. Fece avanti e indietro un paio di volte, tolse l'orologio dal polso e lo mise sulla cattedra. Il vecchio Zenith di acciaio, appartenuto a suo nonno.

Poi si voltò e il brusio finì. Si schiarì la voce, e cominciò.

«Questa è la mia ultima lezione. Credo che voi tutti siate già al corrente di questo.»

Com'era bella Parigi, a settembre. La luce si era fatta più dolce, l'aria tiepida avvolgeva i passanti di una stagione speranzosa, un nuovo anno stava per cominciare, tutto prendeva il ritmo consueto dei giorni normali, dopo un'estate drastica, definitiva.

Erano trascorsi dei mesi dal turbine che lo aveva scosso, muovendo le sabbie mobili della coscienza. Era cominciato il tempo della mutazione e, forse, della rinascita.

Stefano si era tuffato nella corrente, e le rapide lo avevano portato in un mare sconosciuto, ancora una volta. Ma alla fine aveva deciso.

Come un trapezista, che guarda il vuoto e si lancia. E per qualche istante vola, davvero.

Parigi, la sua casa, l'università, la terapia. I punti fermi della sua esistenza. Lasciava tutto.

Il mondo era cambiato, in quel mondo non c'era più spazio per i riflessi ormai opachi, di una vita mai vissuta. Bisognava inventarne una nuova.

Ne aveva parlato con i suoi amici, con Guillaume, con Ganesh. Aveva portato Barbara fuori dallo studio, per la prima volta, a prendere un bicchiere di vino in un bistrot.

Ma alla fine aveva deciso da solo.

«*Tu es fou, mon ami.*»

Glielo aveva detto ridendo Guillaume, a cena, con gli occhi lucidi per il vino, e per la commozione.

«Tutto questo, Stefanò, è folle, quindi è perfetto. E ora mi tocca pure salutarti.»

«Già.»

«Come dice Bogàrt a Ingrid Bergman, nel finale di *Casablanca*, quando si dicono addio?»

«*We'll always have Paris?*»

«Ecco, proprio così. *Avremo sempre Parigi.* Tu non sei carino come lei, ma te lo dico lo stesso... se dovesse andare male, se scoprirai di aver fatto la più grande cazzata della tua vita, *bien*, ci sarà sempre Parigi. Ci sarò sempre, anche io.»

Le lacrime, le mani, gli abbracci. Per ognuno.

Ogni saluto, ogni distacco.

Nel rituale struggente degli addii.

A volte, in quelle settimane, aveva pensato di essere impazzito. Sì. Poi però aveva capito, non era mai stato così convinto di una decisione in vita sua. Mai, come in quel momento.

E ora, a pochi giorni dalla partenza, sentiva tornare le voci, le immagini, tutte le speranze e i sogni di una vita immaginata. Erano lì, adesso, negli occhi di quei ragazzi, di fronte a lui.

«È la mia ultima lezione perché ho deciso io, che lo fosse. È stata una scelta. Tutti noi siamo vincolati ai nostri limiti, sociali, temporali, fisici. Lo dice Platone, nella *Repubblica*. Si diventa liberi davvero, e quindi si decide di scegliere, solo quando si riconoscono tali limiti, quando si diventa consapevoli del proprio posto, nel mondo. Vi siete appena iscritti al mio corso, e mi vedete oggi per la prima volta. Sarà anche l'ultima. È un piccolo regalo che ho ricevuto dalla direzione del dipartimento, come la partita di addio di uno sportivo. Desidero che abbiate un ricordo, di me. Qualcosa che somigli alla verità.»

Le ragazze e i ragazzi erano in un religioso silenzio. Lo guardavano con gli occhi fissi, in attesa. Li guardò anche lui, e sorrise. Pensò che gli sarebbero mancati.

«Oggi voglio parlarvi della contrapposizione tra due tipi di conoscenza, quella razionale e quella derivante dalla percezione dei sensi, così mirabilmente descritta nel settimo libro della *Repubblica* di Platone. In quello che da tutti è conosciuto come il Mito della Caverna. Voglio rivelarvi un piccolo segreto però, prima di cominciare. Questo è stato l'argomento della mia prima lezione, tenuta in questa stessa università, molti anni fa, quando ero un giovane assistente, un po' più grande di voi, pieno di entusiasmo, alla ricerca di uno spazio, nel mondo. Mi è sembrato naturale terminare il mio percorso qui, tornando alle domande e alle risposte di allora.»

Nei giorni tumultuosi di giugno aveva aperto e chiuso le porte della sua vita, più volte, scoprendo ogni volta uno scenario differente. La sua immagine, riflessa in uno specchio imbrunito, si era dissolta, e poi frantumata nel caleidoscopio degli indizi, delle prove ipotetiche di un'identità possibile. Aveva scoperto di essere stato un altro, e un altro ancora, tutto e il suo contrario, sopportando i colpi lancinanti di un destino beffardo. Riconoscersi estraneo a se stesso, essere quel ragazzo che non conosceva, che non riusciva a perdonare.

Era diventato Lupo, in una notte di luna, si era trasformato in un mostro, come succede appunto agli esseri mutaforme. Aveva scoperto le zanne, e la consapevolezza di un'azione miserabile. Aveva provato vergogna, per una colpa che gli si appiccicava addosso. E aveva perso Anna. Non sarebbe mai riuscito a essere due persone in una, standole accanto.

Ma il destino, in pochi giorni, aveva continuato ad accanirsi, ostinatamente, con la sua vita. E così era successo ancora, si era trasformato. Aveva smesso di essere Lupo, non lo era mai stato, in effetti. Era diventato il suo migliore amico, forse, un ragazzo come tanti, con le insicurezze, le paure e i desideri normali dell'adolescenza. Quel ragazzo si chiamava Giovanni, John per gli amici, prima che Zeno decidesse per lui un altro nome, e una nuova vita.

Ma non era stato capace di tornare indietro, da quella donna, con gli stessi occhi, con lo stesso sguardo. Quando le aveva raccontato tutto, la sua scoperta, la verità, aveva sentito staccarsi una parte di sé, definitivamente.

Aveva salutato per sempre la sua infanzia, la giovinezza rubata, il sogno di rigenerarle attraverso l'illusione testarda della cura. Tra pochi giorni sarebbe partito.

«Quindi lo schiavo, incatenato nel buio nella caverna,

vede proiettate sulla parete le immagini riflesse dalla luce che si trova alle sue spalle. Dietro di lui c'è una processione di uomini, nascosti da un muro, che reggono dei simulacri. Ma lui non può girarsi, e pensa che le immagini, quelle sulla parete, siano la realtà. Solo quando riuscirà a spezzare le catene e uscirà dalla grotta, scoprirà il carattere illusorio di quel mondo di ombre. E troverà la verità.»

Come era bella Parigi, a settembre. Ci era arrivato per la prima volta che pioveva, l'ultimo giorno d'estate. Sarebbe andato via lo stesso giorno, cedendo a una tentazione letteraria.

Quando aveva scoperto la busta nella fodera dell'agenda, avrebbe voluto subito chiamare Anna e raccontarle tutto. Ogni cosa sarebbe andata al suo posto, non c'era più nessuna ombra minacciosa, tra di loro, dietro di loro. Ma non lo aveva fatto. Le cose erano più complesse, di così. Non c'era una via facile, ma forse c'era una via.

Qualche giorno dopo le aveva scritto, per spiegarle tutto, e per dirle che quella strada, almeno per ora, doveva percorrerla da solo. Prima di imbustare aveva preso la lettera, quella scritta da John a Nina, l'aveva piegata e infilata nella stessa busta. Era giusto che l'avesse lei.

E dopo una decina di giorni Anna gli aveva risposto. La busta profumava di spezie, Stefano l'aveva trovata nella cassetta del suo appartamento, a Parigi. Non ricordava quand'era l'ultima volta che aveva ricevuto una lettera di carta.

Gli aveva scritto che era turbata, felice, addolorata, sollevata. Era dentro un vortice di sensazioni contrastanti. Avrebbe voluto mettersi in viaggio e volare da lui, per guardarlo, per rivederlo. Ma capiva che non era questa la strada, lo capiva bene anche lei.

Bisognava mettere un tempo in mezzo, svestirsi, lavarsi, purificare se stessi, e solo dopo rivestirsi, e tornare vivi. Le nostre vite, disse, sono incrostate dal dolore, come certi relitti in fondo al mare. Bisogna lasciare fare al tempo.

Quando era tornato dalla Puglia Stefano aveva comprato una chitarra. Era successo quasi per caso, passando davanti a un negozio, non lontano da casa sua. Gli erano sempre piaciuti quegli strumenti appesi in vetrina, in un'altra vita avrebbe voluto imparare a suonarne uno. Quella volta però ci era entrato, nel negozio, e si era innamorato di una chitarra acustica, a due colori, dal legno scuro e ambrato. Una Taylor elettrificata.

Quando rientrò a casa si sentì invaso dalla stessa eccitazione che provano i bambini, con un regalo da scartare. Tolse lo strumento dalla custodia e si sedette sul divano. E cominciò a muovere le dita.

Scoprì che sapeva muoverle, le dita, che sapeva suonare la chitarra, senza saperlo. E provò un'emozione così forte, una commozione che non riusciva a descrivere, un senso di gratitudine e di fratellanza per quel ragazzo che era stato e che in quel momento, per la prima volta, incontrava davvero. Proprio in quel momento aveva pensato che c'era un altro modo di guardare il mondo, di starci dentro.

«L'uomo ha dimenticato quello che ha appreso in una vita precedente, incatenato nella caverna del sensibile. Platone afferma che la permanenza dell'anima attraverso vite diverse passa proprio attraverso la reminiscenza. Il ricordo, quindi.»

Stefano esitò, si passò una mano sul viso, poi prese gli occhiali dalla borsa e proseguì.

«Sapete, ragazzi, è tutta la vita che dedico i miei studi alla memoria, al ricordo, inseguendo qualcosa, e non trovandola forse mai. Ma ogni volta che leggo questo passo, tratto da un altro libro della *Repubblica* di Platone, mi sembra che ci sia, indicata, una strada. Oggi, prima di salutarvi, voglio leggerlo anche a voi: *L'anima immortale è più volte rinata, e avendo veduto il mondo di qua e quello degli inferi e ogni cosa, ha tutto imparato. Quindi non è strano che sia capace di ricordare quello che prima sapeva. Ed essendovi grande connessione fra le cose della natura, nulla vieta che l'anima, la quale ha tutto imparato, trovi da se stessa tutto il resto, quando uno sia intraprendente e non si stanchi di cercare.*»

Fece una pausa e completò la frase.

«*Il cercare e l'imparare, in generale, non è altro che ricordare.*»

Quando terminò la lezione, avvertì un senso di pace. Un'infusione lenta nel corpo.

Mentre gli studenti uscivano dall'aula gli parve di rivedere i volti già visti in un'altra vita, gli stessi sguardi protesi verso il futuro, di nessuno e di tutti.

Fece a piedi la strada che aveva fatto mille volte, innamorandosi di nuovo, di ogni palazzo, di ogni finestra dentro la quale si intravvedeva la vita degli altri. Salì le scale e rientrò in casa.

Pris lo attendeva, in cima a una pila di scatoloni imballati. Fece un balzo e gli andò incontro, si lasciò accarezzare, e poi sparì.

Rinunciava a tutto per le distese di ulivi, la terra rossa dei tramonti, per il mare, visto da una terrazza solitaria.

Per una promessa mai fatta, che finalmente avrebbe mantenuto.

Tornava a quella terra. Rispondendo a una promessa silenziosa, fatta in un giorno d'estate.

FC

Finito di stampare presso Grafica Veneta S.p.A.
Via Malcanton, 2 – Trebaseleghe (PD)